尋隱日本

白洲正子 かくれ里

SHIRASU MASAKO

高詹燦——譯

美學評論家與
世外隱村的一期一會

目次

1 油日的古面具 5
2 從油日到櫟野 17
3 宇陀的大藏寺 29
4 藥草的故鄉 41
5 石之寺 53
6 櫻之寺 67
7 吉野川上 81
8 訪石 93
9 環遊金勝山 107
10 山國火祭 121
11 瀧畑 135
12 木地師之村 147
13 丹生都比賣神社 161

14 長瀧　白山神社 175
15 湖北　菅浦 189
16 西岩倉的金藏寺 203
17 山村的圓照寺 219
18 訪花 235
19 久久利之村 249
20 田原古道 265
21 越前　平泉寺 281
22 葛川　明王院 297
23 葛城一帶 313
24 從葛城到吉野 329

後記 345

I 油日的古面具

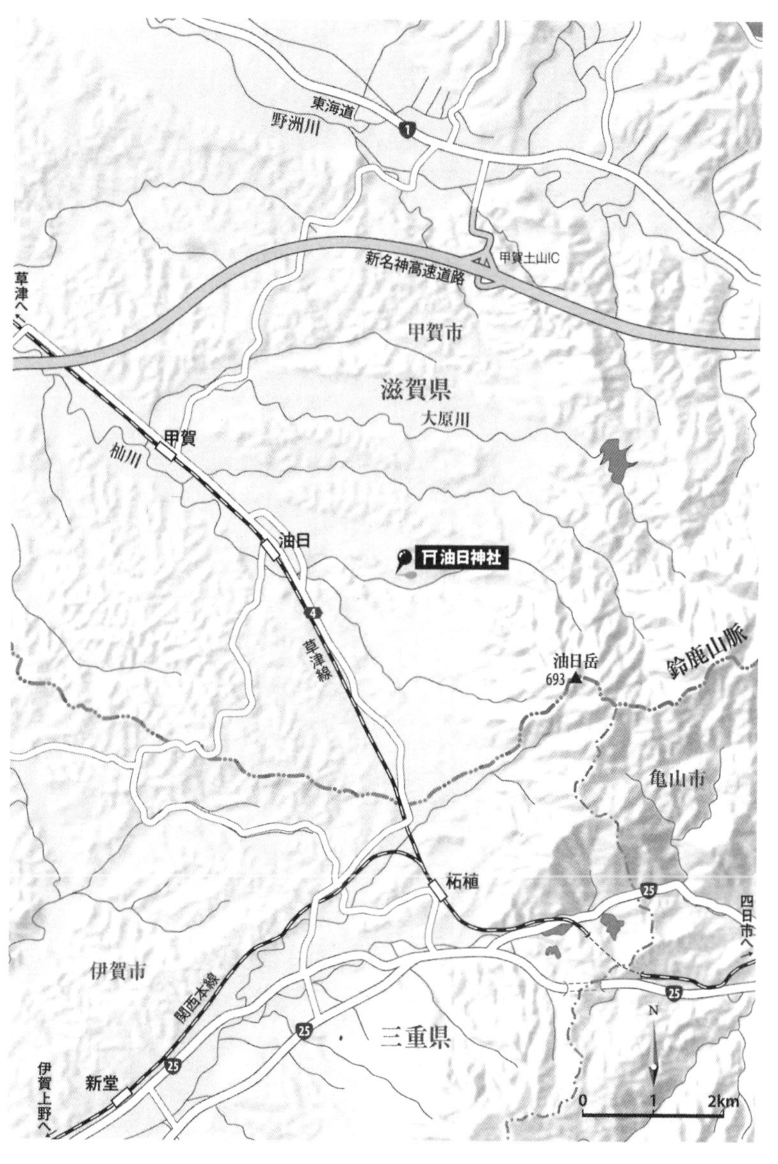

東海道
野洲川
新名神高速道路
甲賀土山IC
草津へ
甲賀市
滋賀県
大原川
甲賀
杣川
油日
油日神社
草津線
油日岳
693
鈴鹿山脈
亀山市
柘植
四日市へ
伊賀市
関西本線
三重県
伊賀上野へ
新堂
N
0
1
2km

日文書名原意為「世外隱村」，並非有什麼特別深層的含意。若翻開字典就會知道，這是避世隱居的鄉村之意，而在民俗學方面，指的則是山中的神仙會在冬日的慶典時現身鄉村，跳完鎮魂之舞後，就此消失無蹤的深山僻地。而謠曲裡之所以會提到「不知去往何方」或「消失無蹤」，應該都是源自這項風俗。接下來我要寫的內容，或許與這方面比較相近，不過，不用來到人稱祕境的荒山野嶺，就在離幹道不遠處，至今仍有堪稱是「世外隱村」，遺世獨立的真空地帶存在，我就喜歡信步走在這種地方。近來道路整建完善，舊幹道沿途的古老神社或寺院都被人們遺忘，昔日絡繹不絕的驛站，如今也日漸凋敝。在各地都因觀光熱潮而熱鬧喧騰的今日，為我而留存的就只有這些地方。就這層意涵來看，它們確實堪稱是「避世隱居的鄉村」，現代的「世外隱村」。沒想到在這些地方，村民們保存了絕美的藝術品。相反的，我也曾經在某個展覽中，對隔著玻璃欣賞感到不滿足，為了追藝術品而跑去深山的寺院。有時還搞錯地方，跑到別的寺院，就此有了意外的邂逅。在這種情況下，我總會深切感受到日本的遼闊。幸好我在這方面的工作相當多，幾乎每個月都會出外採訪，比起重要的目的，往支線探尋更加有趣，總是給編輯帶來不少困擾。不過，就像能劇有「架橋（※在能劇中，幕和舞臺連接的部分叫做「橋掛かり」，不單只是作為演員的通道，也具有「陰間與陽間連接之橋」的含意。）」，歌舞伎有「花道（※從舞臺上往觀眾席貫穿的通道，是演員進出的通道，同時也是表演空間。）」一樣，人生不光只有結果，在達成結果前的過程似乎更有吸引力。這是我在這樣的旅途中偶拾的小小發現，信手拈來的見聞紀錄。

前些日子，我從京都前往伊勢採訪的途中，行經東海道的土山時，忍不住老毛病又犯了。可能將近有十年了吧，以前在京都的博物館展出古面具時，我看過一個非常漂亮的面具，名叫「福太夫」。上面記載是油日神社珍藏。我只聽說位在土山，連是怎樣的一座神社也沒查清楚，就這樣突然想起那件事。當然了，我對這一帶的地理環境一無所知。就只憑藉著在甲賀一帶的線索，大概知道神社是在哪一帶，不過查看地圖後，很幸運的找到一處名叫油日的車站。那是國鐵草津線的一個小站。市町和村莊近來全部合併，可能都改成了沒特色的地名，不過很慶幸鐵路仍保留了這些老舊的地名。我心想，到車站問人應該就會知道，就此拜託司機駛離國道，轉進西側的舊道。那是兩旁松樹林立，仍保有昔日風情的漂亮幹道。有高速道路和外環道路固然也不錯，但這樣不光造成車流擁擠，也看不到地方居民在這片土地上的生活樣貌，令人感到落寞。東名高速道路和名神高速道路也是一樣的情形。不過，只要轉進一旁的道路，那裡有住家，有水田，有旱田，周遭瀰漫著人的氣息。同樣的道理也可套用在觀光熱潮下的寺院吧。從巴士裡湧出的觀光客，既非為了信仰，也非前來鑑賞，肯定連前來參觀都算不上。就只是因為鄰居要去，自己也跟著去，一臉空洞的神情，真要說的話，和到店裡買電視或洗衣機沒什麼兩樣。自然寺院也就此化為一種抽象之物，只能扮演一個賺錢的機構。可能是我想多了，總覺得百濟觀音也變得不像以前那麼有魅力，中宮寺的如意輪近來也顯得褪色不少。之所以會受氣氛和環境所左右，或許也是因為我的鑑賞力尚嫌不足，但人類可沒那麼強大，能完全不受周遭左右。佛像和古美術品也不是什麼多強大之物。它是藉由不間斷的尊敬和愛來淬鍊、成長、增加光澤。尤其是日本的事物，這方面的傾向更是顯著。

蓋在鄉間一隅，不為人知的神社佛堂，在這方面一直都充滿生機。古美術品也是，備受村民珍惜，彷彿保有安穩的生息。油日神社果然如我所料，就是這樣的神社。順著車站前的大路往南走一段路，眼前便出現一座巨大的石鳥居。四周放眼望去皆是肥沃的農田，過去我從沒想過，在鈴鹿的山麓竟然有一座如此豐饒的原野。緊接在南側的鈴鹿山脈之後，隔著水田，油日岳展現它的雄偉之姿。所謂的神山，例如大和的三輪山、近江的三上山，雖然都算不上什麼峻嶺崇山，但都具有某種共通的美和神祕，儘管遠觀也一看便知。水田中央有座面向這座山而建的小鳥居，想必是用來表示此乃「神田」吧。在這種地方能感受到信仰依舊存在，前面提到的福太夫面具，當初應該也是在這裡的田遊（※模擬表演務農的各種作業，以祈求豐收的慶祝儀式，大多於初春時舉行。）中使用吧。不久便看到被蓊鬱樹林圍繞的神社出現眼前。呈現安詳、沉靜的氣韻，事後聽說，它似乎是永祿九年（一五六六）建造。參道上有一整排櫻樹，花季到來時定是美不勝收，讓人忍不住暗自想像。剛好神官也在，我馬上請他讓我拜見那個面具。神官一點都不擺架子，這點我也深感慶幸。

面具如照片所示（10、11頁），我就不多做說明了。如各位所見，是很漂亮的作品。正確的名稱是「田作福太夫神之面」，上頭的落款寫著「永正五年（一五〇八）六月十八日櫻宮聖出雲作」。不論是拿在手中的觸感，還是上頭殘存的色彩，就近細看後讓人覺得更美。背面的雕工也

隔著油日神社的鳥居遙望油日岳

很高超。這種單純、強勁有力的雕刻，絕不是鄉間的農民藝術，肯定是出自擁有高超技藝的名匠之手。但就我所知，櫻宮聖出雲這號人物不詳，從這處櫻樹眾多的地方來看，也許櫻宮是這座神社的別名也不一定，面具的製作工匠也可能是神社內的人物。不過，這應該是伊勢的櫻之宮（朝熊神社）吧。只要翻越眼前的鈴鹿，就可來到伊勢國，比起甲賀的山村，伊勢的文化遠在他們之上。順帶一提，這座神社的祭神是象徵油日岳的「岳大明神」，但同時也祭祀罔象女（水神）和猿田彥，後者不用特別提大家也知道，是伊勢出身的神明。

福太夫面具的背面

此外，這裡提到的「田作」這個名稱，指的是田遊或田樂（※起初是源自於民間農耕藝術，在平安時代轉為遊藝化的一項藝術表演。），根據能面研究家中村保雄的說法，除了寶生流的山姥外，現存的兩、三個能面上都提到「田作」。山姥是住在山裡的神仙，所以不時會下山，跳起祈求豐收之舞，然後消失無蹤。望著眼前層巒疊嶂的鈴鹿連

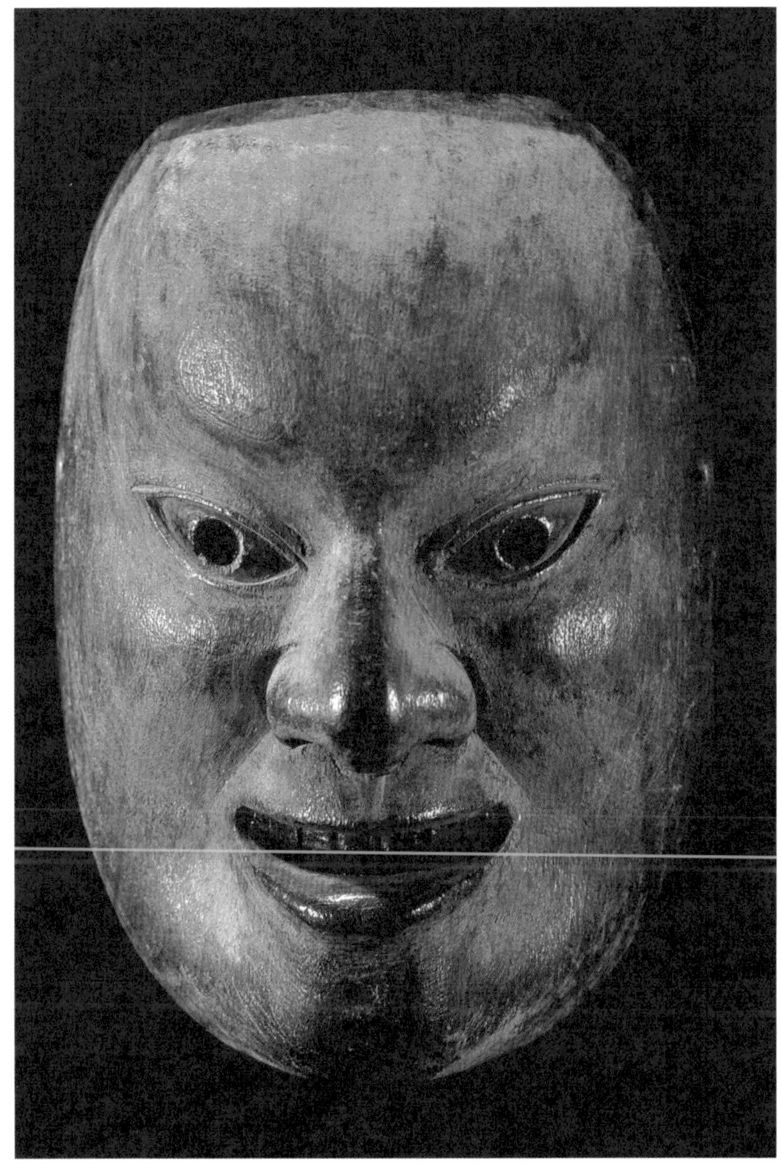

福太夫面具（油日神社珍藏）

山，先人們的回憶突然浮現我心中。那位山人之舞，日後轉化為藝術，成長為「巡山」的「山姥」之曲，而能面採用了許多種類的古面具，如果這個福太夫也被當作能面使用的話，肯定老早就打響了名號。也不知道是幸運還是不幸，之所以沒演變成這樣的結果，想必是因為它被視為「神之面」，村民們將它奉為神聖之物，愛惜有加。這個面具確實有一股不可侵犯的氣韻，沒有後世的能面所呈現的陰鬱表情，具有爽朗之感，甚至想說它散發一股大陸的風格。這是從哪兒來的呢？我總覺得好像在哪兒看過類似的面具。和某個東西很相似。到底是像什麼呢？有好長一段時間——其實一直到昨天晚上為止，我一直都在思考這個問題，最後我終於想到了。它很像伎樂面（※伎樂是古日本的一種面具舞蹈劇表演，伎樂面是演出者戴的面具。）。尤其像推古天皇時代的「吳公」這個伎樂面。

下一頁圖希望各位看一下。當然了，推古時代與室町時代的水準不同，做法也互異。不過那凜凜生威的樣貌堪稱是如出一轍，這想必不是偶然。若說這是偶然，那整體給人的大器印象，未免也掌握得過於準確。伎樂可能是源自希臘，經過西域、中國、朝鮮，於七世紀左右傳入日本的藝術，但在外國已不存在的這項傳統，卻在日本鄉間以這種方式存留下來，我從中感受到一股不可思議的宿命。就這層意涵來看，日本這個國家不就可說是這世界的世外隱村嗎？這可不是老王賣瓜，不論是雕刻還是陶器，我們都向國外學習，而在學習的過程中，又創立出自己獨特的風格。若站在全球性的視野來看，這或許就只是位於地球角落一個小國裡的地方民間藝術罷了。但這和墨西哥或非洲的土著民間藝術不同。只要稍有差池，就會淪為粗俗之物，日本的美術品就是站在這麼危險的立場，我認為這當中也存在著難度和樂趣。為什麼沒淪為粗俗之物呢，那肯定是因為日本人抱持異常的好奇心和探究心，以此吸收外來文化。交流通暢無阻。關於這點，只要看那些偏愛粗俗之物的收藏家就會明白。有些人堅信民間藝術是健康、純樸的，對其他物品則不屑一顧，再也沒有比這種人的收藏更不潔了。因為他們堅信民間藝術是健康的，而封閉在那個世界中。這並非反論。因為他們不肯坦然的用眼睛去看，只靠知識去做推論，所以會以偏概全。

伎樂面　吳公

民間藝術的大師柳宗悅則沒有這種缺點（只要看民藝館就會明白）。柳先生常勸大家要「直接的觀看物品」，但他的追隨者完全沒這麼做，最後就只是造就出一群信徒，聲稱只能透過民間藝術來看事物，說來真是諷刺。當然了，就算是粗俗之物，也有它的樂趣和美。不過，這並非因為是無名的民眾創作，所以才美，而是因為創作時心無雜念，一個美麗的作品碰巧就此誕生，如此而已。從

油日神社正殿

這樣的偶然性中發現美的事物，就此讓美扎根的，是像利休這樣的人物，所以像「侘」或「寂」，指的絕不是因沾滿煤灰而變得黑漆漆的籠子或木器。不，因煤灰或手垢而髒汙的道具，不是將表面的煤灰或髒汙洗淨，而是在這樣的狀態下用心擦拭，這正是利休的侘和寂。是「名馬繫草屋（※名馬與其繫在豪宅裡，還不如繫在簡陋的草屋，更能突顯美感的一種想法。）」的一種思想。

福太夫面具看起來當真就像繫在草屋旁的駿馬。那是民間藝術，同時也超越民間藝術。既健康，又簡單明瞭，充滿了一看就懂，令人心曠神怡的美，就算與推古時代的伎樂面擺在一起，也毫不遜色。這種作品才真的是日本的產物，堪稱是日本的形象。不過話說回來，當初這粒外國的種子，是經歷過哪些地方，才在這個地方落地開花結果呢？如今已無從查明，不過，與其提到珍藏了這樣的名作，還不如探討過去一直保有這項作品的油日神社，到底背後有怎樣的歷史。

太古時期——因為有這樣的描述，所以指的是遙遠得足以令人發暈的過去。某日，油日岳山

釘在正殿板門上的舞樂木雕

頂突然燃起烈焰。由來記中寫有「發出一大光明」的記載。當時「岳大明神」駕臨，從那之後，近江和伊勢的人們都尊奉它為神體山。如今的神社為里宮（※相對於山上的奧宮，位於山麓村里處的神社，稱之為里宮。作為遙拜所，方便信眾參拜。），和其他神社一樣，一路往下遷移來到山麓。山頂現在仍有奧宮，每年八月十一日晚上，油日谷七鄉的氏子（※祭祀地方氏神的當地居民。）們會舉行「神誕祭」。如前所述，位於山麓處的神社除了祭祀主神外，也會連同水神、猿田彥一起祭拜，展現出農耕神的特性，不過，因為供奉掌管油的神明，所以像出光或日石這些石油相關的公司，也都會前來供奉。當初發出大光明的，想必不是石油，而是天然氣，不過神社也因此而增加了盈收，說來也算是好事一樁。過去一直支撐這座神社的，當然是油日谷七鄉的氏子們，如今在它周邊的村莊仍保留了罕見的「宮座」。所謂的宮座，是以信仰為中心，由氏子組成的團體，當然以祭祀為主，不過就算在其他日常生活方面也一樣關係緊密，像門第、座位順序等，似乎都有嚴格的規矩。在伊賀、甲賀一帶，雖然素以忍者聞名，但正因為當地民情原本就排外，所以這樣的組織也才會保留下來。

樓門和正殿是室町時代的建築，周圍有聖潔的迴廊環繞，祭祀時，宮座的成員會在這裡並排而坐。真的是只有自己人參與的虔誠祭祀，這才是符合這座神社的祥和風景。這絕對稱不上宏偉，但境內的各個角落都維護得無比周全，看得出以神社為中心，仍保有生活的秩序。不論是寶物還是建築，絕大部分都是室町時代流傳下來，當時似乎就已是現在的樣貌，保存完善，舉例來說，就連正殿（明應二年〈一四九三〉建造）的蛙腿形裝飾，也都以精細的雕刻統一呈現。尤其是釘在正殿板門上的舞樂木雕，就連彩色也純樸美觀，左右分別作成不同的姿態。在這種地方挑選了舞樂，可見這裡自古就和藝術有密不可分的關係。而傳入民間的伎樂，應該是不久便改換成舞樂，轉變為「田祭」。這當中或許暗藏了福太夫面具的祕密。聽說「田祭」的儀式在明治末期便沒再出現過，但田祭中用到的物品，除了福太夫面具外，還有人偶和文書也保存了下來。這人偶相當珍貴，很想介紹給讀者們看，不過就留待下一章再談吧。

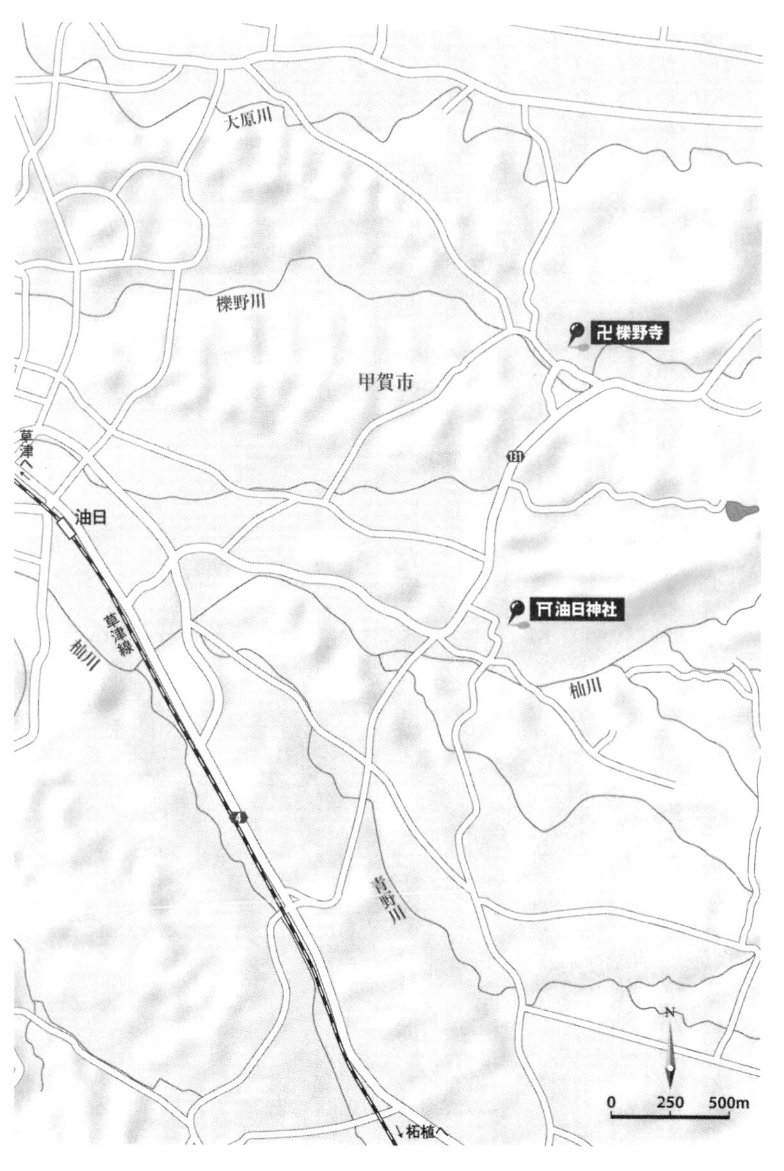

2 從油日到櫟野

油日神社裡有個罕見的人偶，和福太夫面具都是出自同一人之手。這人偶叫作「zuzuiko大人」。如左頁所示，模樣相當荒唐，但如果不受它造型的拘束，仔細觀察，會發現這是饒富趣味，力道感十足的雕刻，可以相信這也是櫻宮聖出雲所創作。

我從兩、三位學者和研究家那裡聽說，確實有這樣的人偶。如前所述，這座神社有神田。因此，每到慶典之日，福太夫就會使用這個人偶，用那巨大的陽具在田裡四處犁田。這個煞有其事的說法，我當初聽聞時覺得很有意思，但向神官確認此事時，他說那是傳說，其實是在正殿的神明面前舉行儀式，而且zuzuiko大人也不是全身赤裸，而是規矩的穿著衣服。很遺憾，這項儀式在明治末期便已絕跡，但服裝仍保存至今。古老的農村儀式大多避諱對外公開。但也不能一概而論，說這些儀式是純樸無偽或是猥褻，在祈求豐收的祭典中，必定都會伴隨這種與性有關的動作。耕田、播種、結出健康的稻穗，用身體來模仿這些過程乃神聖的行為，同時也是祈求豐收的一種術法。因此，平時分際嚴明的男女關係，在慶典時便能開放的看待。而之所以做成嬰兒的模樣，肯定也是為了象徵「神誕」。幾年前我在山形縣看黑川能時，最先登場的是小孩子表演的「踩踏大地」之舞，而在三河的花祭中，小孩子同樣也會登場。讓zuzuiko大人穿上衣服，應該是到了德川時代才開始，起初大概是光著身子在田裡耕田吧。我認為就應該是這副模樣，才適合這可愛的人偶。關於其祭神儀式，雖然保留了詳細的紀錄，但因為內容過長，謹摘要如下。

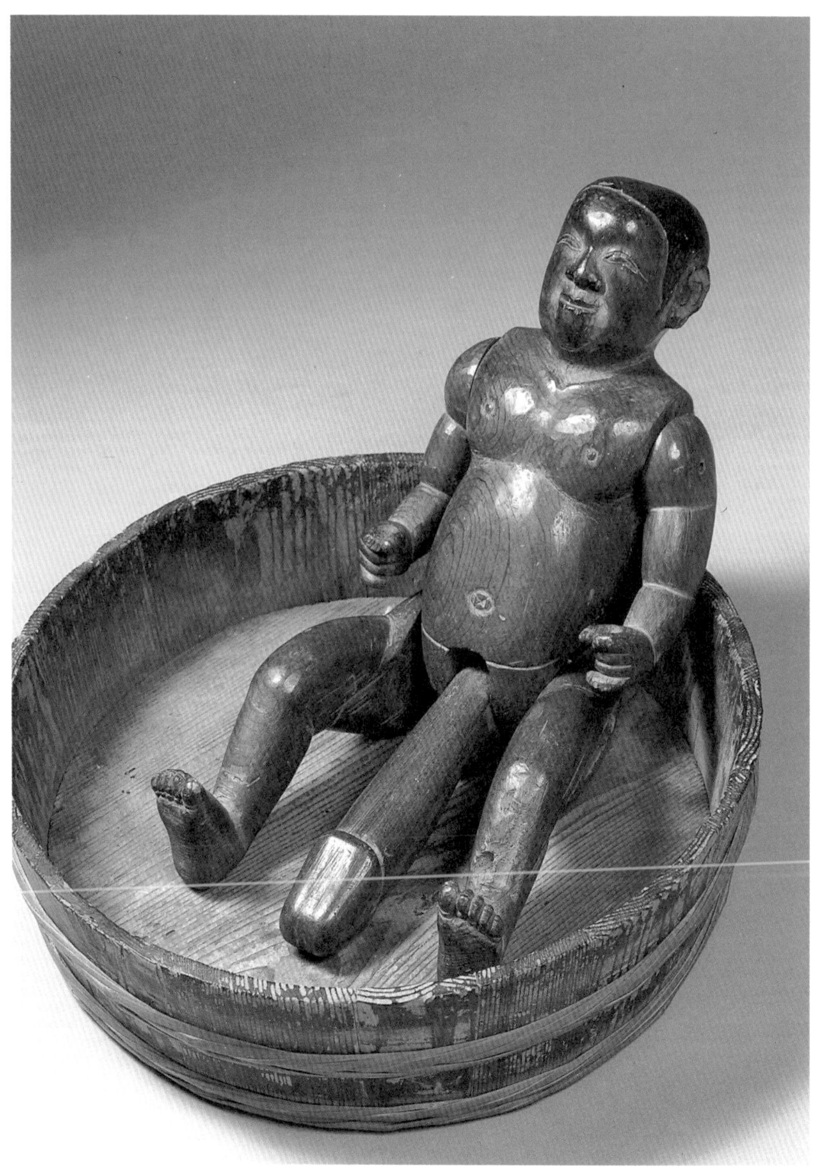

zuzuiko大人（油日神社珍藏）

和能劇一樣，一開始先是將翁面具放在三方（※用來擺放供品的木製供臺。）上登場。「福德吉方，鮮花朵朵來」誦念吉祥的歌詞，同時以神酒傳給眾氏子，還有「搗麥」、「招來」、「驅走」等儀式。「招來」是招來福氣的意思，或者是喚來太陽。而「驅走」，則是將牛的疾疫、馬的疾疫、瘟疫、水災、風災等，「將不好的事物全裝進大袋子裡」，沖向南海。

接著是「造田埂」的儀式，在做完「轉七圈」、「繞肩膀」、「施肥」後，zuzuiko大人現身。「zuzuiko啊，zuzuiko啊，請抬起你的腳，若沒抬起你的腳，將會原地踏步……」之所以會這樣說，應該是操偶師握著人偶的腳，讓它能動起來吧。接著是「望日」（占卜吉日）、「水戶祭」（祭祀水神）、「嚼烤米」、「持種」、「打種」、「播種」、「驅鳥」、「收苗」，這時福太夫登場。

「有二十、二十一歲左右的年輕姑娘嗎」，之所以會這樣吆喝，或許是以前有年輕女孩上場，相擁而舞。緊接著，福太夫有「撒苗」、「收苗」的儀式，並說一句「向所有氏子撒苗」，就此退場。最後獻上「御神樂」，再次將翁面具放在三方上，呈上供品，驅邪，儀式到此結束。共有二十六個場面，分別都有很長的歌詞。因為當中有許多方言，我也聽不太懂，不過這古老的歌詞中，似乎還夾雜了德川時代的俗語。唯一清楚的是，從以上的梗概也看得出來，這完全是田祭的形式，古代肯定是在戶外進行，在水田裡實際的造田埂、收田。而在神明面前舉行儀式，則是近世才開始。

我在前面寫到，福太夫似乎是田樂體系的面具，但正確的說法應該是田祭體系的面具才對。田樂也確實是從田祭發展而來，但雜技的要素相當多，在室町時期已成為傑出的藝術，成名人物輩出。單看這份紀錄，裡頭沒半項高度的藝術。倒不如說，應該看作是古代原始的儀式，保有原本的形態留存下來。

前面也提到「田作、山姥」的面具，寫有「田作」的面具，全都是在這種祭祀中使用。「有時見樵夫走在砍柴山路的花陰處想要休息，會幫忙對方卸下重擔，有時則會幫忙織女織布」，這樣的山姥下山來到鄉村，參與收苗工作的故事，是在逐漸轉化為猿樂或田樂這類藝術之前的原貌。至於翁的出處，與能樂有幾分相似，但能劇裡的翁是從全國的農業慶典逐漸發展而來，才有今日這般講究的樣貌。那麼，福太夫相當於千歲，zuzuiko 則為三番叟的前身嗎（※「翁」是能劇的演目之一。由翁、千歲、三番叟三人的歌舞組成。）？在現今的能劇舞臺上，狂言的三番叟舉止滑稽，會做出播種，將地面踩平的動作。膚色黝黑這點也很相似。

不過，像這樣的雕刻，會出現在如此純樸的慶典中，著實不可思議（其實它大可更像出自外行人之手，或是多帶點土味）。不過，我聽說在佐渡的野呂松人偶中，會使用和 zuzuiko 類似的人偶。雖然人偶穿著衣服，但不時會從裙褲下方露出巨大的陽具，這讓我聯想到伎樂的某個場面。鎌倉時代的《教訓抄》，幾乎可說是唯一記錄伎樂的書籍，當中有這麼一段描述。

伎樂有師子、治道、吳公等二十多首曲目，當中的第八首名叫崑崙舞，內容是一名長相可怕的野蠻人，名叫崑崙，他愛慕吳王的女兒吳女，苦苦追求。伎樂是默劇，所以崑崙「最後持扇拍打摩羅伽陀（※摩羅伽陀是誇大化的人造陽具。）」，來表現他急切的心情。但金剛力士旋即現身解救，崑崙馬上被制伏。「此謂之摩羅弗里舞，正襲向吳女之際，現身收伏外道崑崙。以繩捆束摩羅伽陀」，金剛就此意氣風發的離去。

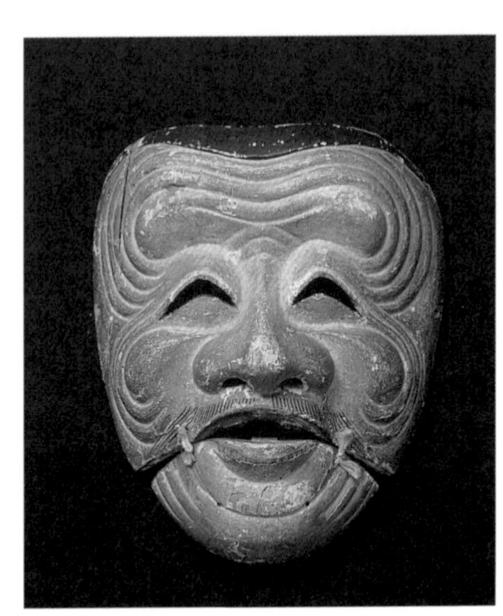

翁面具（油日神社珍藏）

法隆寺和正倉院還保有許多伎樂面，想到在宮廷或寺院裡上演這樣的戲劇，人們往往會說這是推古、天平時代的文化，但這肯定是我們無法想像的異國文化。因為希臘戲劇中也有許多露骨的場面，所以想必是受其影響。照這樣看來，雖然形態改變成小小的人偶，但zuzuiko的起源或許能回溯至古希臘。就算不是希臘，也會是西域。福太夫的面具長得像伎樂面具的吳公，如果以這樣來思考，就不會令人感到納悶了。昔日油日神社似乎是名氣響亮的大神社，而且與山岳信仰緊密結合，同時也有神宮寺（※是日本神佛習合思想下，附屬在神社的佛教寺院或佛堂。）的存在，所以在神社境內肯定也舉行過伎樂。伎樂沒落後，改為舉行舞樂，正殿的板門雕刻訴說了這一切。隨著時代演變，它們也就此消失，或者相互融合，就此在田祭的古面具和人偶上殘留些許當初一開始的影子。可能是我自己多心了，感覺zuzuiko的表情也帶有南蠻色彩。它黝黑的膚色，或許是時代久遠所造成，但它不像福太夫或翁那樣添加色彩，而是打從一開始就料到它會變黑，才如此製作。應該也可說是黑式尉（※三番叟又名黑式尉，與之相對的有白式尉，兩者一同使用於翁舞。）年幼的臉蛋吧。

我問神官zuzuiko是什麼意思，他也不清楚。希望知道的人可以告訴我，不論是它臉部和四肢強勁力道的呈現，還是線條雕刻的精確，都是民間藝術的最高傑作。因為是重要物品，所以過去一直祕藏不宣，不過，日本的鄉下地方竟然還會以這樣的文物當神明祭祀，真的很有意思。

離去時，神官告訴我「既然您都來了，請順便到櫟野寺參觀。那裡有許多出色的佛像」。反正我今天一整天的時間都耗在這兒了。話雖如此，現在天色尚早。我心想，就順便去那裡逛逛吧，一路上向人問路，花了二十分鐘左右終於抵達。方位是在油日神社的東北方，一座受群山環抱的山村，宛如靜靜沉睡其間。

櫟野寺的念法可採訓讀，也可採音讀。果然名不虛傳，境內聳立著號稱樹齡千年的櫟樹，還有從未見過的巨大金松矗立一旁。我請寺方帶我參觀後，出現一位與這座寺院的氣質很相襯，

藥師如來坐像（櫟野寺珍藏）

質樸寡言的和尚，為我打開寶物殿的大門。似乎不久前原本有一座大正殿，但慘遭祝融，所幸佛像都已事先搬往新的寶物殿，逃過一劫。我對和尚說，前來打擾真是抱歉，結果他頻頻表現出愧不敢當的神情。雖然不清楚火災的原因為何，不過以和尚的人品，村民們應該是不會怪罪他才對。燒毀的正殿，基石間還散落著殘骸，模樣淒慘，不過，像這樣的山寺只要有如此雄偉的櫟樹也就夠了，遠比有一座沒特色的正殿來得強。這裡以前似乎是頗具規模的寺院，到處都可看見僧房的遺跡，據說聚集此地的佛像也都是從底下所屬的寺院移送而來。

據寺傳所述，延曆十一年（七九二），傳教大師（※最澄，日本天台宗的開山祖師。）為了尋求建造延曆寺的建材，巡訪甲賀地區時，在此地發現高大的櫟樹，後來神佛託夢，直接在樹上刻出十一面觀音，這就是這座寺院的起源。那似乎是此寺的主佛，由於是祕藏佛像，無法參觀。據說是相當高大的佛像，為三．三公尺高的坐像，以十一面觀音來說，算是相當罕見。以那巨大的佛龕為中心，二十多尊藤原時期的佛像林立的模樣，在這個場所顯得尤為壯觀。當中也有高四．八公尺的藥師佛，模樣可愛的菩薩群也並列其中。油日神社會有這樣的雕刻，想必也是當地的傳統所造就。這一帶至今仍樹木眾多，呈現蒼翠蓊鬱之感，就像它的地名櫟野所示，昔日是覆滿櫟樹原始林的一處祕境。建造大佛時、創立叡山時，建材也都是向伊賀、甲賀地區尋求。這塊土地上肯定對樹木存有根深蒂固的信仰。直接在樹上雕刻佛像的「立木觀音」信仰，在近江特別常看到，但就算這是傳說，也還是很有趣的一種思想。即使良弁和最澄當初到這塊土地上找尋木材，覺得合適，但要為了建造寺院伐樹，一開始應該也不容易吧。當時佛教仍未深植於民眾心中，民眾難以理解。與其用言語來說明，不如讓他們親眼見識。來自京都的僧侶們，運用最先進的技術，在神木上雕刻出美麗的神佛，藉此想嘗試神佛合體。說起來，這是為了得到上等木材的苦肉計，算是權宜之計。原本都以懷疑的眼光看待的村民們，某天突然看到新的神明從神木中現身，相信「神明誕生」的奇蹟就在自己眼前發生，就此接

櫟野寺的千年櫟樹

納，並皈依佛教。最澄的神佛託夢，不就是這麼回事嗎?我認為立木觀音的信仰，應該就是神佛混淆（※將神道與佛教融合所形成的信仰系統。）最純粹的形態。

在收藏庫裡，我望著那林立的佛像，頻頻針對這座寺院的草創時期展開想像。佛龕裡的主佛無法參拜，但是看照片得知，是藤原中期充滿密教氣息，法相莊嚴的佛像。昔日坂上田村麻呂討伐鈴鹿的盜賊時，曾向這尊主佛祈願，並以自己的模樣雕刻出毘沙門天像獻出，留存至今。這都只是傳說，但田村麻呂是虔誠之人，同時也是清水寺的創立者，所以或許有人就是因為這樣的緣由而前往該寺參拜。他身為擁護佛法的武人，也許向來都以毘沙門自居。雖然我沒那麼老實，會相信所有傳說，但我也不想變得太過講究「科學性」，而否定所有傳說。因為傳說的背後勢必隱藏著許多事實，這樣的人物肯定魅力十足。

田村麻呂是外來移民的子孫，在桓武天皇時代，被任命為征夷大將軍，他身長五尺八寸，胸膛厚度一尺二寸，發起怒來，能當場擊斃猛獸，而他笑起來，連嬰兒也會與他親近，是一位有大將之風的人物。史書提到，對部下也多所體恤，連他俘虜來的蝦夷人也對他無比景仰。不論是樣貌還是性情，這樣的武將都會被視為毘沙門天再世，此事不難想像。東北地區自然有很多關於他的傳說，也就此傳至關東地區，而他在鈴鹿山收伏鬼怪一事，也是他一連串征討故事中精采的部分。因為地點離京都近，所以引起人們的興趣，故事也隨之變得誇大。在謠曲《田村》中，有一處把英雄故事和觀音傳說合而為一，文中描述「鬼神降下黑雲鐵火，化身為數千騎兵，聲勢浩蕩如山」，接著千手觀音現身，「千隻御手，皆手持大悲弓，智慧箭搭弦上，一旦鬆手，便有成千飛箭勢如雨下」，鬼神難以抵擋，命喪箭下。

當然了，這是室町時代編出的故事，與其說是傳說，更像是創作，但我感興趣的是，經過這麼久的時間，人們還是沒忘記田村麻呂，一再幫他披上傳說的外衣。今昔物語裡提到，鈴鹿山有個盜賊集團的巢穴，常襲擊往來伊勢的商人。山上至今仍有一座石洞，是名叫「鏡石」的巨岩，據傳盜賊將石頭磨亮，以石為鏡，映照出往來的人們。然而，這盜賊其實是豪族，鏡石和岩穴應該是古代信仰的遺跡。也不知道盜賊是滅亡還是被消滅，之後真正的山賊在此橫行，而為了順應百姓的期望，才會打擾田村麻呂亡靈的清靜。謠曲《田村》創造的過程，我推測大概就是這麼回事。

延曆十一年三月，田村麻呂被任命為木匠統領。這是從事營造的官職，負責統率木匠，收集建材。當時繼長岡京之後，也開始忙著建設平安京，這肯定是很重要的工作。想必他是為了尋求木材而探訪甲賀地區。說到延曆十一年，傳教大師應該也在這一帶，若說兩人沒相遇，未免也太不自然。與創建櫟野寺有關的諸多傳說，不就是暗中在訴說此事嗎？雖然寺院是傳教大師創立，但田村麻呂肯定也在背後提供援助。土山附近也有田村神社，甲賀的周邊也有許多其遺跡，這也是理所當然。肯定是因為職權的緣故長駐此地，因而博得村民們的尊敬和信賴。只要他瞪一眼，鈴鹿的山賊想必就會嚇得直打哆嗦。收伏鈴鹿山鬼怪一事，或許並非實際有此行動，而是甲賀村民們的記憶所創造出的英雄故事。

3 宇陀的大藏寺

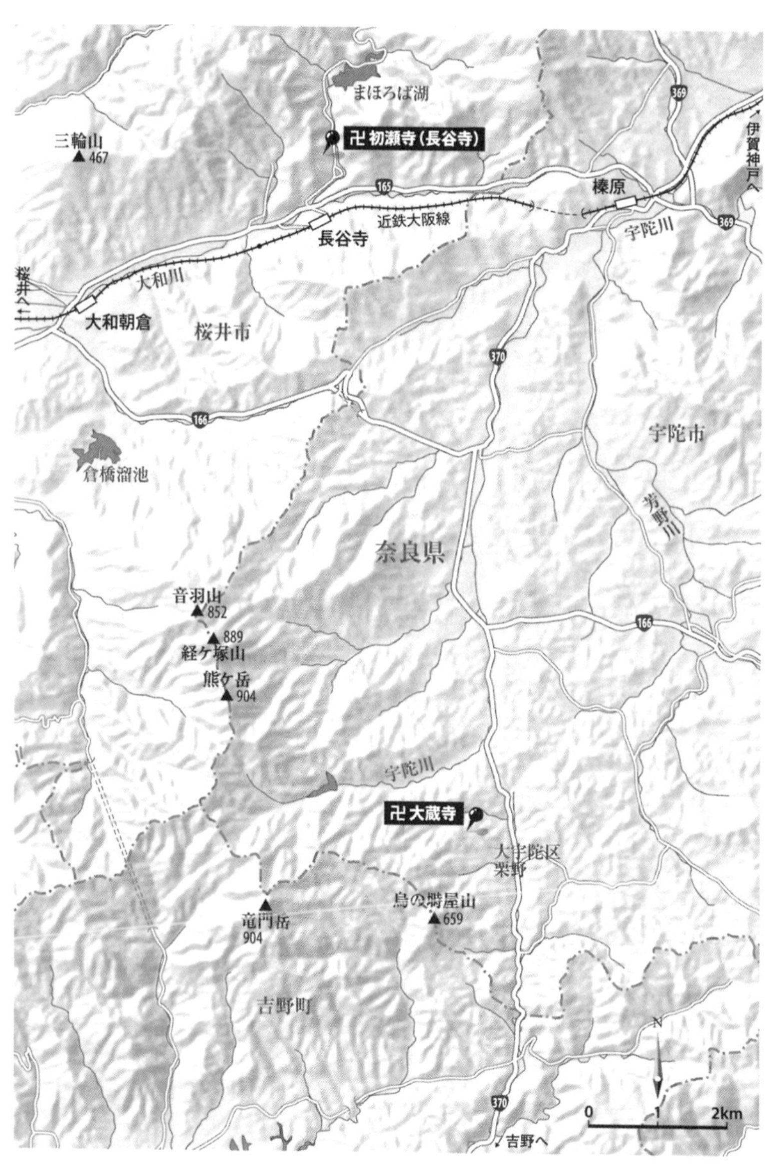
まほろば湖
卍 初瀬寺（長谷寺）
三輪山
467
369
伊賀神戸へ
165
榛原
近鉄大阪線
長谷寺
宇陀川
369
桜井へ
大和川
大和朝倉
桜井市
370
166
宇陀市
倉橋溜池
芳野川
奈良県
音羽山
852
889
経ケ塚山
熊ケ岳
904
166
宇陀川
卍 大蔵寺
大宇陀区
栗野
竜門岳
904
鳥の塒屋山
659
吉野町
N
370
0 1 2km
吉野へ

我不喜歡上電視。在那強烈的燈光照射下，接連接受提問，我連十分之一的內容都講不出來。當我在思考時，主持人馬上接話解危，話題就此被帶往意想不到的方向。這都是因為我自己腦筋轉得不夠快，沒資格抱怨，不過上完電視後總是感覺餘味頗糟。既然如此，推掉邀約不就得了，但有時會有一些有趣的節目，說要帶我到難得一去的地方，我也沒細想就這麼答應了，事後才感到後悔。宇陀的大藏寺就是這樣的節目之一。

順著大和平野南下，在櫻井轉乘，在榛原車站與工作人員會合。那天是梅雨季難得放晴的日子，一個悶熱的早晨。我們從這裡開車前往大宇陀一處叫栗野的地方，但因為路上都在說話，所以不清楚究竟花了多少時間。過了一會兒，我們在一處狹窄的山路下車。路旁立著石碑，寫著「元高野」。大藏寺是昔日弘法大師（※空海。）在開創高野山之前，四處找尋道場時，曾暫住過的地方，之所以叫「元高野」，似乎就是以這個緣由來命名。不過，聽說大藏寺創建的年代久遠，是聖德太子所創建，但此事真偽難定。

微微上坡的狹窄參道，行人稀少，地上覆滿夏草。下方可能有小溪流過，傳來輕快的潺潺水聲。我就喜歡這樣的小路。雖然不想說「還是保有古味好」，但確實是如此。例如要去法隆寺，得從王寺開始走，或是從郡山搭汽油火車，再走上一大段距離。沐浴在春陽下，順著油菜花燦放的鄉間小路往西行，遠方逐漸可以望見法輪寺的高塔。接著是法起寺，然後是法隆寺高大的五重塔，都在春霞中浮現。那種心情絕非搭汽車前往所能體會。走著走著，逐漸會興起一股到寺院參拜的氛圍，並做好這樣的心理準備。說得更誇張一點，可說是瀰漫在大和平原的推古、天平時代的空氣，滿滿充塞我的胸臆。

當然了，這座山寺沒有這樣的明亮氣息。話雖如此，它卻沒有密教寺院特有的陰鬱嚴肅，倒是給人一種雜樹山林裡健行般的感覺。走了將近一公里後，不知從哪兒飄來一陣甘甜的芳香。走近一看，原來是開滿白花的梔子樹，樹下建了一座小屋。他們告訴我「這是僧房」。我聽說這是一座氣派的寺院，但完全沒看到半點像樣的影子。連山門也沒有。此事姑且不談，眼前這棵高大的梔子樹令人驚訝。那是得抬頭仰望的大樹，可說是竭盡所能的開滿了花，花團錦簇，與一般我們所知道的灌木一點都不像。要長成這樣的大樹，至少也得花上近千年的時間吧。後方的山丘也種有足以雙手環抱的杜鵑，還開著殘存的花朵，確實是一座古寺，令人感佩。

大藏寺現在算是初瀨寺底下所屬的寺院，初瀨寺的事務長還特地前來接待。電視臺的威力果然不容小覷。休息片刻後，我們請他帶我們到正殿參觀。也難怪剛才看不到，寺院位在剛才提到的杜鵑山丘之上，拾級而上，眼前景色就此變得開闊，藥師堂、御影堂、十三重石塔等，都一一從聳立的高野金松間的縫隙現身。個個都是這一帶罕見的鎌倉時代建築，鋪上柔軟檜木皮的屋頂，彼此交疊錯落，就此融入周遭的山脊線中，美不勝收。西邊是區隔大和與宇陀的連峰，東邊則視野寬闊，不算太高的山脈和山丘蜿蜒並立，南方則可以遙望吉野的連山。昔日的寺院可能是

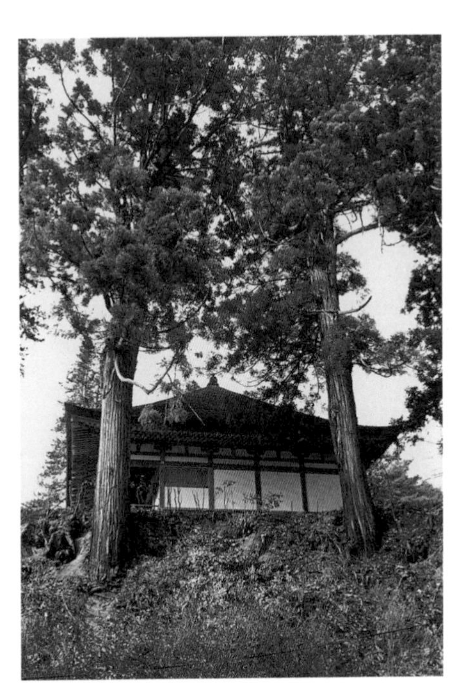
大藏寺正殿

因為懂得巧妙的善用自然，完全的融入周遭的景致中，讓人忘了它們是人工的建築。我所指的並非只限寺院。神社和房屋也都讓人覺得像是大自然的一部分。這正是因為他們對所有事物都抱持一份敏銳的心。現代的生活讓人變得神經質，但絕不會讓人變得敏銳。我認為過度敏感是一種精神的麻痺狀態。

如前所述，這裡的正殿和御影堂都是鎌倉時代的建築，整體呈現一種輕快感，連細部也看得出作工的細心。例如御影堂的蛙腿形裝飾，那明快的雕刻，很適合這座山寺，完全沒有刻意擺顯威儀的地方，令人心曠神怡。御影堂又稱作大師堂，供奉弘法大師的雕像，同樣是鎌倉時代的優秀雕刻，以大師像來說，算是頗有歷史。御影堂與正殿之間立著一座高大的十三重石塔，現在已失去其中三層，成了十重塔，不過這是當初重建東大寺時，從宋朝請來的伊行末（※南宋時代浙江省寧波人，於鎌倉時代赴日，投入重建東大寺的工程。是日本石匠集團「伊派」的創始者。）所打造，基壇的正面刻有銘文。我記得東大寺門前的狛犬以及般若寺的石塔，也都是出自同一人之手，不過絲毫不帶中國風，是它的獨特之美，與周遭的景致以及建築也都充分融合。

這裡之所以會有這麼多鎌倉時代的建築，是因為當時寺院突然興盛，還是與東大寺有何關聯呢？它自古便是龍門七大寺之一，擁有許多所屬寺院和僧房，至今仍擁有數萬坪的廣大土地，可是卻鮮為人知，也沒有明確的歷史，當真令人費解。不過，或許就因為是這樣的地方，才有寺院的魅力。事物一旦變得過於清楚明白，反而引人懷疑，不如充滿謎團，這樣才讓人感興趣。至少對我來說，這麼美的寺院突然出現眼前，光是這樣，就覺得今天一天不算白活。

上：十三重石塔

下：御影堂蛙腿形裝飾

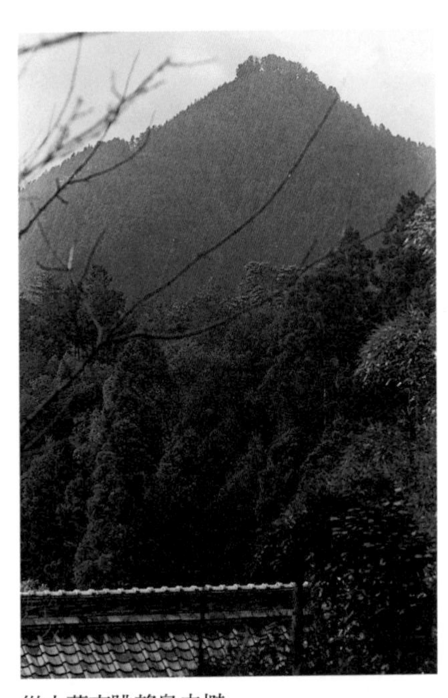
從大藏寺眺望烏之塒

可以望見一座很出色的高山與此寺相鄰。詢問後得知，此山名喚「烏之塒」。這一帶相當於神武天皇東征時的行經之路，所以可能是八咫烏之塒（※塒是鳥巢的意思。八咫烏是神武天皇東征時，受高皇產靈神和天照大神之命為天皇帶路的烏鴉，一般描繪為三隻腳的形象。），或是以烏鴉當圖騰的豪族居所，至今仍有許多烏鴉在此棲息。現在與大藏寺似乎已無直接關聯，不過根據我的經驗，凡是古寺皆與古代信仰緊密結合，這是具有濃厚日本色彩，饒富趣味的存在方式。在神佛混淆的思想下，天竺諸佛為了度化眾生，以日本神明的形象現身，但事實卻與之相反，應該是為了宣揚佛教，而需要借助日本神明的力量吧。雖然只有些許差異，但意義卻大不相同。若換個說法，以日本神明當經線，以佛教當緯線，以此編織而成的，正是所謂的本地垂跡說（※日本佛教興盛時期的一種思想。指稱日本神道的八百萬神是佛菩薩的化身，稱為權現。理論上神佛具有同等地位。）。不過對象是不會說話的木石，無法加以證明，但日本的大自然向我說明了這一切。此事至今仍沒多大的不同。提出條理分明的理論，這是外國傳來的方式，日本人心中只能默默聆聽。然而，默不作聲不表示就此屈服。長期以來支撐起外來思想和技術的，一直都是沉默不語的日本諸神。

坦白說，我雖然對大藏寺的環境和建築感到佩服，但是對裡頭的佛像卻不抱持期待。藤原時代的佛像良莠不一。我心裡原本認為，在這種深山之地不會有什麼多像樣的雕刻，但是當正殿的大門開啟時，我的想法徹底被顛覆。那佛像真是美。不過，它並非是多特別的雕刻，明顯是地方上的作品，但這當中帶有言語難以形容的純真，感覺得出它已超越時代或技術。臉部尤其美。以類似推古時代佛像的表情，從它那八尺八寸的身高，心無雜念的俯視，看起來比藤原時代初期的佛像更有古味。這種情況也常見於敦煌的雕刻中，由於這是鄉間作品，反而傳達出古時候的樣式。或許專家不認同，但比起完美無缺的佛像，我覺得這種佛像更易親近。正殿內的擺設我也很欣賞。不同於一般的寺院正殿，這裡沒添加多餘的裝飾，佛龕也造型簡樸，使得佛像更顯高大。在一點都不像密教的開放氛圍下，給人一種直接膜拜神佛之感。

據寺傳記載，這尊藥師佛是以境內的一株大樟樹雕刻而成，也算是一種「立木信仰」。關於立木觀音，前面也曾提過，不過當我望著這尊佛像時，看到的不是雕刻，而是樹木的自然樣貌。事實上，當初雕刻的人們肯定也從樹木中學習到不少。像是木材的處理方式、對木紋的細膩用心等，沒半點違逆自然之處。就這層意涵來看，在金銅打造的佛像方面，就算是藥師寺三尊這樣的名作，也還沒能成為真正的日本作品。我們的祖先可說是在開始打造木雕後，才開始真正吸收了

天部形立像（大藏寺珍藏）

佛教思想。

正殿內供奉了同屬藤原時代的毘沙門天像。這又稱作兜跋毘沙門，聽說地方上的人們都稱呼它「神象先生」，我認為這才正確。佛像雖然右手托塔，但雙臂似乎都修補過，不論是臉部表情還是身體的僵硬模樣，都不太像佛像，反倒比較像神像。眾所皆知，不管再好的傑作，神像一定都會打造成僵硬的姿態，我向來都覺得很不可思議，不過，在那雕刻興盛的時代，我不認為這是因為技術不夠純熟使然。也不可能是粗製濫造。若是如此，會不會打從一開始就是仿效樹木來打造呢？坐像就像樹根一樣，而立像看起來就像活生生的樹木。雙手都深藏在衣袖裡，不論臉部表情還是身體，都拒絕呈現任何「動作」。這尊神象先生和藥師如來之所以給人類似這樣的印象，想必是因為在這遠離都城的鄉村裡，古代的自然信仰已根深蒂固。雖然不清楚作者為何人，但肯定是同一個人，或同一流派的人，與神社關係深厚。

藥師如來立像（大藏寺珍藏）

境內出乎意料的寬敞。處處都有高大的高野金松聳立，從樹木間的縫隙可以望見「烏之塒」。這座山就像在追著我們跑，不管我們去哪兒，都一樣看得到它。與弘法大師有關的事物，除了修行場外，只留下掛衣服的松樹或加持過的泉水，不過這雄偉的金松說明了它與高野山的深厚關係。正殿後方的小山丘上有一座墓地。這裡是視野開闊的高臺，當中地勢特別高的墳塚上立著一座漂亮的五輪塔。上面有正平六年（一三五一年）的銘文，但就只知道是「南朝某貴人」的墳墓，不清楚是何身分。因為這一帶是南朝的大本營，所以也許是在某地戰死的地方豪士，在故鄉的寺院下葬。或者是某位身分更高的「貴人」在此過世。墓地面朝吉野的方向而建，看起來宛如死者的情感至今仍飄蕩在布滿青苔的石面上。總之，這肯定是一方大將，如今雖已化為無名的石塔，卻仍持續凝望吉野的天空，那模樣深深打動我心。

臨行時，我們在僧房接受熱茶款待。這段時間，住持讓我們見識寶物。裡頭是藤原時代的大般若經。八百卷中遺失了四十四卷，但令人吃驚的是，這大部分都是手抄經文，底頁寫道「仁安二年（一一六七）四月五日於仁和寺宿所書寫了」，那工整的字體保有天平時代的風格。說到字體，寫著「大藏寺」的匾額也很美。這匾額是出自藤原大人的草書，經淺雕後在上頭塗上顏色，但現在顏色幾乎都已褪盡。這匾額是嵯峨天皇行幸大藏寺時賜贈之敕額，上頭刻有銘文「保延六年（一一四〇）庚申五月二十八日幸未書之　從五位上寺宮內權大輔藤原定信」，定信是知名的書法家。但與嵯峨天皇的時代不符。也許是一開始的匾額破損，請定信重新揮毫。天皇遠道而

岡倉天心捐贈的弁事堂和殿內的地藏菩薩

來，這點也啟人疑竇，不過主佛藥師佛建造完成，應該是在天皇在位期間，而寺院的創立也大約是在那時候。這座寺院寶物眾多，除了前面所列舉的之外，還有藤原時代的地藏菩薩、大黑天的木雕像、板繪的佛畫等，我特別感興趣的是上面刻有永正十一年（一五一四）銘文的一張經卷桌。這是俗稱的寺子屋桌，但正因為年代久遠，別具韻味。而不經意的保有這樣的古物，也是遠離塵囂的山寺可貴之處。

僧房旁有一座茅草屋頂的小佛堂，名叫「弁事堂」。是岡倉天心（※日本明治時期的美術家、思想家。）捐贈，聽說天心與這座寺院的前任住持交好，時常到此地留宿。佛堂裡祭祀鎌倉時代收集來的一尊地藏菩薩，最近從這尊菩薩體內發現摺佛（※

將佛或菩薩的圖像印在紙或布面上。），上頭寫有延應元年（一二三九）僧人長信及其他多位結緣者的名字。由於此地藏菩薩無處安置，所以天心才會建造這座佛堂吧。大藏寺是他很喜愛的寺院，雖然就只是因為這樣，但這故事卻深植我心。

回程時，我們走另一條路。寺院後方是一片迷人的山白竹林，穿過竹林後，眼前是一處往下的陡坡，走不到三十分鐘便來到了幹道。

「要不要順便小逛一下」，導演K先生說道。我求之不得，這麼一來，我對討厭的電視演出也才能多點期待。這一帶有許多我想去的地方。「那麼，就交給我負責吧」，我聽從他的建議，也沒問他要去哪兒，就此坐上車。

4 藥草的故鄉

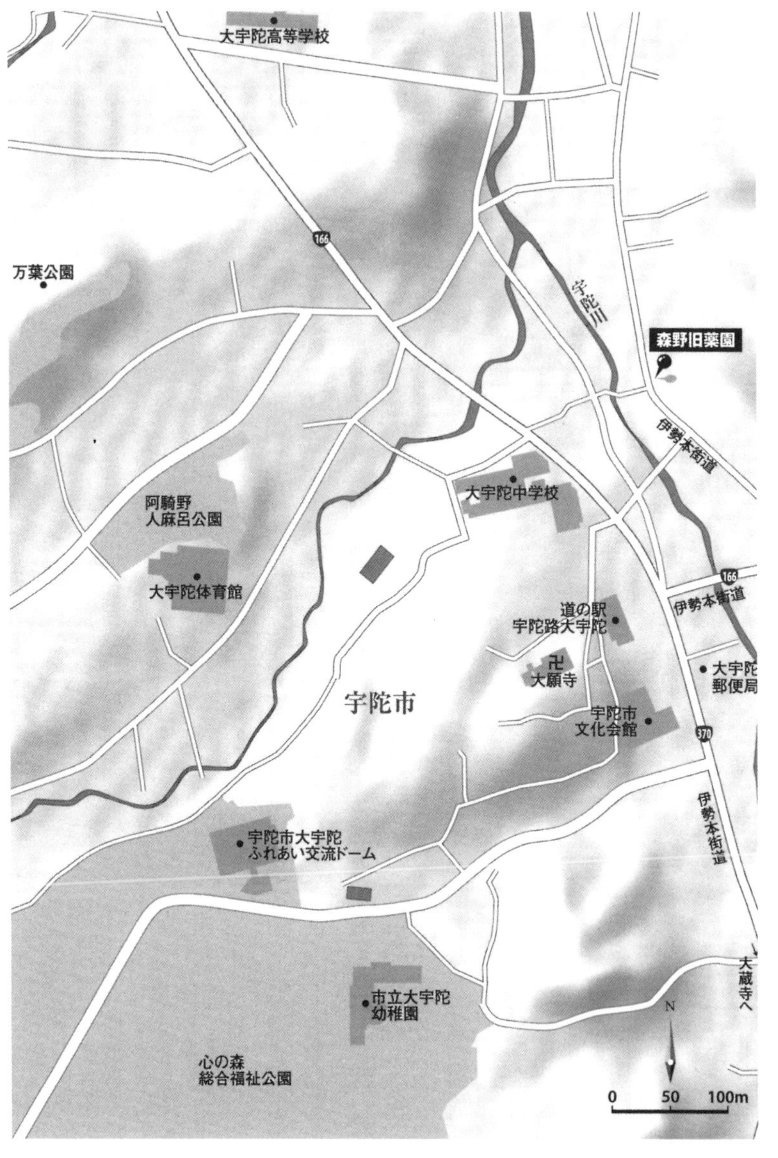

大宇陀高等学校
166
万葉公園
宇陀川
森野旧薬園
伊勢本街道
大宇陀中学校
阿騎野
人麻呂公園
大宇陀体育館
166
伊勢本街道
道の駅
宇陀路大宇陀
卍
大願寺
大宇陀
郵便局
宇陀市
宇陀市
文化会館
370
伊勢本街道
宇陀市大宇陀
ふれあい交流ドーム
大蔵寺へ
市立大宇陀
幼稚園
N
心の森
総合福祉公園
0 50 100m

吾王御四方，芒耀日之子，神氣聚一身，臨京復離去，泊瀨多密林，荒山道中行，越岩穿林木，翻山如晨鳥，夕暮耀如玉，雪降阿騎野，撥開芒與竹，露宿草當枕，遙思念往昔。

反歌

紅光現東野，微露魚肚白，轉眸回身望，殘月掛山頭

日並皇子尊，攜馬欲遠行，拂曉即出獵，今日正逢時

這是昔日輕皇子（文武天皇）思念父親草壁皇子，而在阿騎野狩獵時，柿本人麻呂所寫的長歌及反歌（反歌還有另外兩首）。草壁皇子於持統天皇三年逝世，輕皇子於持統天皇十一年即位，所以應該是中間這幾年發生的事。人麻呂曾陪伴兩代皇太子前往獵場，肯定感觸良深。這並非應付場面的禮儀歌，歌中滿是「遙念往昔」的真情。

關於這處阿騎野有各種說法。有人說是大宇陀的松山，也有人說是稍微南方一點的古市場宇太野，或是榛原的禁獵原野、更遠處的吉野秋野等，或許還有其他說法。話說回來，宇陀這個地名並不明確，所以在大宇陀西南方有個叫菟田野（※菟田野的日文為うたの，音同宇陀野。）的小鎮，彼此都爭吵誰才是正統。在歷史悠久的土地上，這種事並不稀奇，但像我這樣的外行人認為，獵場原本就占地遼闊，雖然歌中提到住宿，但那也是要「撥開芒與竹」的暫時棲身之所，

所以可能大宇陀和菟田野都包含在內，指的是那一整片原野。在皇子狩獵期間，儘管現場控管嚴密，但平時不過就只是一片茫茫原野。

負責帶路的K先生，帶我們來到「阿騎野」裡的一處叫松山的村落。位於大藏寺正東方，一處幽靜的山村，北邊是一處寬廣的臺地，背倚著雜樹的前方立著萬葉碑。西邊可遙望「烏之埘」，東邊是一路連往伊勢的連山。站在地勢較高的山丘上放眼望去，那「紅光現東野，微露魚肚白」的景象，讓人覺得肯定就得站在這裡才會明白。待對面的山頭漸露曙光時，轉頭往後看，發現月亮正落向「烏之埘」。報曉的鳥鳴聲應該就是從那裡傳來的吧。還沒完全清醒的人麻呂，可能是在朝霧中看到已故的皇太子以瀟灑的英姿站在他面前吧。「攏馬欲遠行，拂曉即出獵，今日正逢時」中的「時」，正是過去與未來交錯的瞬間。

以現代的感覺來說，「紅光現東野」這種想法，給人一種遼闊之感，讓人聯想到武藏野的風景，但當時的野未必就是大平原，指的是山腳處的原野，所以這樣的景致反而才合適。之所以給人如此壯闊的印象，是因為這首歌的宏大。伊藤千夫曾說「轉眸回身望」這句話帶有「演員的身段」，很不討喜，但難道只有我從這樣的身段中感覺到悠久的時光流轉嗎？

不過，要從逐漸轉亮的天空與沉落的月影，去看出輕皇子的期望以及對草壁皇子的思慕，這就太過頭了，和歌就該以它原本的樣子去感受才對。照原本的樣貌去接受它，這樣若能留下餘韻，才堪稱是有名的和歌。不過，「紅光現東野」這首和歌，是經過萬葉集學者長期的努力，才確立今日的讀法。我是從齋藤茂吉的《萬葉秀歌》中得知此事，深受感動，同時發現自己過去雖然讀過不少遍，卻遺漏了很重要的一件事。

據書中所言，聽說原本上句是念成「晨霧現東野」，後來在契沖、真淵等人的研究下，才得知現在的念法。茂吉告戒道「我等後進切莫忘卻此事」，而確實如他所說，如果是念成「晨霧現東野」的話，這難得的黎明景致將會減色不少。「東　野炎　立所見而　反見為者　月西渡」，從這謎樣的原文文字轉變成如今我們琅琅上口的和歌，背後其實花了上千年的歲月。可說是自平安時代以來便失傳的言靈（※古代日本認為語言中暗藏著神祕的力量，謂之言靈。）再度復活。一想到這點，便覺得和歌也一樣有生命。造就出人麻呂的，其實是後世這群真心喜愛人麻呂的人們，這麼說一點都不誇張。

眾所周知，古代狩獵以採集藥草為目的。不過鹿角和動物的肝臟肯定也算是草藥的一種。男人策馬馳騁，放鷹狩獵時，女人摘藥草。能想像出這樣的光景。那是歡樂的出遊，同時也是固定的宮廷儀式，想必也帶有宗教色彩的「祭祀」吧。在「日並皇子尊，攏馬欲遠行，拂曉即出獵，今日正逢時」的和歌中，帶有滿滿的莊重氣息。因為是專程來到阿騎野，舉辦一場遙想過往的狩獵，所以是對已故前人的「後祭」，同時也是皇太子即位在即的「前夜祭」。對年輕的皇子而

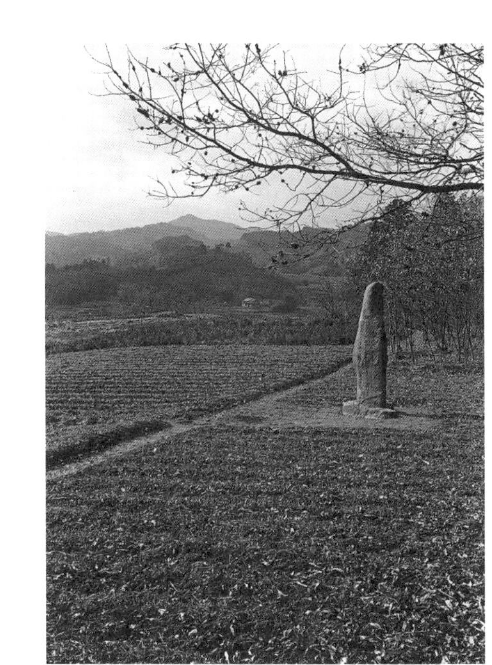
立有人麻呂歌碑的阿騎野

言，這是他最後一次以皇子的身分玩樂，這或許意味著一種成年禮，為了成為成人，或是成為天皇。我從人麻呂這一連串的和歌中得到這種感覺。人麻呂同樣再度陪同狩獵，擁有跳脫出宮廷歌人這職業的親密感。所以才得以詠出如此傑出的和歌，想必不單只是懷念過往。

我走在雜樹林裡，腦中持續想著這件事。很慶幸自己跟來了。在自然的景致中，這當真是「夏深草長，昔日兵戎，黃粱一場夢（※芭蕉的俳句。）」，它吞沒了一切，靜默無語，但我相信，只要有心與它交流，它就會開口道出一切。至少以前的人們就是藉由這麼做來培育思想，孕育出如此可靠的語言和形式。

來到底下的村落後，K先生便一直無所事事的在車上等候。他想讓我們見識的地方似乎不是這裡。

「那附近有座罕見的藥草園。要不要去看看？」

我去哪兒都行，對什麼事物都感興趣。這有時是很大的缺點，但這與生俱來的個性改不了，現在我已經放棄改變自己了。我答應他的邀約，跟著他走，穿過一座整排都是老宅院的街道，走進一家掛著老舊看板，上頭寫著「元祖　吉野葛」的屋子。聽說這戶人家的屋號叫「大葛屋」。廣寬的中庭是葛粉的製粉場，採用方法相當原始，是將葛根裝進大桶裡，經由木製導管一再過濾，以這種方式做出的葛粉風味獨具。不過買回家後才知道，葛發酵後散發的濃烈氣味，令人退避三舍。

中庭走到底後，接著是上坡路。從那裡開始就是藥草園，石階兩側長滿了從沒見過的草木，一一都立著名牌。一路連往山頂，不過這裡維護得相當周全，整理得很完善，令人吃驚。「很不簡單吧」，K先生如此說道，就像是自家庭院一樣，引以為傲，不過，要是我對藥草有多一些知識的話，肯定會更加佩服。這一整座高山都種滿藥草，堪稱是藥草的寶庫。白鳳、天平時代的藥狩傳統（※古時候在陰曆五月五日到山野間獵鹿茸、摘藥草的一種儀式。），沒想到在這種地方保留了下來。

據《大宇陀町史》所述，「藥園的創始人森野藤助，諱名通貞，號賽郭，祖先於吉野朝為官，家住吉野郡下市。元和二年貞康時遷往松山，亦即今日之大宇陀町，將原姓森岡改為森野，經歷過貞次、貞訓，以至通貞，家中代代務農，並從事葛粉製造，乃一家財萬貫之葛粉店。藤

藥草園的地圖

助生於元祿三年，喜愛研究藥草樹木」，而來到享保年間，德川幕府得知此人名聲後，拔擢他為「御藥草見習」，採集藥草的範圍，從大和遍及吉野、若狹、越前等地。

這段時間，還得到過去所不知道的重大發現，幕府認同藤助的功績，允許他冠姓帶刀，從那之後，藥草園被視為幕府的輔助機關，備受重視。藤助也擅長繪畫，留下詳細紀錄，其中有一份繪圖精美的《松山本草》圖鑑。照片中列出其中一部分，森野家還另外保存了幾本類似的日式線裝本。

園內有他曾經住過的茶室風格庵房，山上也有類似別房的屋子，供奉藤助夫婦的人像。那是模樣祥和，如同《高砂》（※日本知名的能劇，敘述一對由松樹精化成的老翁和老婦的故事。）裡的老翁和老婦般的雕刻，讓人遙想起他們和藥草一同生活的生前樣貌。說到藥草園，就像研究所一樣，但這裡完全沒半點藥味，像自然的庭園般，打造得相當隨興，討人喜歡。藤助先生肯定是位頗有雅趣之人。經這麼一提才想到，他的一生可說是完全投注在自己的興趣上，正因為喜歡，才能達到無人臻及之境，深入鑽研藥草之奧妙。這點與只是一味坐在桌前研究不一樣。看著《松山本草》上頭細緻的色彩，便不禁在心中想像，他究竟有多麼熱愛草木，是如何傾注全力去採集呢？森野家另外還保存了多本古書、研究書，以及樹葉和貝殼的標本，但當中最有名的似乎是古石的收集。既然提到藥石，礦物當然也會入藥。這全是藤助先生那從不厭倦的探究所得到的成果，但用心保存這些文物的森野家後世子孫也功不可沒。

山上的視野絕佳。「烏之塒」就聳立在正前方，美麗的鎮上屋舍，屋頂交錯綿延，後方是遼闊的「阿騎野」平原。之前我聽一位中醫師說，現在有名的藥鋪老闆，幾乎都是大和出身，這傳統著實驚人。來到這個地方後，更加深切體認此事。這座山名叫古城山，但古時候都叫秋山、神樂岡城，是南朝的豪士秋山氏的舊城遺跡。在那之前當然是狩獵場的一部分，不過，神樂岡這名稱，指的應該是舉辦神樂的祭祀場吧。以前藥草、染料，全都被視為神明不可思議的技能，就此成為信仰對象。若抱持虛心來思考，即使現在它還是一樣不可思議，但我們過度相信人類的力量，而將這種想法歸類為不合科學的野蠻思想。但這樣真的野蠻嗎？我們應該再次從頭思考這個問題才對吧。我的意思並不是要回歸原始宗教，這當然不可能，但是想到我們連一朵花、一粒種子都創造不出來時，是否應該稍微回歸謙虛的心，傾聽大自然訴說的言語呢？我認為缺乏自我或是疏離的這種現代的不安感，全都是人類過度自信所造就的結果。

森野賽郭的《松山本草》

鐵線
胡椒
地椒
四月開花
萆解
ヲニドコロ
六月開花
三葉芹
ミツバ
四葉芹
ヨツバ
四月開花
胡蘿蔔
ニンジン
紅
ベニ
五月開花
牡蒿
ヲトコヨモギ
五月開花
齊頭蒿
茵蔯蒿
カワラヨモギ
五月開花
六月開花

據說第一代的藤助有位名叫佐兵衛的忠僕，從他十二歲起，一直到八十二歲過世為止，一生都奉獻在藥草的工作上。而主人死後，他出家為僧，成為守墓者，在山上的庵房祭祀藤助夫婦的人像，和生前一樣侍候他們。

想必森野家代代都有像佐兵衛這樣的僕人在，雖然不為人知，卻無比忠心，才得以撐起這座藥園。這山中的一草一木，都棲宿著這些忠僕們的靈魂。不過戰後想必很難繼續這樣維持下去。

森野藥草園的創始人森野藤助的居所

「不過還真有這種人呢。一定還有人在某個地方工作，我去找找看。」K先生不理會我的勸阻，就此衝了出去。

不久，他帶了人回來，是位六十多歲，看起來很和善的老太太，名叫松尾愛。經K先生介紹後，她一臉難為情的表情，不過仔細詢問後得知，她是在十三、四歲時，到森野家幫忙照顧孩子，然後不知從什麼時候開始便照顧起藥草。雖然後來結婚，但丈夫早逝，如今這座藥草園成了她的生活重心，是她人生唯一的樂趣。雖然不見得完全像她所說的這樣，但她向我們道出這樣的含意。

守護藥草園的松尾愛女士和孫子們
三角形的那座山是鳥之塒

和植物一起生活了數十年，就會呈現這樣的面相嗎？一開始她給我的是和善的印象，不過聊著聊著，我逐漸明白那不是一般的和善，而是一位對自己的工作抱持自信和喜悅的人才有的表情。她話不多，但似乎累積了許多藥草相關的知識，一般的學者恐怕都望塵莫及。望著那指節粗大的手指、沾滿泥巴的工作褲，尤其是那年輪深邃的臉龐，便不禁覺得這才是人生，她是這座山真正的主人。

而帶我們去前面提到的那座山上別房的，也正是這位松尾女士。我們明明跟她說，您有工作要忙，不用勞煩了，但她還是專程替我們打開防雨門，讓我們看藤助夫婦的雕像。宛如她就像住在這兒似的，語帶結巴的訴說起這位三百年前的主人功績。就只有這個時候，她才顯得比較健談。我從她的模樣中看到佐兵衛的身影，同時也覺得自己感受到古人膜拜神像的心境。

對於賽郭翁藤助的辭世，在此獻辭一首。

賽郭未生亦未死，此地悠然度春秋

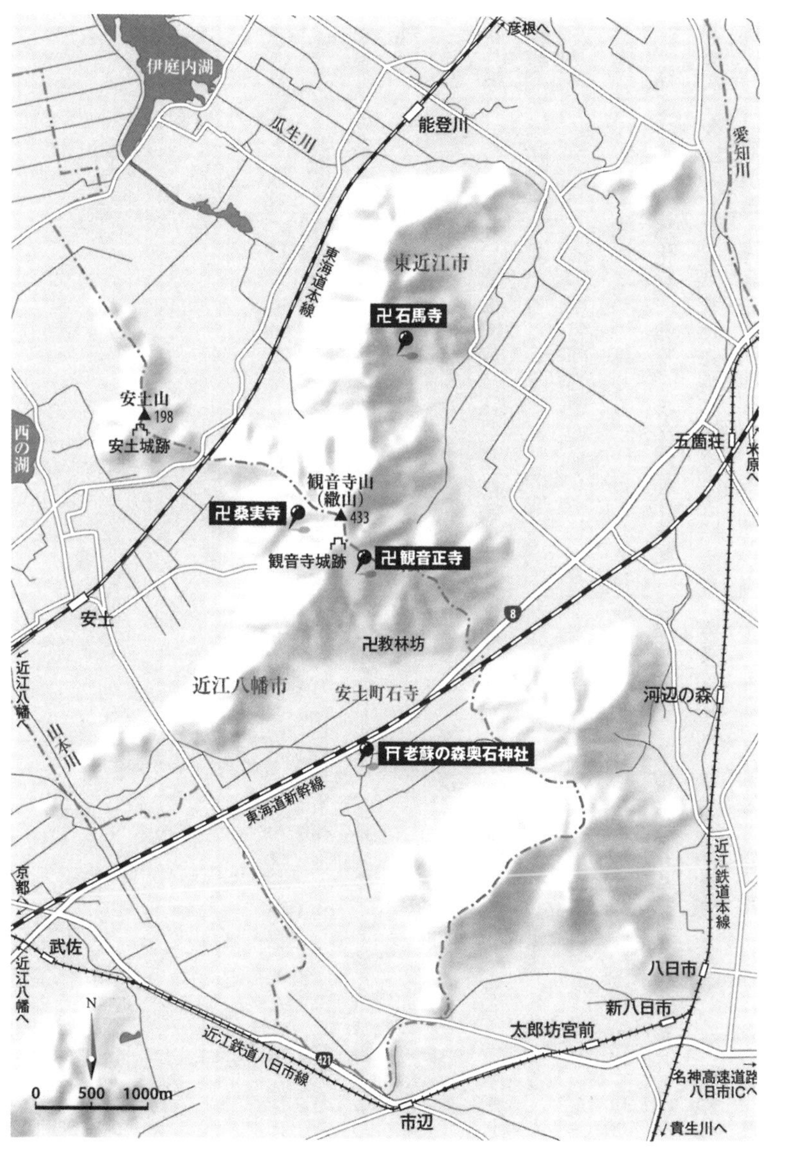
彦根へ
伊庭内湖
能登川
瓜生川
愛知川
東海道本線
東近江市
石馬寺
安土山
198
安土城跡
西の湖
五箇荘
米原へ
観音寺山
（繖山）
433
桑実寺
観音寺城跡
観音正寺
安土
8
教林坊
近江八幡へ
近江八幡市
安土町石寺
河辺の森
山本川
老蘇の森奥石神社
東海道新幹線
京都へ
近江鉄道本線
武佐
近江八幡へ
八日市
新八日市
太郎坊宮前
近江鉄道八日市線
421
名神高速道路
八日市ICへ
N
0
500
1000m
市辺
貴生川へ

5 石之寺

前些日子到京都採訪時，因為編輯的因素，多出一天空檔。像這種情況最適合躺在床上打混，但今天風和日麗，氣候和暖，而且安排的車子也已經到了。如果開口婉拒，實在過意不去，而且便當都準備好了。我心想，那就到附近逛逛吧，就此坐上車，也沒特定的目的地。

京都有不少有趣的司機，面對需求奇特的客人，他們一樣會設身處地的配合客人的需要。想必是早已習慣接待觀光客，而且抱持一份強烈的愛鄉情懷吧。告訴我們沒人知道的櫻花樹名，是他們。帶我們去沒有住持的寺院，說這裡欣賞琵琶湖最美的，也是他們。司機先生說，今天找個地方逛逛，難得天氣這麼好，就先上名神國道吧。車子就此駛進東山交流道，一路朝大津奔馳。雖是一月，卻難得連日晴天，比叡山上甚至沒有雪影，比良山巔同樣只有淡雪。才一轉眼已過了大津，接著栗東也拋在後頭，正前方可以望見三上山。不久，來到八日市後，觀音寺山那和緩的山形呈現眼前。這座山又叫作繖山，對我而言，是充滿回憶的一座山。山腳下應該有石寺、石馬寺、桑實寺等人潮稀少的寺院，如果不趁今天這種日子前往，日後恐怕再也沒機會造訪。我向司機詢問後得知，他雖然聽過，但也還沒去過，他很感興趣的說道「那座山後有安土城遺址哦」。

之所以說這是充滿回憶的一座山，是因為數年前我到西國巡禮採訪時，曾經爬過這座山。詳情我都寫在那本書中，所以在此省略不提，不過，山頂有一座名叫觀音正寺的古剎，那是西國第三十二番札所（※收取作為巡禮者參拜證明的護符之處，稱為札所。）。雖然是高度不到五百公尺的小山，到從山麓到山頂的路上都是險峻的天然石階，與其說是石階，還不如說是岩地比較貼切。我自己一個人爬上這樣的地方。當時天色漸暗，我又餓又冷，從來沒那麼不安過。回程時，月亮高掛夜空，我憑藉著月光下山，但事後沒多久，我從報上看到有兩位老太太在書寫山迷了路，就此遇難（最近永井龍男先生將這故事寫進《新潮》的小說中），後來我才知道，我差一點也面臨同樣的遭遇，真是一處危險的地方。

之前我抵達山頂時，鬆了口氣，望向那紫霧迷濛的蒲生原野，心想，這就是所謂的「觀音淨土」。不過，西國巡禮或多或少都像這樣，但可能是因為這趟旅程即將結束，我對觀音正寺的印象特別深刻。

往上來到三分之二處，有佐佐木一族的城堡遺跡，昔日他們一直君臨近江之地，長達四百年之久。這座城堡於永祿十一年（一五六八）被織田信長所滅，但可能是因為位於高處，不論是石牆還是城堡遺跡，都像昨天才崩毀般一直殘留至今，引人哀思。之所以山路險峻，或許也是刻意讓人不易登山。繖山整體是一座堅固的堡壘，構成這座城郭。信長也在幾年後辭世，安土城就位在相連的山峰上，來到這地方後，讓人深深有一種「興衰成敗」「諸行無常」的感慨。從正面的南側而望，繖山呈現出孤立的和緩山勢，但背後從五箇莊到能登川一帶，則是密林深邃的連山。

觀音正寺後方有一棟內院，供奉著古代信仰的岩座。聽住持說，陵（みささぎ）這個名稱是源自於這地方的豪族狹狹城（ささき）的山君，而山君是掌管陵墓的職務，所以這說法可能沒錯。如果擁有這樣的技術，那可能是近江眾多的移民一族。另外，繖山的「繖」字，有天蓋的意思，天蓋至今仍在葬禮中使用，進而用來顯示埋葬之地。事實上，這座山四周古墳眾多，想必是被當作神山膜拜，後來在此建造寺院、城堡、館邸吧。在平家物語中名氣響亮的佐佐木高綱和盛綱，就是屬於這一氏族，人稱近江源氏（或是宇多源氏），但因為在此地擁有居城，所以之後繼承佐佐木的姓氏。

駛出名神國道後，沿著中仙道一路往東，可看見遠方鬱鬱蒼蒼的老蘇森林。這是歌枕中頗有名氣的原始林，繖山其實是從這個T字路往北行，但因為我喜歡順道走走逛逛，所以也繞往這裡四處看看。

老曾林中一聲啼，原是杜鵑夜號泣，
且將東路心中藏，留待日後憶往昔。　　大江公資

夜半老蘇森，杜鵑夜啼聲
在此忍音（※陰曆四月，杜鵑的第一聲鳴叫。）時，是否能聽聞　　本居宣長

自藤原時代以來，就是人們反覆歌頌的和歌勝地。如今已被新闢的道路（八號線）截成兩

半，但走進其中一看，在另一個世界的寂靜下，以黝黑的森林為背景，一座端正的神社矗立眼前。這座森林也可寫成老蘇或老曾，而神社則名為奧石，是孝靈天皇時代的石部大連所建造，起初稱之為蒲生（がもう）之宮，後來轉音變成了鎌（かま）之宮。以鎌刀交叉的圖案構成的徽紋，設計相當出色，這應該是後世的武士所構思而成。神社正殿是於天正九年建造，在幹道上有如此清幽的神社，著實令人意外。我是從北側的八號線進入，不過，這麼一來就成了從背後望，其實應該從南側的舊中仙道進入會更好。從那個方向看，正後方便是繖山，隔著鳥居能望見神聖的森林，我隱約能明白古人為何對此地如此推崇。老蘇（不老）這名稱當然也不錯，不過，要前往京都的人在此回頭望自己走過的路，想必會忍不住鬆口氣吧，而離開京都的人，想到那路途遙遠的東路，應該會有一股不安之情襲向心頭。新道沒有特色，但舊道則保有這種宛如人生十字路般的痕跡。大自然真的很不可思議，不管景色再美，沒有歷史的土地，看在我眼裡，只覺得像是毫無特色的明信片一樣。我確實很喜歡

奧石神社

大自然，但那終究只是喜歡人的一種展現。

從正面望，奧石神社看起來像是為了膜拜繖山而建造。聽神官說，以前巡禮盛行時，他們唱誦的御詠歌會從遙遠的觀音寺傳來，感覺好像雙方存有深厚的關係。雖然沒有這類的史料和文件（就我所知），但會不會和三輪一樣，古代時繖山是神體，山麓只建造了拜殿呢？不論是奧石，還是石部，不光只是名字和石有關係，繖山整座山都是石山。山腳下還有個叫石寺的村落，接下來我們要拜訪的石馬寺，也與這座山相連。若照這樣來思考，這裡肯定是個與岩石息息相關的世界，有一群擅長石造技術的人們組成的大集團在這裡營生。而建造陵墓的傳統，不就是運用在觀音寺城和安土城嗎？古代的信仰中總會有像這樣的現實之物，與人類生活無法切割之物。他們將支撐自己生活的石木當作神明崇拜，他們向素材提問，從素材中得到啟示。自從失去這樣的心境後，換句話說，也就是素材化為單純的材料時，他們的技術也隨之下滑。

我們從奧石神社筆直的朝繖山前進。走近後抬頭仰望，確實是一座高山，先前巡禮時的艱苦，化為令人懷念的經驗，浮現腦海。山麓處名叫石寺的村落，是一座宛如遺世獨立的村莊。聽說以前觀音寺的附屬的寺院多達三十多座，盛極一時，但現在只剩一座名叫「教林坊」的小寺院。

順著山腳處的小路往右走，過沒多久便來到教林坊。這裡有許多山茶花，踩著飄落一地的山茶花拾級而上，那石階別有情趣。走進後，眼前是一座室町時代的庭園，已荒廢許久，但南邊的

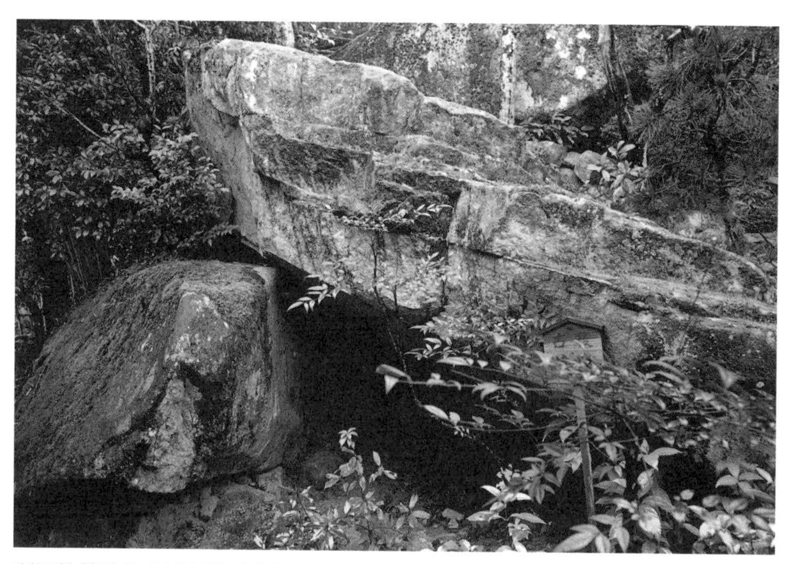

利用教林坊的古墳打造的庭園

山成為借景，顯得小而美。說到借景，感覺像是單純的造園技術，但這原本肯定是來自對山的信仰。嵯峨的龍安寺膜拜男山，北岩倉的圓通寺則是膜拜比叡山，以此而建，不需講述任何道理，便呈現出神佛混淆的思想。不過這裡真正吸引我的，是另一座慶長時代的石庭，它是中心的庭園，卻突然打造出一條連往山上的陡坡，仔細一看，那是利用古墳所做成。一旁還出現一條墓道。石室的巨大蓋石直接充當庭石使用，一點都不會顯得不自然，感覺呈現出日本造園的成長過程。採用古墳的庭園，過去從未聽聞，但也許只是我們沒發現而已，其實相當普遍。我突然想，日本庭園的原型該不會就源自於前後方圓墳吧？綠意盎然的山水、牢固的造型和石頭擺設的準確性，當中都存在著自然與人工巧妙的融合。人們常說，大和的箸墓古墳，白天是人們打造，晚上則是神明打造，這並非傳說。在蓬萊仙山的思想傳入日本之前，我們的祖先都在為死者創造極樂之地。而佛教盛行後，已不再建造大型的墳墓，但它改採別的形態，逐漸轉變，造就出石庭，就此完成。儘管形態改變，但「彼岸」的思想仍是共通的底蘊。這並非和借景毫無關聯。在達到這個境界之前，以前的人們是何等虔誠的崇拜自然，我們可曾關注過？庭石有三分之二都埋在地底下。我記得曾聽京都的庭師說過，若不這麼做就不會穩固，無法成形。

因為一路上東逛西看，等抵達石馬寺時，都已紅輪西墜。

順著繖山山腳往東行，有個村莊叫「五箇莊」。這裡是近江商人的發祥地，整排都是氣派的大宅院，光是從這裡路過，便看得出這是個豐足的小鎮。石馬寺位於西邊村郊的山中，但登山入口處立著一座石標，寫著「石馬禪寺」。直直往上走，盡頭處便是寺院的石階。似乎正在修理什麼，山門處聚集了許多村民，忙著工作。

這座寺院於推古二年由聖德太子創建，之後式微，由松島瑞巖寺的雲居國師加以重振，從那之後便成為禪宗的寺院。傳說昔日聖德太子尋求靈地而找到此處時，座騎停住不動，化為岩石，那匹石馬就此沉沒於蓮池中，我往池子裡窺望，確實底部有個看起來像馬背般的岩石。類似的傳說不少，應該是以馬當供品獻給水神的儀式，成了這項傳說吧。一旁還有「繫駒之松」，不光這裡，近江這一帶有許多與聖德太子有關的傳說。

從這裡開始，一路都是布滿青苔的天然石階。來到途中一分為二，左邊是往山頂的神社，右邊是前往寺院，從底下仰望看到的茅草屋頂正殿相當美觀。寺裡沒半個拜參者，就連住持也外出不在，我們請住持夫人帶我們參觀，來到僧房後，眼前又是一座石庭。不過這可不是裝模作樣的石庭，它就只是以巍峨的岩山當背景，隨意擺設幾座巨岩，經詢問後得知，之前原本有一位古庭園，但被洪水沖毀，最近才又回復原形。我很好奇復原到何種程度，不過，如果是這種程度的庭園，還不如沒有得好。之所以這麼說，也是因為後方的岩山美得令人讚嘆，沐浴在斜照而下的陽光下，展現出它細緻的岩石紋理，染成一片紫色，就像在欣賞井戶（碗）的名作般。日本人特別尊崇陶瓷的韻味，肯定也是因為有這樣的大自然範本。像美國大峽谷，雖然顏色鮮豔無與倫比，卻沒有滲入人心的深厚韻味。日本的大自然以及從中孕育而生的藝術品，對人心帶來的影響難以估量。

布滿青苔的石馬寺石階

這座寺院有許多佛像，是成為禪寺前的密教體系雕刻。正殿供奉運慶（※平安時代末期、鎌倉時代初期的

役行者像和大威德明王像（石馬寺珍藏）

佛像師。）雕刻的十一面觀音，但另外還有一棟稱作大佛殿的建築，在狹小的佛堂裡擺滿了一丈六尺高的阿彌陀如來、藤原時代初期的觀音和四天王。當中我特別感興趣的，是騎在水牛上的大威德明王。這是等身大的木作雕刻，充滿活力，尤其水牛更是出色。牠的頭略往左傾，顯示出恭順之意，而且給人一旦有事就會直奔向前的感覺。

順著石階往下走，有一座行者堂，供奉役行者（※即役小角，飛鳥時代的咒術師，為山岳信仰修驗道的開山祖師。）（鎌倉時代）。建築之所以如此嶄新，是因為它原本隸屬於下方的寺院，最近改由石馬寺管理。裡頭雖然也有不少行者像，但這是當中的傑作，而且作為脅侍的前鬼和後

利用石馬寺岩壁造就的庭園

鬼也一應俱全，是很完備的作品。役行者相當有意思，我也很希望哪天能好好研究，但目前還沒這個餘力。

下山途中來到山門一帶，一位像是地方大老的人物同我們搭話。他語帶自豪的說自己是以前當地村長的後人，今天是前來監工修繕山門旁的佛堂，佛堂裡有山上「雨之龍神」的神轎，山頂有一座氣派的神社，眼前這座石階就是一路連往神社。至今仍有十個村莊的氏子會舉辦盛大的慶典，而認為是神明賜予農村水源的信仰，似乎仍深植居民心中。抬頭仰望，紡錘形的秀麗神山映入眼中，一看就知道石馬傳說、石馬寺的發祥地，這一切源流都來自這座山。想必與日後的山岳佛教緊密結合，才開始祭拜起役行者。

因為另外繞了許多地方，所以天色漸暗。比我更有好奇心的司機大哥說想繞去安土逛逛再回去。於是我們順著來時的路回到石寺，從山裡繞過繖山山腳，往西側而去，桑實寺就坐落在同樣的山峰相連的小丘陵上。關於這座寺院，我只有從繪卷《桑實寺緣起》上得到的相關知識，據繪卷上的描述，天智天皇時代，阿閇皇女（日後的元明天皇）染病，夢見琵琶湖上綻放琉璃光彩的景象，因而舉辦法會，結果藥師如來從湖中現身，皇女就此病癒。祭祀藥師如來是桑實寺的起源，而之所以名為桑實，是因為開天闢地時，這裡有一株大桑樹，它的果實落地化成了山，因而取名桑實。現在人們都稱呼這裡是「鎌加持藥師」，廣受附近居民信奉，而「鎌」（かま）亦即

桑實寺山門

「蒲生」（がもう），表示與奧石神社和觀音正寺有親屬關係。山號同樣也叫繖山，採用同樣的鐮刀徽紋，但這可能是古時候在近江有個「天蓋信仰」的宗教團體，以佐佐木氏為中心舉辦儀式吧。附近有佐佐貴神社，也有據說是狹狹城山君之墓的前方後圓墳。

這裡也是有漂亮石階的寺院，其石階四周種有許多梅樹。據住持說，後山的十方岳山頂有一座內院，供奉著一座人稱「琉璃石」的巨巖。約十張榻榻米大，形狀平坦，前方立有兩根像石棒的岩石，光看照片就覺得充滿神祕感，但它位於幾乎無法攀登的場所，就連住持也只去過一次。因為是這樣的地方，所以那遠古時的岩座應該仍保有昔日的樣貌。白鳳的藥師佛肯定就是從那岩石間誕生的全新神明。

望著天色漸暗的湖水，我思索著日本人精

神形成的這段漫長的歷史。《桑實寺緣起》所言不假。因夢見琉璃光而發現神佛，這是多麼氣宇恢宏的想像力啊。這種思想造就了信長，培育出秀吉。我們行經安土城下，穿過近江八幡，踏上歸途，那一帶已盡掩於夕暮中，再也看不見。

6 櫻之寺

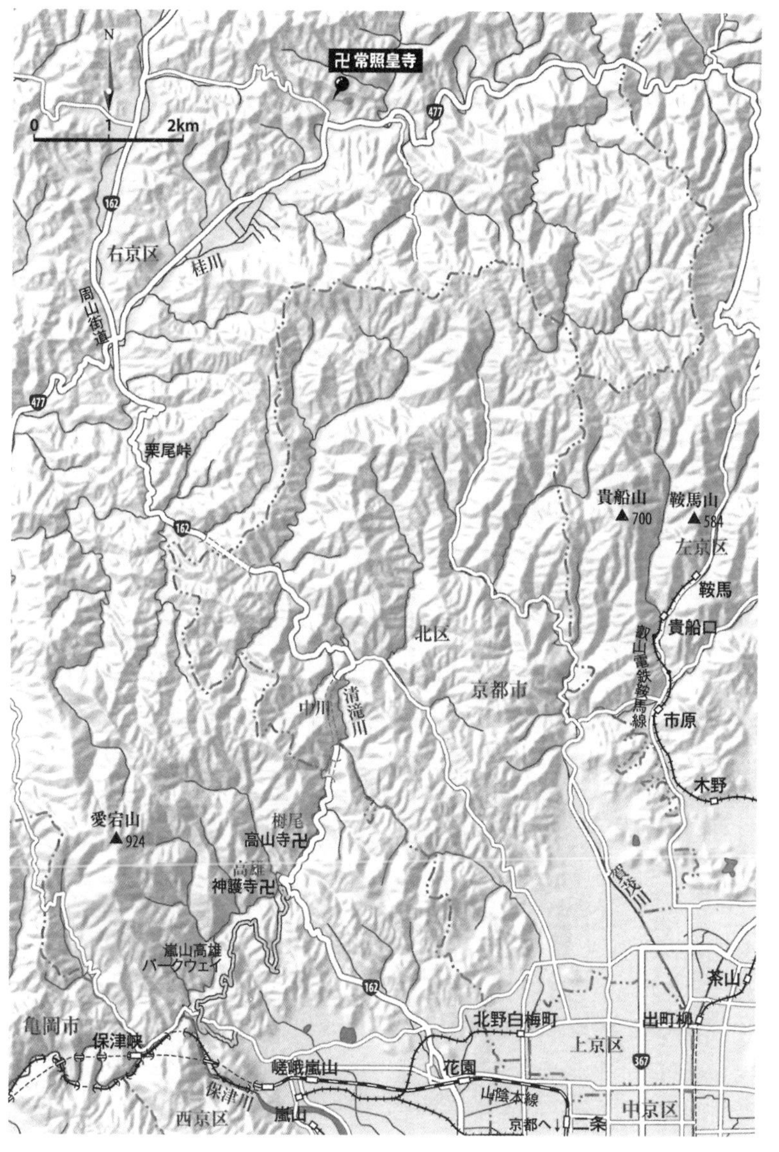

卍常照皇寺
N
0
1
2km
477
162
右京区
桂川
周山街道
477
栗尾峠
162
貴船山
700
鞍馬山
584
左京区
鞍馬
貴船口
叡山電鉄鞍馬線
北区
京都市
清滝川
中川
市原
木野
愛宕山
924
栂尾
高山寺卍
高雄
神護寺卍
賀茂川
嵐山高雄
パークウェイ
162
茶山
出町柳
北野白梅町
亀岡市
保津峡
上京区
367
嵯峨嵐山
花園
山陰本線
保津川
西京区
嵐山
京都へ↓
二条
中京区

京都西北，周山的山國有一座常照皇寺。這裡有知名的櫻樹，所以現在遠近馳名，但我是在戰前第一次去，當時感覺那是一處人煙稀少的「世外隱村」。

沿著清瀧川，路過高雄的神護寺、栂尾的高山寺、以北山杉聞名的中川村落，接著走進深處的溪谷。不久便可通往若狹的這條古道，人稱周山幹道，前些日子去的時候，這一帶山櫻盛開。尤其是高雄周邊，每一處轉角都長有大樹，紅色的樹芽間開出花朵，與楓葉的新葉以及杉樹的深綠相映襯，呈現出言語難以形容的絕美風情。以前毫不在意的風景，現在卻深深滲入心坎，果然是上了年紀。

櫻花是帶有人味的花。雖然深山也一樣也有櫻花，但每次發現山頂有漂亮的櫻花時，附近一定都有村落。這肯定是因為，它雖然是大自然的花朵，卻很難自己從種子發芽成長，而且祈求豐收或占卜時都會用到，是生活上不可或缺的植物。後來不再有這樣的習慣，日本人也不再珍惜櫻花。可是櫻樹雖然減少，但賞花卻逐漸成為熱潮，從這點來看，昔日的人們所造就出的傳統，不會在一朝一夕間消失。或許日後有天會再盛興種植櫻樹，我祈盼這樣的日子到來。

越過愛宕後，還有一座山峰。此處人稱「栗尾峰」，繞過山頂後，可俯瞰下方的周山村落。這裡是保津川的上游，清澈的河流從山間的平原中流過，是很適合「山國」這名稱的地形。保津川一路蜿蜒往西而去，下游流入嵐山，而常照皇寺則位於更深處的山麓。

這一帶是長滿楓樹之地，春秋兩季都有令人流留忘返的情趣。尤其是櫻花時節，順著參道而上，可以從杉樹林後方看見櫻花露臉，令人滿心雀躍。記得西行和宣長都有這類的和歌，不過，只要是日本人，看到櫻花時都會有這份雀躍的心情吧。

走進山門便是正殿，這裡種有知名的「車返」名樹。這是一重櫻和八重櫻的混種，昔日後水尾天皇因為它過人的美，而把車掉頭回去，再次欣賞，因而得到「車返」或「御車返」的稱呼。因為這場春雪，花季延遲，不過庭前的枝垂櫻卻盛開了。一旁還有一株昔日從京都皇宮移往此地的「左近櫻」，同樣也含苞待放。個個都是樹齡數百年的大樹，因為有這三株櫻樹，才造就了常照皇寺的庭園。

前些日子前往時，村民們群聚在此，說要蓋收藏庫。我坐在外廊上邊賞花邊吃便當時，他們來到我身邊向我搭話。

村民們說，這櫻樹（指的是眼前這棵高大的枝垂櫻）在他們小時候枝葉繁茂，一路長到這裡（外廊處），但曾幾何時，已變得這麼小了。寺裡

八重櫻盛開的常照皇寺山門

的小和尚說這樣打掃起來很辛苦，因而爬到樹上，把樹枝折斷，還有後方的灰泥倉庫失火時，受火勢波及，造成不良影響。「對吧，各位」，對方喚了一聲，大夥全聚了過來，你一言我一語，無比懷念的說著當時有多美，就像頭上蓋了一頂花笠般。他們像疼自己孩子般的愛惜櫻樹。他們告知我才發現，樹根底下長出細小的樹苗，有人細心的幫它設上支架。就櫻樹來說，這是很難得的自生苗，所以眾人將它當作第二代看待，用心呵護。他們全都瞇起眼睛，異口同聲說道「因為這是它真正的孩子啊」。

他們最後還補上一句。

「既然它留下了自己的孩子，表示它已壽命將盡。櫻樹就是這樣。」

常照皇寺的櫻樹肯定代代都是這樣延續。與村民們有著密不可分的情誼。但它背後有很長的歷史。它原本就是帶有人味的花。在名樹誕生前，勢必得流下不少人的血和淚。

故事回溯至南北朝。

元弘元年（一三三一）夏天，全京都上下一片慌亂。因為後醍醐天皇拋下笠置自己逃了。皇太子是持明院（北朝）的量仁親王，由於事出突然，他似乎也慌亂無措，他說「雖是意外值得慶賀之事，但眼下仍處於兵戎之亂，音訊全無。宮內護衛也無法令人安心，天皇雖離開此地，但我等仍應戒慎戒懼，至少該遷往六波羅附近」（出自《增鏡》），而一個月後，終於勉強登基，是為

光嚴天皇。這位天皇日後建造常照皇寺，但這是多年後的事。

之所以說勉強登基，是因為在事態緊急的情況下，只在簡陋的檜皮屋裡簡單的舉行即位儀式，少了登基時不可或缺的三樣神器。但這並非首開先例。安德天皇在源平合戰中被沉入西海，而後鳥羽天皇就是在沒有神器的情況下即位，朝廷方面以此當唯一理由，但那始終都只是推拖的藉口，這位天皇終生都心存內疚。

而另一方面，後醍醐天皇犯了不該犯的錯，遭到逮捕，不久後被移送六波羅。與新帝的登基處「同屬一屋，僅有一葦牆之隔」，說來還真是不可思議，南北兩朝敵對的天皇一起生活，後世也常有這種情形發生。後醍醐天皇曾有和歌一首。

異地木板屋，
驟雨落屋簷，
且聞聲，淚溼袖。

「元弘二年春至，新天皇年代之始，百花燦放。天皇（光嚴）年方盛，光采聖潔。諸事太平，皇宮內一切如昔。」

不久，先帝（後醍醐）被流放隱岐島，新帝周遭滿是和煦春暖，一片祥和。但這樣的幸福就像櫻花一樣短暫，他僅在位兩年便退位。而這位天皇乖舛的命運以及苦難這時候才剛開始。

在他們暫時放鬆的這段時間，南朝暗自儲備實力。元弘三年，後醍醐天皇逃離隱岐返回京都，成就眾所皆知的「建武中興」。京都再次捲入戰亂中。

「眼下乃生死關頭之役，眾人無不聲嘶力竭的叫喊。箭矢如雨，激射而至，眼前當場喪命者不知凡幾。激戰一天一夜」，自平家以來一直掌管京都的六波羅就此崩毀。天皇作夢也沒想到，深受他信任的高氏竟然會窩裡反，他的親信個個也都慌亂無措。這天終於入夜，隔天五月八日，光嚴天皇在探題（※鎌倉幕府的職務名，全名為六波羅探題。）北條仲時的陪同下，從近江一路逃往東方。但被埋伏的南朝軍攔下，就此淪為階下囚，仲時等四百多名相關人等，全部都在中山道番場的旅棧自刃身亡。番場的蓮華寺至今仍留有他們的墳墓，而以仲時之墓為中心環聚在一起的五輪塔，就如同太平記裡的故事一樣，既淒慘，又令人鼻酸。北條仲時當時還是位年僅十八的年輕武士。

天皇同樣也是二十一歲的年輕人。他從年幼時就看盡南北兩朝的爭鬥，以及武家之間的爾虞我詐等醜陋面，但這場敗北，肯定是他人生中最椎心刺骨的體驗。南北朝的帝王常暴露在危險中，所以有許多帝王都很振作，而那同時也是個不力圖振作就無法生存的時代。當中尤為突出的，當然就屬後醍醐天皇了，不過就某個層面來說，像北朝的花園天皇也算是傑出的人物，他是政治家，同時也是批評家。對光嚴天皇來說，花園天皇算是他的叔叔，他自幼便當花園天皇的養子，始終都在他身旁受教育。花園天皇留下許多著作，其中一本名為《誡太子書》。

書中提到，須以仁義引導人民，要駕馭凡夫俗子，則需要政策。若欠缺這兩項才能，無法登上天子大位。「你是否戒慎戒懼」，他教導太子要懂得謙虛。然而，太子自幼在宮廷長大，習慣奢華的生活，不懂民心。不過只是因先皇之德，而繼任天子大位。若急於想嘗試扛起重任，此乃嚴重錯誤。當今之世大亂之兆已現。處世固然也需權謀策略，但這並非天子之道。以武力平亂，亦非天子當為之舉。王者首重道義，應以德馭民。學習詩、書、禮、樂之道，尤其是儒教「湛然虛寂」之理更為重要。花園天皇的文章洋洋灑灑達一千五百言，闡述王者思想。

權謀策略、武力等詞句，應該是在暗批醍醐天皇。他是在元德二年（一三三〇），量仁親王成為皇太子後寫此文章，當時他已預知將點燃戰火，展現天子對此事的態度。現今長福寺留存的花園天皇畫像，出自藤原豪信之手，是我很喜歡的肖像畫之一，那平淡的畫風帶有不容侵犯的氣韻，充分掌握住天皇的精神。花園天皇龍體欠安，因此能以平靜的態度看待事物，而他一手培育的光嚴帝，儘管一生滿是悲戚，但就結果來看，仍算是幸福之人。

人稱建武中興的短暫和平，終究只是空中樓閣。關東和關西不久旋即爆發戰事，足利尊氏時而傾向南朝，時而投靠北朝。不知反覆了幾次，最後當他提出臣服南朝的要求時，許諾要將光嚴、光明、崇光這三位上皇送交吉野（※即南朝所屬的吉野朝廷。）。這段時間，南朝的後醍醐天皇、北朝的後伏見天皇、花園天皇相繼駕崩，吉野由後村上天皇接掌。北朝的三上皇（光嚴、光明、崇光）以及皇太子直仁親王，輾轉被移送至吉野，最後被軟禁在河內的金剛寺內。表面上是俘虜，實為人質。

前些年我因其他採訪而造訪金剛寺時，去看了他們遭軟禁的遺跡，心中說不出的感慨。下方的書院住的是後村上天皇，上方像庵房的別房住的是北朝的上皇，彼此比鄰而居。那段同住的歲月，肯定彼此都很尷尬，完全無法放鬆。而那以眼還眼的鬥爭，是何等空虛的地獄，他們想必深有所感。在那段長達半世紀的亂世，備嘗悽苦的可不光只有南朝的天子。雖然最後是悲慘的結果，但貫徹自己信念的後醍醐天皇算是得償所願，不過，看《誡太子書》也可明白，保守的北朝正因為存有天皇思想，所以無法隨意行事，始終被迫隱忍屈從。

雖然這只是我個人的想像，不過，光嚴天皇開始因天皇之道而覺醒，恐怕就是在軟禁的這段時間吧。某天他突然剃髮出家，那是他在賀名生期間發生的事。公卿日記中

花園天皇肖像（長福寺珍藏）

對此事提到「令人費解」，沒人知道他心中所想。如果皇子在京都接任天皇（後光嚴），戰亂平定，就能馬上掌理政務。中村直勝認為光嚴天皇出家的直接原因，是要求後光嚴天皇即位（此時一樣沒有三神器，是應足利尊氏要求，在沒詔書的情況下登基），為此負責，但並不光只是這樣。想必也不是厭倦了人世。在這種情況下出家，與一般的出家不同，這肯定是已準備好承受天皇的孤獨，以此面對往後人生的一種展現。換句話說，他立志成為精神上的王者。應該是在這世上無法實現的理想，以這種形式來實現，想藉此回應花園天皇吧。

煩憂一場夢，無憂亦幻影，
以此慰俗世，吾亦無常中。

煩憂悲且苦
人心不一般

第二句是「寄心戀」之歌，王者的戀情也會有此等「悲苦」嗎？一般人要了解人心，實屬不易，而汲汲於獨善其身的公卿們，當然更不可能明白。

光嚴天皇肖像（常照皇寺珍藏）

到了第六年，光嚴上皇終於返回京都。而幾年後，他積極的展開修行之旅。同行的只有一位名叫順慶的僧人，其模樣與一般的托缽僧無異。在前往高野山的這一路上，《太平記》中記載了這麼一段軼聞。

他們來到紀川時，有一座即將崩塌的橋。法皇來到橋的中途躊躇不前，一些無賴見了，嘲笑他「你這個膽小鬼」，一把將他推落橋下。法皇差點溺斃，幸虧順慶出手相救，帶渾身是血的法皇到附近路旁的小佛堂療傷。而當他們抵達高野山，就此鬆了口氣時，剛才那兩名無賴剃了光頭前來拜見，說剛才多所冒犯，為了表示我們的悔悟之意，請留我們在身旁當僕役。不管法皇再怎麼推辭，他們也不肯聽從，法皇只好趁他們不注意時逃離高野山。

接著他走進吉野山，拜訪後村上天皇。自從隱居金剛寺後，他一定很希望能像這樣光明正大的見面。出家人已無南朝北朝之分。不，就天皇之道而言，打從一開始這就是不該有的行徑。此時兩人的會面，可說是歷史性的一刻，但沒人在一旁偷瞧。《太平記》就只簡短的提到幾句。

離去時，後村上天皇請他騎住處的馬，法皇極力婉拒，依舊穿著草鞋徒步走下山。「主上前往武士關所，揭竹簾，眾公卿為其送行至庭外，盡皆流淚。」

行遍諸國後，法皇深居於山國的常照皇寺。當時是貞治初年。這座寺院的櫻樹是當時他弟弟光明上皇所贈，不知為他帶來多大的心靈慰藉。此櫻樹之所以備受珍愛，也是因為有這段歷史，但法皇遷往此處後的事蹟，幾乎都沒流傳下來。因為沒有必要流傳，所以可說他已領悟「湛然虛寂」之理。可以想像那是既寂寞，又滿足的歲月。法皇似乎頗受村民愛戴，至今仍稱呼他「光嚴先生」，既像神明，又像鄰人，懷著一種親近感來供奉他。人們對皇室有一份特別的情感，凝聚心也特別強，這也都是因為「光嚴先生」的人德所致。明治維新時組成山國隊，前往江戶參戰的，正是這村莊勇敢的年輕人。

法皇辭世時（貞治三年——五十一歲），留下以下的遺言。

「老僧」死後，不需要繁複的喪禮。只要葬在自然山河環繞下的適當場所即可。「塚上生柏松，風雲相與共，此乃座上賓，此地情獨鍾」。村民和孩子們如果自己做小佛塔前來供奉，也不必冷漠拒絕。之所以如此交代，是為了不想給人們添麻煩。如果方便，就算火葬也無妨。不過，我拒絕舉辦任何法會。希望死後的佛事也一概取消。「選一地，繫一眾，潛心修行大圓覺之場，乃為吾祈福之所。堅守佛門戒律者，即是為吾祈福者。」」

就這樣，法皇以天地為家，以眾人為友，就此結束一生。此乃真王者也。法皇的陵墓位於能俯瞰櫻花的後山中，「塚上生柏松」，春天則是開滿紅豔的山茶花。

滿地落花的常照皇寺庭園

7 吉野川上

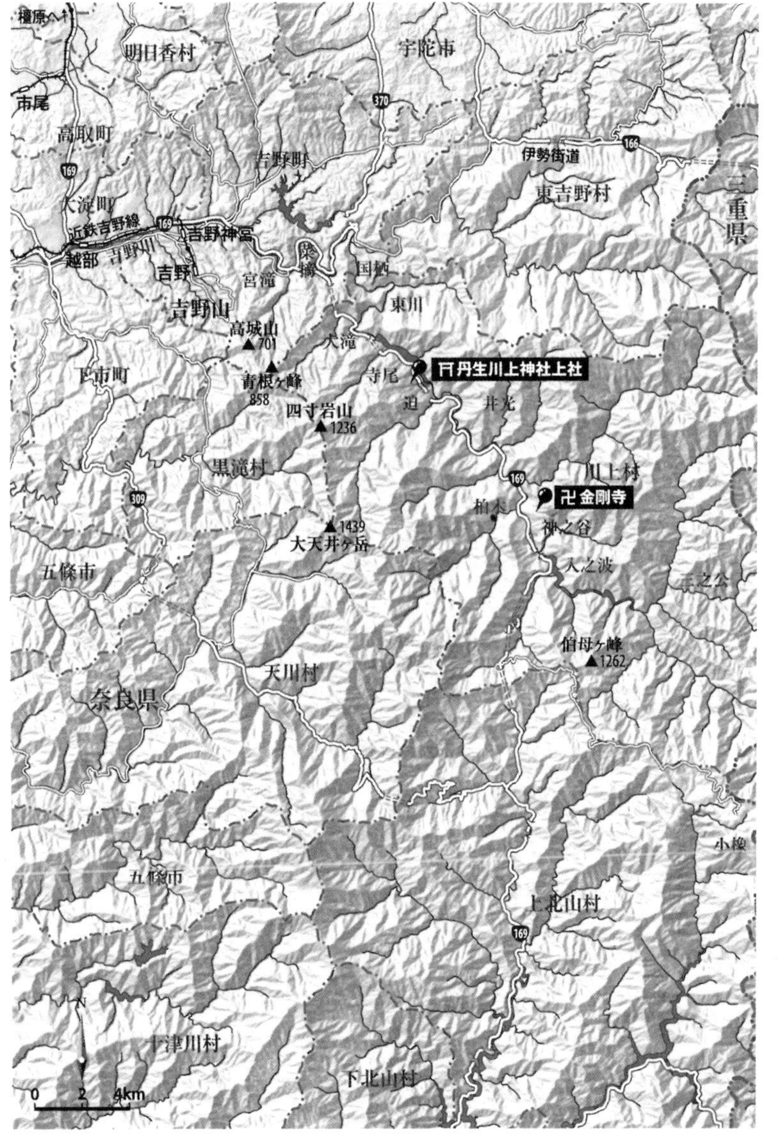
橿原へ
明日香村
宇陀市
市尾
370
高取町
169
吉野町
166
伊勢街道
東吉野村
三重県
大淀町
近鉄吉野線
吉野神宮
越部
吉野川
吉野
宮滝
菜摘
国栖
東川
吉野山
高城山
701
大滝
丹生川上神社上社
寺尾
下市町
青根ヶ峰
858
迫
井光
四寸岩山
1236
黒滝村
川上村
309
金剛寺
柏木
1439
大天井ヶ岳
神之谷
入之波
三之公
五條市
伯母ヶ峰
1262
天川村
奈良県
小橡
上北山村
十津川村
下北山村
N
0 2 4km

吉野山後林深處，盼有好旅宿，
俗世擾心遁山林，祕地度寒暑。

佚名《古今和歌集》

吉野自古便是傳統的「世外隱村」。天武天皇在壬申之亂時隱居此地，因而聞名，而西行、義經、南朝的天子們，以至近代天誅組的落敗者，在「俗世擾心時」，總是來到吉野的深山。不用說也知道，這是因為地理環境的緣故。這裡不論是去大和、河內，還是伊勢，距離都不遠，而南方是一路通往熊野的連山，說到地形險阻，無能出其右者。是一處易守難攻的要地。以櫻花遠近馳名的「吉野山」是它僅有的入口，以大峰山脈為中心，流向四方的河川，就像它的樣貌所展現的，當中暗藏極度曲折的歷史，當時的人們過著現代所無法想像的生活。在神武天皇東征的路上，據說有長尾巴的人出現，連這樣的事都被視為理所當然，可見那裡與其說是世外隱村，還不如說是祕境更為合適。最近似乎全力推動觀光，不過就算打造一條從大和通往熊野的高速道路，想必它的特質一樣不會輕易改變。道路愈發達，山中的邊陲之地愈會被遺忘，也許會呈現出比過去更像祕境的樣貌。

不為人知的事物充滿魅力。「未見之花，尚待探尋」，走進這山中的可不光只有西行。芭蕉、本居宣長、谷崎潤一郎也都來探尋「未見之花」，他們走入吉野，離去時確實都從中得到了某個東西。就算我將這東西命名為「日本之心」，他們應該也都會認同吧。例如谷崎潤一郎的

《吉野葛》，是從紀行文轉化為小說的作品，不過這已不光是日本的形態，書中主角去當地找尋題材，卻沒寫小說，就只是描繪他的朋友，一個極其平凡的男性心裡。這是主角的祕密，同時也是隱藏在作者心中的歷史。這些事讀者們都早已知道，我就沒必要在此做拙劣的解說了，不過，不論是就地理上還是歷史上，既遠又近的吉野山，給人的感覺就像日本的故鄉，向我們招手。喝賞花酒的醉客們，應該也在無意識中感受到這點吧？

拿出許久未見的《吉野葛》，開頭寫著「我到大和的吉野遊樂，已是三十年前的事，當時應該是明治末或大正初期吧」，是距今約五、六十年前的故事。開始閱讀後，覺得樂趣橫生，昨晚就此看到三更半夜，不過話說回來，吉野和當時沒什麼改變。改變的只有吉野的周邊以及道路變得更加完善，而《吉野葛》故事核心的南朝最後一位皇子——自天王隱居的川上村附近，現在也仍是文章所描述的模樣。

「河川與山林間的道路，緊貼著數十丈深的峭壁側面而行，有些地方路面狹窄，容不得正面直行，有些地方則完全沒有可行之路，或從彼岸懸崖架圓木至此岸，或架上拼裝木板」，像這樣的風景，只要下雨便隨處可見。而服侍自天王的當地鄉士子孫，亦即人稱「名門之後」的舊家子孫，至今仍過著一樣的生活。最近電視上也曾播放，所以想必很多人也都知道，每年二月五日這天，他們會穿上印有十六瓣菊紋的正裝禮服，赤腳穿著草鞋，在雪地中舉辦肅穆的慶典。

打從我第一次看到這個故事，也就是三十年前起，就一直很想拜訪川上村。而前些日子我遇見考古學家末永雅雄老師時，碰巧談到此事，結果得知老師以前在挖掘宮瀧遺跡時，曾巧遇到當地找尋題材的谷崎先生。「他有一對圓眼，體態厚實，特地到河川對岸的舊家來欣賞初音之鼓（※古典落語的表演戲目之一。典故源自《義經千本櫻》中的「狐忠信」。是一面用狐狸皮做成的鼓。）。起初我不知道他是誰，只覺得他看起來氣度沉穩，應該是個不簡單的人物，後來詢問才知道，原來是谷崎先生」。老師還說，谷崎先生書中人物原型的「津村」也和他同行。不過，我記得谷崎先生大概只去到宮瀧一帶，沒進到川上村。如果妳想去的話，我可以介紹名門之後給妳認識。就這樣，我突然決定前往。

初音之鼓也出現在《吉野葛》中，不過，關於川上村有更詳細的描寫，彷彿可看見那樣的畫面，如果谷崎先生沒去過那裡的話，那將是完全虛構，這點我覺得很有意思。不過，這種事從作品中倒也不是完全感覺不出。寫小說沒必要非得專程看過那塊土地不可，有時那樣反而會造成阻礙，不過這樣更能激起我的興趣。

為了讀者，我大致記下前去的路線。從大和經橿原南下，通過高取的隧道後，便來到吉野的下市。路的盡頭是吉野川，往右（西）轉是從葛城前往紀州方向，往左（東）轉則是從鷲家前往三重縣，陸續出現宮瀧、菜摘、國栖這類令人懷念的村名。來到南國栖一帶，吉野川往右彎，化

吉野川（大瀧附近）

為「急流」，被急流沖刷成的奇岩，呈現出怪異的樣貌，在河床上一路蜿蜒排列。龍神信仰肯定就是從這樣的景色想像而成。來到東川這個地方後流入川上村，不過，東邊的方位算是「卯位」，所以東川念成「うのかわ」，與「卯川」同音，這點也很有意思。川上村占地廣闊，遠從伯母峰一直到大台原附近，所以這裡還只算是入口而已。

從接下來的大瀧村落開始，路況愈來愈糟，路面變窄，一過寺尾，便進入迫村。村如其名，是一處有壓迫感的窄小土地，我就此想起《吉野葛》裡的描寫，如果谷崎先生沒來過這裡，那他的想像力和描寫力果然不簡單。在吉野川迂迴行進處，蓋了一座丹生川上上社，隔著河能望見一座山，模樣宛如神山。旅館就在這座神社旁，我聽著滔滔水聲，就此入睡。

山川神靈現，共尊現人神，
激流水花濺，啟航向河內。
柿本人麻呂

白瀑掛高山，水花似木棉，
激流化平野，美景看不厭。
笠金村

萬集葉的和歌就像在和急流的水聲唱和般，教人難以入眠。正當我微感睏意時，有人將我叫醒，說有客人來訪。原來是各村落的名門之後一同聚集此地。

我從某本書上看過，從南北朝時代起，在某個堪稱是執著信念的信仰下凝聚在一起的人們，擁有排他性，而且沉默寡言。所以一旦要見面時，我心裡有點害怕。但實際上根本不是這麼回事，可能因為有末永老師的介紹，他們對我暢所欲言。

「對了，今天聚集在這裡的，全都是名門之後嗎？」

經我這樣詢問，他們應道「這是當然」，朗聲大笑。流露出「這種理所當然的事，為什麼還問」的表情。我從他們的神情中看出背後擁有漫長歷史的人們特有的自豪和信念。雖說是採訪，但我的情況就像作陪一樣，只要閒談中能得到些收穫，這樣也就夠了。而且以我的個性，也不是會仔細做筆記的人，所以在天南地北閒聊的過程中，我聽出以下的內容。

在這之前，必須先簡單說明一下他們這一路走來的經過。

明德三年（一三九二），在足利義滿的斡旋下，南北兩朝談和，神器讓給北朝的後小松天皇。但當時說好的和平共處條件卻始終沒遵守。南朝方面一直感到忿忿不平，在很多方面展開爭執。義滿死後，幕府內部也起了紛爭，還發生將軍（義教）被赤松氏殺害的事件，南朝乘此機會重振勢力，某天夜裡，他們攻入宮中，奪走神璽，逃進吉野山中。這時他們奉尊秀王為主，也就是自天王，不過根據歷史學家的說法，這根本教人不明所以。會不明所以也是理所當然，當時此事如果不保密，馬上性命不保。而前面提到的朝拜儀式，時至今日，這些名門之後的代表人士為了謹守沉默，甚至會在口中含著楊桐葉列席，所以當時也不會留下任何文件和紀錄。

我聽說某處有一座「不能開的倉庫」，但那裡會藏了些什麼嗎？不過對他們來說，這根本不是什麼問題，當皇子的盔甲被指定為國寶時，他們甚至有人反對，說我們不需要它當國寶，只要靠我們自己來保護就行了，不管歷史學者怎麼說，他們的自天王確實存在，而且留存至今。因此，一般都說南北朝長達五十多年，不過對吉野的人們而言，那段時間卻多出一倍以上。

根據他們的說法，一開始尊秀王和弟弟忠義王，與父親尊義王一起住在川上深處的入之波三之公。在地方上的鄉士以及山伏（※在山中修行的修驗道行者。）們的協助下，兩、三年的時間便建好宮殿，尊秀王以自天親王的身分即位，於二月五日舉行朝拜儀式。這是保留至今的朝賀禮儀式之起源，不過當時據說有上千名志同道合者聚集。不久後，可能是企圖重振南朝，自天王翻越伯母峰，來到小橡村，忠義王則是以征夷大將軍的身分前往下游的神之谷，自稱河野宮。但前面提到的赤松餘黨，為了重振主家，密謀奪回神璽，就此成為間諜，主動接近兩位親王，並看準機會，為他們服侍。就這樣來到長祿元年（一四五七）十二月二日，發生了前所未有的慘事。

那天原本大雪紛飛。從中午開始停止下雪，出奇寧靜的黃昏到來，川上村在一片銀色世界裡，享受和平的安眠。等到夜深時，突然大軍包圍人在小橡的自天王，不消說，當然是赤松的黨羽。感到晴天霹靂的宮內人員極力抵禦，但終究寡不敵眾，全部戰死，自天王也遭敵人殺害，悲慘的結束一生。時年十八，還是位紅顏美少年。

說到這裡，名門之後們的談話愈來愈激昂。村民們聽聞有大事發生，全都從容的拔刀追趕敵人。敵人沿著河灘往吉野川下游而去，村民們在寺尾一帶追上敵人，射箭殺了首領，奪回自天王的首級。神璽也一併奪回，但後來因某個緣由，過了一年後，神璽被送還京都。當時射箭的岩石、擺放首級的石頭，都還留在河邊，參加過那起弔唁之戰的人們，以及在自天王身旁服侍的人們子孫，人稱「名門之後」。

談到那起戰役的場面，故事突然變得逼真起來。彷彿那不是祖先們的經歷，而是他們自己投入戰場般，甚至從他們眼中看到光輝閃耀之物。他們代代都像這樣，父傳子，子傳孫，將故事流傳下去。我從中看到歷史的延續和復甦。考證和研究固然也需要，但歷史就只能以這種樣貌顯現。這當中或許有些許虛構，但是這虛構若能像《吉野葛》的文章一樣道出超乎真相的真實，那麼，只有出自謊言的真實才是歷史，這麼說也一點都不為過。到底什麼才是真？這是真品，還是贗品？一旦開始懷疑，就會懷疑到底。雖說史書裡有提及，或是存在於外國的紀錄中，但對於那些深信不疑的人，我總是感到納悶，不過，這麼單純的提問，沒人能回答我。

這些名門之後有嚴格的規定。全村約有六百戶，名為七保、四保、六保，有多個村落分別歸屬於這三者。保是堡壘之意，此語源自於昔日中國的一種組織單位。是戰時鄰組的強化版，藉由這樣的分組來負責連坐責任，以確保彼此的安寧。

自天王死後，他的遺物分給了各保保管，頭盔交由七保，盔甲袖套交由四保，鎧甲和武器交由六保。名義是保管，但其實是當作寶物般珍藏祭祀。其中，六保的鎧甲和其他物品全慘遭祝融。明曆二年，由於保管遺物的灰泥倉庫失火，六保的人們有很長一段時間禁止朝拜，當作是懲罰。他們的規矩當真嚴格。可以說就是因為如此嚴格，才得以保存，不過，重視血脈而不重視門第，是他們奉行的主軸，至今仍舊只認同男方的子孫為繼承人。像養子這種做法不被接受，只有替女兒招贅名門之後的女婿，這樣才獲得認同，諸如此類，其他還有許多瑣細的規矩，但在這段漫長的時間裡，各保之間多少有些許差異，關於傳承似乎也不盡相同。不過這些都只算是枝微末節，他們對於祖先的功績和傳承是如此深愛，而且又能嚴格的流傳下來，令我感動。我感覺自己目睹了堅信之美，只要相信，確實就會存在。昔日前田青邨先生（※日本畫家，擅長畫歷史畫，

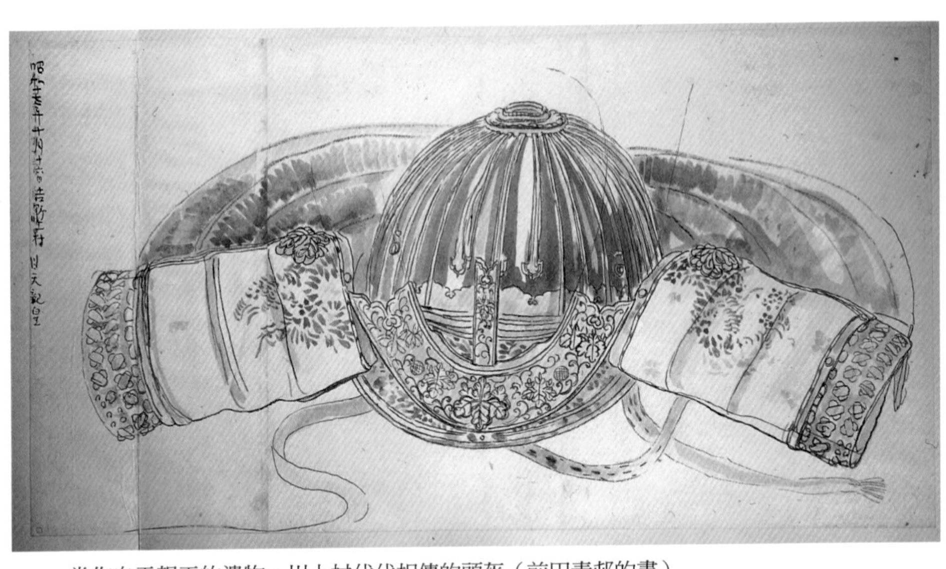

當作自天親王的遺物，川上村代代相傳的頭盔（前田青邨的畫）

尤其是武者畫。）也曾造訪川上村，他將那段回憶寫在《日本甲冑》中，似乎被村民們的真情所打動。燒毀的武具中，有長刀和刀鍔，不過，像破破爛爛的鎧甲護片，或是小釘子，也全都妥善的保存。舉行朝拜儀式時，會將這些物品供在神前，當作是自天親王的肉身來膜拜。

隔天，我前往柏木的金剛寺參拜。從迫村開始，前方的道路變得更加狹窄，與《吉野葛》的描寫益發相似。朝兩側逼近的高山頂端，能看到村落零星分布，想到昨天見面的名門之後是從那麼高的地方下山而來，就覺得無比感激。其中，井光村位於得抬頭仰望的高山之巔，那地方竟然有人居住，不過，昔日的古道似乎就是沿著山脊走，神武天皇遇見長尾巴的人，肯定就是在井光這個地方。

尊秀王之墓

從柏木登上像林道般的窄路後，便來到金剛寺後山。隔著吉野川，柏木、神之谷等村莊盡收眼底，是南朝皇子藏身的絕佳地形。寺院建在下方山腰處，墳墓也位於後方森林內，兩座小石塔模樣淒清，讓人聯想到含恨而終的皇子們。此地目前已認定是河野宮（弟弟忠義王）之墓，不過根據當地傳說，自天王的首級也埋葬於此。在這種情況下，比起村公所兼具事務性和合理性的判斷，我更相信村裡的傳說。因為為了讓自天王的英靈得以安息，這是再適合不過的「世外隱村」。

從柏木前往入之波的道路，正在進行水壩施工。似乎主要不是為了電力，而是治水，為了川上村著想，此事應該高興，不過，昨天見過的丹生川上神社、河邊的村落和遺跡都將因此沉入水中，令人無比遺憾。不過，古時候是取道山脊，中世時是取道山腰，到了明治後，終於有了現今的幹道，所以要是換個想法，這同時也算是回歸往昔。我走過的這條河邊幹道，以前是沒人通行的林道，所以當初自天王的弔唁之戰，想必也是在河灘中展開。想到萬葉集歌人歌詠的「瀧之瀨」和「激流平野」即將從眼前消失，就倍感落寞，但那是神武東征之路，有南朝的血淚史，名門之後居住的吉野山依舊是我們心裡的故鄉。

雖是短短兩天的旅程，但豐富了我的見識聽聞。感覺有許多事想寫，卻連一半也寫不出來。還想再去吉野一趟。吉野的山林在呼喚我。而且不是現在才開始，早在遙遠的天武、持統時代，吉野就一直向人們招手。

吉野之河青苔滑，此景看不厭，
他日依舊勤造訪，亙久不間斷。　　柿本人麻呂

8 訪石

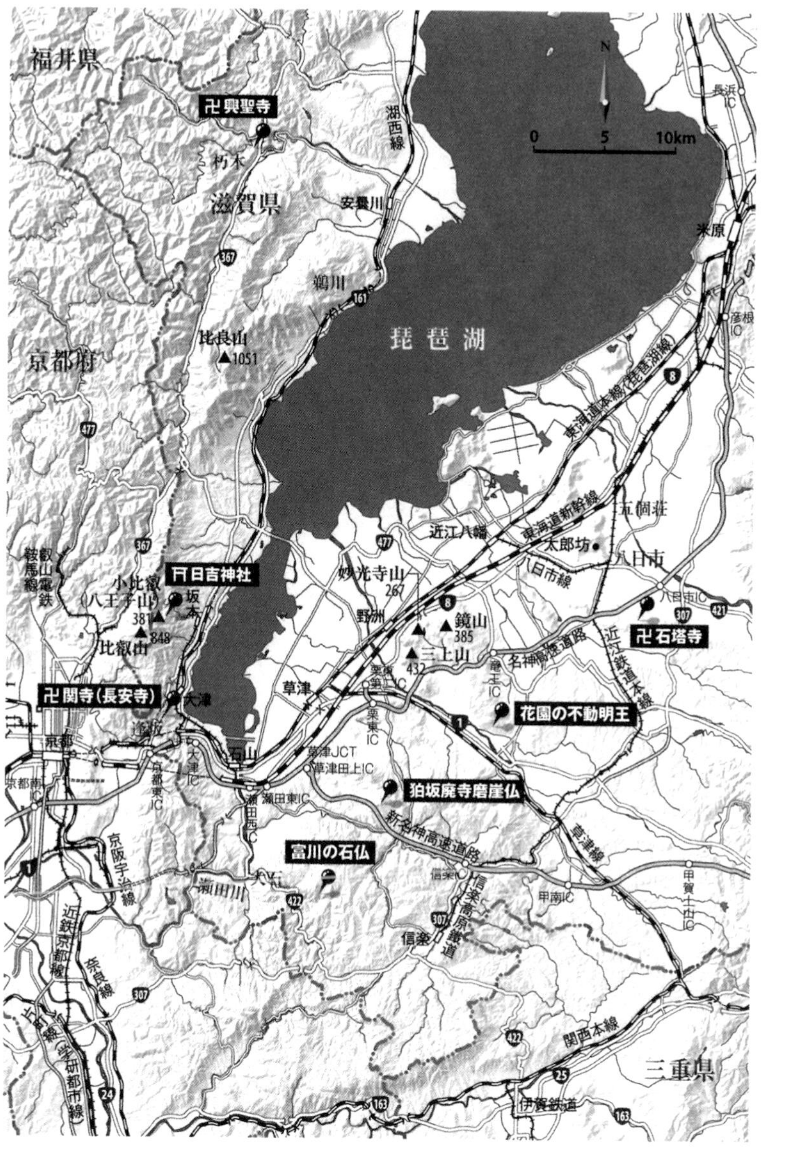

福井県
卍興聖寺
朽木
滋賀県
湖西線
安曇川
鵜川
比良山
1051
琵琶湖
京都府
N
0
5
10km
長浜IC
米原
彦根IC
東海道本線(琵琶湖線)
東海道新幹線
五個荘
近江八幡
太郎坊
八日市
八日市線
八日市IC
卍石塔寺
近江鉄道本線
名神高速道路
竜王IC
花園の不動明王
叡山電鉄
鞍馬線
⛩日吉神社
小比叡(八王子山)
坂本
381
848
比叡山
妙光寺山
267
野洲
鏡山
385
三上山
432
草津
栗東IC
卍関寺(長安寺)
大津
逢坂
京都
大津IC
京都東IC
京都南IC
石山
草津JCT
草津田上IC
瀬田東IC
瀬田西IC
狛坂廃寺磨崖仏
新名神高速道路
富川の石仏
京阪宇治線
瀬田川
大石
信楽IC
信楽高原鐵道
信楽
甲南IC
甲賀土山IC
草津線
近鉄京都線
奈良線
関西本線
三重県
伊賀鉄道

近江有位名叫前野隆資的攝影師。他討厭別人叫他攝影師，自稱是外行人，不過他熟悉近江的歷史，這裡的景致和美術品沒有一樣不是他的攝影對象。也許他就是這麼深愛近江，才會討厭別人稱呼他攝影師。此事姑且不談，某天他在湖北的山中工作，突然降下滂沱大雨，天色一片昏暗，他結束攝影正準備離去時，湖面上的濃霧隨著雷聲散開，一道光芒猶如佛光般落下，竹生島就此浮現在幽暗的水面上。

「我渾然忘我的猛按快門，第一次感受到如此強烈的衝擊。那是令人無比震驚的景致。」

受山湖環繞的近江，天候變化多端，不時會出現這種現象。此種強烈又神祕的光景，就算古時候的人們當作是目睹神明降臨也不足為奇。與世隔絕，不時展現此種樣貌的竹生島，會被尊奉為神之島，也非毫無由來。

琵琶湖周邊似乎很早便已開發。這裡取水方便，土壤肥沃，鄰近日本海，同時緊鄰奈良和京都，占盡發展文化的好條件。就此地發掘出的繩文、彌生時代的古文物來看，或許還比大和更早開發。這方面的事我了解不多，不過正因為發展純熟，近江才會有許多古物保有其原貌遺留至今，深深吸引了我。比叡山若沒有日吉神社的話，大概也不會有日後的發展，而東大寺的前身原本也是在信樂町。建立律令國家的起點，也是在大津京，而近江商人的發祥地也是在五箇莊附近。就像這樣，對於奈良和京都總是負責後臺準備工作的，便是近江這地方，但它並非廣為人知，也沒人展開專門的研究。至今仍存有許多謎團的這處歷史祕境，不就是近江的宿命和魅力嗎？

因此，我自然三番兩頭往近江跑。一開始是為了避開觀光地，但不久就像我前面所說，開始對它產生興趣，我四處走逛後發現，這裡最多的就屬石頭了。不光只是多，它還遺留了像石塔寺的石塔、闢寺的牛塔這種日本首屈一指的石造藝術。這並非偶然。肯定也受到從白鳳時代移居此地的移民影響，不過，正是因為接受了他們的技術，石頭的文化才就此存在。我想加以尋訪。雖然我的知識貧瘠，但就算只是走走看看，或許也能得到收穫。會這麼想，表示我已深陷其中無法自拔。

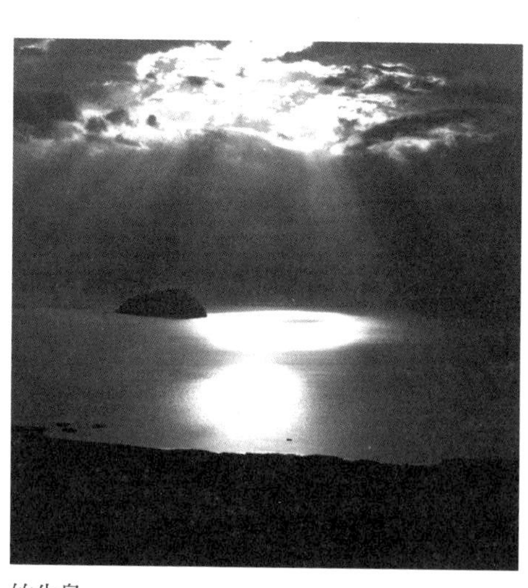

竹生島

前面提到的石馬寺和奧石神社，也算是「訪石」之旅，寺院背後肯定有對石頭的信仰，保有岩座古時的樣貌，加以祭祀。竹生島也一樣，全島都是岩山，古代人想必認為島、山、岩石沒多大區別。明明是山卻被稱作島的例子所在多有，事實上，若從火車車窗望向近江的群山，看起來就像浮在水面上的島嶼般。比叡山一開始肯定也是整座山被當作神明崇拜，而過沒多久，小比叡山（又叫牛尾山、八王子山）成了神山，位於山頂附近的岩石被認定是神明降臨之座，而在那裡展開祭祀。要祭祀需要神社，就此隔著岩座興建神社，而祭典也往下來到村里，融入人們的生活中。之後最澄在這樣的生活中誕生，再次回到山上，將此地化為佛教的本山，不過這一切的主體，是從遠古便一直延續至今的比叡之神，是對大自然的信仰。

前些日子我到坂本拜訪京都國立博物館的景山春樹先生。景山先生出身於比叡山的神官之家，住家也在日吉神社境內。當時正值櫻花盛開時節，小比叡山在枝垂櫻後方展現其優雅姿態。當時祭典剛結束不久，但在四月初的祭典期間，會扛神轎上山，入夜後還會點亮燈火。

「下班回家後，山上可以看見火光閃爍。這時潛藏在我心裡的古代人血脈突然就此甦醒。感覺自己與比叡山緊密相連。」

景山先生這樣說道，不過，從地方人士口中說出這句話，聽起來充滿真實感。想必一開始是巫女待在山中，得到感應後，下山回到村里，告訴眾人神的諭示。

波母山，小比叡，山居杉相伴。
山風吹，寒刺骨，來訪無一人。

聽起來像咒文的這首和歌，充分體現山林的寂靜與山居的孤獨。之所以會說這是比叡之神的神歌，肯定是某位無名的巫女某天突然哼起自己的體驗，就此被視為神諭。

神與巫女之間暗中進行的山上祭典，逐漸往下來到村里間，成為盛大的「山王祭」，深受民眾喜愛。不過，仔細看之後發現，這項儀式保留了古時候的「神誕」。就像我剛才所說，山上的岩座在巨巖兩旁造了兩座神社，分別祭祀大山咋命和玉依姬。神社於平安朝建造，男神象徵山神，女神誠如其名，用來表示山魂附身的巫女。

四月十二日晚上，神轎一口氣從山上奔下山，這成為「宵宮祭」最大的賣點，而收放在山腳神社（東本宮）的神轎，長柄交錯組在一起，此稱之為「尾部相連供奉」。不用說也知道，這是模仿性交的姿態，在神明前祈求順利生產。在隔天的祭典中，會以猛烈的衝勁將神轎推落神殿，讓它摔個稀巴爛，這象徵陣痛的痛苦以及平安生產。

每年反覆進行這項儀式，藉此迎接新的神魂，祈求豐收，這即是所謂的「神誕祭」儀式。可能是日文的神誕（生れ）與粗暴（荒れ）同音，以前曾經震撼京都的山門「晃神轎」（※昔日比叡山延曆寺的僧人向朝廷陳抗時，曾扛著日吉神社的神轎進入京都。），也是起因於這種粗暴的祭典。農耕的儀式或多或少都會有和性相關的動作，不過在八日市附近的太郎坊山頂，也有一座名為「夫婦岩」的巨巖，兩座岩石之間，有一條勉強可供通行的參道，可以看見正殿就在後方。不用說也知道，這是一種「體內信仰」，在這裡也象徵了女人的身體，但由於之後發展成山伏信仰，已失去原始的樣貌。不過，在下方的神田至今仍舉行「田祭」，在祭日這天，會聚集全國十萬多名信徒。

採用大岩石造古墳，我覺得似乎也是和某種信仰有關。琵琶湖四周，西邊從比叡到比良的山麓，南邊從野洲到鈴鹿，東邊從湖畔到伊吹山，到處都是相連的古墳群。這些一定都在大神社周邊，有不少會讓人懷疑神社的前身是否也是古墳。某天我在前野先生的嚮導下，

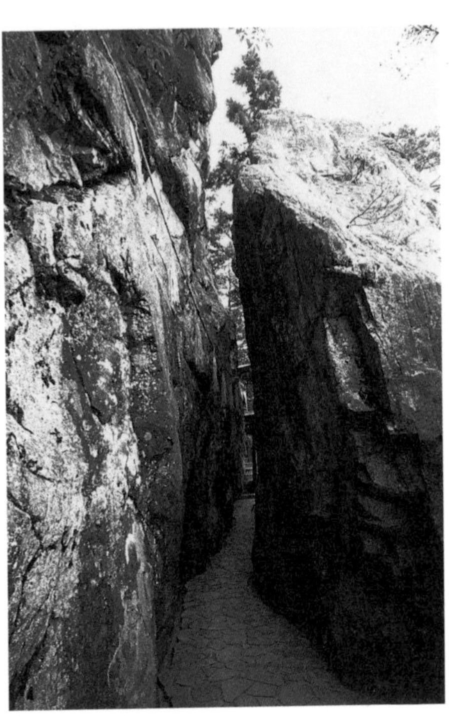

太郎坊的夫婦岩

走在三上山到鏡山那一帶，去看石佛，但重要的石佛沒看到，倒是在山裡迷了路。山裡的杜鵑花盛開，在驟雨般的蟬聲中一路往上行，最後來到一塊掛著注連繩的岩石前。仔細一看，原來是一間大石室，從那裡往山頂走，是成群的大古墳，裡頭的巨大空間足以媲美馬子的墓（※奈良縣明日香村的古墳。裡頭的埋葬者可能是蘇我馬子。）。我們突然覺得陰森起來，就此快步趕往山腳處的村莊，這可能是昔日統領此地的安一族或是御上氏這些古代豪族的墳墓。像山頂那麼巨大氣派的墳墓，死者肯定是握有勢力的族長。雖然不清楚在這一帶都是怎麼稱呼，不過看它掛著注連

繩，還擺有供品，似乎村民仍維持著信仰。事後聽聞得知，這座山叫作妙光寺山，甚至還發掘過漢代的銅鏡。

不過，古時候的人們搬運巨石到這麼高的地方建造墳塚，其精力和技術令人吃驚。近江有許多和山或石有關的名字，例如狹狹城的山石、石部大連，這也不光只是因為他們擅長建造古墳，而是巨石信仰普及。「神誕」同時有鎮魂和重生的意思。棲宿在岩石中的祖先靈魂，會逐漸將形體改變成石室或石棺流傳下來，就此轉生，因此，之所以採用大得離譜的石材，並非單純只是用來誇耀勢力的手段。那是轉化為石塔或石佛的第一步。而接納外來的佛教和美術，也是因為過去長期有這樣的傳統，巨石早已為了尋求某個目標而展開行動。

我第一次去石塔寺，已是很久以前的事，不過，看到那端正的白鳳塔，我這才明白石頭的美。朝鮮也有類似的塔，但不論是風味還是樣貌都是日本式，這讓人深切感受出歷史和風土對人們的影響。根據寺傳記載，天竺的阿育王為了供養釋迦而造的塔，其中一座石塔飛來日本，落在這塊土地上。從那之後，一直深埋在地底下，不知何時才出土，就像祕佛一樣潛藏在土中，不為人知。

還有一說指稱，以前的人在造塔時，為了方便工作，會先挖好洞，在土中依序一層一層往上打造，完成後，再將周遭的泥土清除，採取這樣的做法，但後來因某個原因，就這樣被棄置。根

石塔寺　三重塔

據小林行雄的《古墳故事》描述，在打造古墳的石室時，也會在外圍堆疊土沙，同時打造墳丘和石室，所以這座塔的情況，或許也採用了這種技術。而且它可能動員了日本自古以來的砌石專家。就算打造的是百濟人，但如果沒有他們的協助，肯定無法完成這麼美的石塔。

足以與它匹敵的，是位於逢坂山後頭的關寺牛塔。它與石塔寺相隔約三百年，但這裡已沒殘留大陸的味道，完全日本化。可說是再度從人工轉為接近自然。雖然失去鮮明的形體，卻變得更大，且充滿溫暖，給人一種像在須惠器（※古墳時代到平安時代，日本生產的陶器。）的壺上蓋上斗笠的印象。

之所以稱之為牛塔或牛塚，是因為橫川的惠心僧都（※源信，平安時代中期的天台宗僧人，被尊稱為惠心僧都。）欲振興關寺，而用牛來施工。後來傳聞那隻牛是迦葉菩薩的化身，前關白藤原道長和藤原賴通前來參拜，引發不小的騷動，而那隻牛果真如傳言一般，在施工結束後便死去。為了加以供養，而建造了這座寶塔，但也有人稱之為和泉式部或小野小町之塔。

因為和泉式部曾歌詠道「傳聞牛佛現，懸心欲探看，路遙多險阻，難度逢坂關」，至於小野小町，則是出自謠曲「關寺小町」的傳說。不過，牛和美女實在難以匹配，應該是有名氣的貴人才對，照這樣來看，或許是惠心的供養塔。不管真相為何，在近江竟然有兩座如此美麗的石塔，一來當然也是因為這裡良材眾多，二來也可說是背後有石頭的信仰和傳統所賜。

關寺　牛塔

從逢坂山南下到石山，沿著瀨田川往下游而去，便來到大石村。由於是大石內藏助（※播磨國赤穗藩的筆頭家老。元祿赤穗事件的主導人。後被改編成戲劇忠臣藏。）的出生地，這附近遺留了岩間寺、不動寺等眾多與石頭有關的信仰。

從大石村沿著信樂村往南走約莫兩公里路程，有一尊富川的

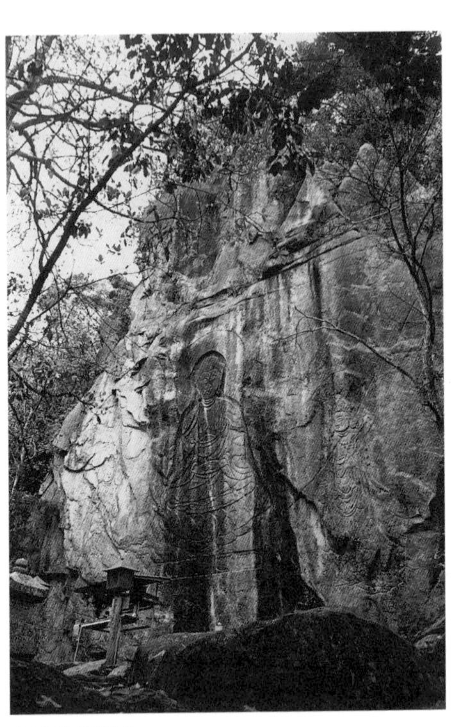
富川的磨崖佛

石佛。在對岸的山腹上，有一座峭立的岩石，路旁有一塊寫著「不動岩」的立牌。從該處走下河灘，度過兩條小河，往山上走，眼前很快就會出現一尊巨大的石佛。這是鎌倉時代雄偉的阿彌陀三尊，又名「耳垂佛」，有民間信仰認為對治耳疾特別靈驗，但為了借助神威而將岩石切下帶走的風俗著實令人困擾。聽說以前這裡蓋了一座富川寺，曾是興福寺的修行地，但應該是更早以前因為巨石信仰的緣故，而在古代的岩座上雕刻佛像。切石頭是壞習慣，但這方面可以看到昔日的信仰，自然的岩石藉由佛像之姿，深深融入民間，有一段漫長的歷史。

近江有許多傑出的石佛，從狛坂廢寺的石佛（奈良時代），到花園山中的不動明王（鎌倉）、比叡山西塔彌勒菩薩（鎌倉）、鵜川的四十八體佛（室町）等，歷經不同的時代，能看出不同的美麗作品。不光石佛，其他的石造藝術也有不少傑作，而當中特別值得一提的，非日吉神社的石橋莫屬。

這是天正年間豐臣秀吉所供獻，在走進第一座鳥居處，石橋就架在紅葉環繞的大宮川清流之上。從上游開始，大宮橋、走井橋、二之宮橋依順排列，雖然氣勢十足，卻一點都不會給人壓迫感。當時是過年期間還是歲末，我已不記得，只知道是在一個雪花飛舞的日子，我在這座橋上遇見神官一行人。可能將近有十人之多吧，皆穿著一襲白衣，神情肅穆的隊伍，為小祠堂、圍注連繩的樹木和岩石獻上無聲的祈禱。現在無人參拜，在寒空下響起的，只有膜拜的拍掌聲。這是神聖、莊嚴的祭典光景。

花園山中的不動明王

被信長燒毀的比叡山，在秀吉的庇護下，沒花太久的時間便重建復原。聽說景山先生的祖先也在火攻比叡山時，獲秀吉出手相助，所以秀吉對比叡山立下莫大的功勞。他幼名日吉丸，綽號「猴子」，日後的姓氏木下聽說也是取自日吉神社的「樹下」。樹下是神官家的姓氏，而猴子當然是比叡神的使者。

據說秀吉的母親是樹下一族之後，就算這是後人捏造，但秀吉透過母親而與日吉神社交好，對比叡山懷有特殊的情感，此事毋庸置疑。

在這裡絕不能錯過石牆。尤其是鳥居旁的律院到南邊的僧房和墓地一帶特別美。因為自鎌倉時代以來，這裡有個砌石的專業集團，人稱「穴太眾」，近江之所以有如此多名城也是這個緣故。見過這些石牆後會了解，素以僧兵聞名的比叡山，與其說是寺院，不如說是城郭還比較貼切，這座信仰之山逐漸變成適合實戰的場所。

穴太現在已成為坂本的一部分，不過，也可寫成穴生、穴穗的這處地名，似乎與古墳的掘墓有關，事實上，這村莊周邊就有大古墳群。有人說這裡是景行天皇的「高穴穗宮」所在地，如果往前追溯，或許與比叡的原始信仰有關。源自石頭的造墓，歷經佛教美術後，搖身轉為造城，這是極其自然的發展。

石頭當然會與庭園緊密結合。近江有不少名園，不過此事鮮少人知。朽木谷的興盛寺有一座石庭，是當初足利義晴將軍逃到此處時建造，隔著安曇川的溪流能遠眺比良山。如今已有點荒廢，但比起莫名複雜的庭園，這裡的石頭疊得自然，看起來賞心悅目。造園是由茶人指揮，但實際施工的人應該是近江的石匠們。對了，人稱「庭番」的將軍家密探，其實都是伊賀、甲賀出身的忍者。

日吉神社「二之宮橋」

沖之白石

有名的大德寺孤蓬庵的前身，也位在近江。它同樣人稱孤蓬庵，不過這是小堀遠州的法號，遠州出身於長濱附近的小堀村。池泉和枯山水的庭園呈矩形相連，讓人聯想起他在故鄉用心造園時的身影。對於在近江長大的遠州而言，日日夜夜所看的湖水風景，肯定是取之不盡的構想泉源。望著這樣的庭園，會想起浮在琵琶湖上的「沖之白石」。這並不是匯聚民眾信仰的島嶼，但它位於長濱遠處的琵琶湖中，那矗立湖上的模樣，別有一番風吹浪襲的淡雅之趣，彷彿看見了石庭的原型。始於自然，歸於自然。不過，這並非保有往昔樣貌的自然。或許這就是日本之美，一種美的形式。

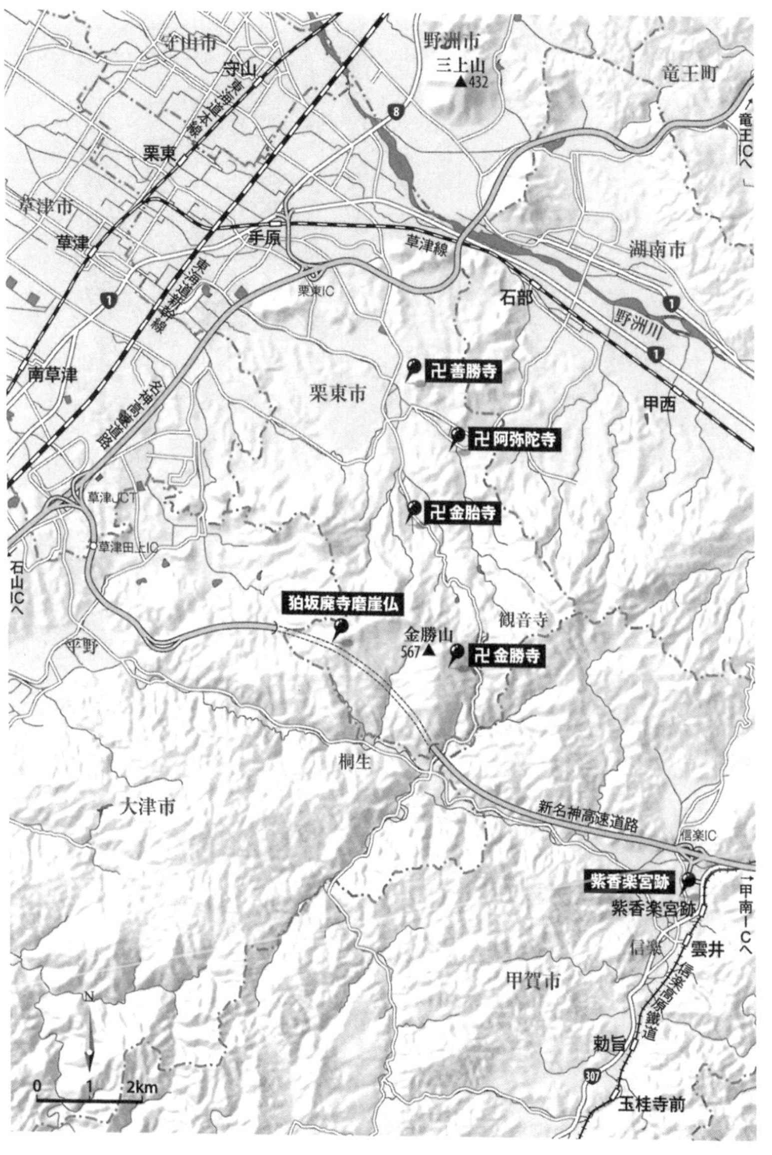
守山市
守山
栗東
草津市
草津
手原
南草津
野洲市
三上山
432
竜王町
草津線
湖南市
石部
野洲川
甲西
栗東IC
善勝寺
阿弥陀寺
金胎寺
栗東市
草津JCT
草津田上IC
石山ICへ
竜王ICへ
狛坂廃寺磨崖仏
金勝山
567
金勝寺
観音寺
平野
桐生
大津市
新名神高速道路
信楽IC
紫香楽宮跡
紫香楽宮跡
信楽
雲井
甲南ICへ
甲賀市
信楽高原鐵道
勅旨
玉桂寺前
N
0
1
2km

9 環遊金勝山

我從兩、三位朋友那裡聽說，在近江的狛坂廢寺這個地方有美麗的磨崖佛。但到底在哪一帶，都沒人清楚告知。好像不是他們不告訴我，而是不知該怎麼說。它就位在如此錯綜複雜的深山裡，所以我雖然很想去，但還是決定靜靜等候良機到來。

從地圖上來看，狛坂寺位於金勝山的連峰上。金勝二字有人念「こんしょう」，也有人念「こんぜ」，最近甚至有人稱之為近江阿爾卑斯山，它是位於琵琶湖南方栗太郡的連山，南側與信樂相連。古老的寺院和神社環山而建，能否去狛坂姑且不談，至少到那一帶走走看看也不錯，於是我和以前一樣，沒特別準備就出門而去。

從草津南下後，來到栗東町的金勝村。道路逐漸進入丘陵地帶，在零星分布的小村落中穿梭而行，氣派的神社陸續出現眼前。名稱我忘了，不過每個都是鎌倉時代和室町時代的出色建築，近江有很多這樣的神社。那一帶古老的寺院密集，諸如善勝寺、阿彌陀寺、金胎寺、金勝寺的僧房等，不過金勝山底下所屬的相關寺院不少，說明了這座山是近江南部的信仰中心。

金勝寺就位於從那裡往上走約六百公尺便可抵達的山頂，最近新設了車道，可輕鬆前往。但聽說這座寺院沒有住持，如果沒事先申請便無法參觀。於是我試著繞了一趟代為保管寺院鑰匙的金胎寺，幸好住持在家，說他可以和我同行。喝完茶後，我們馬上出發。

山景果然不同凡響。登上高處後，近江原野在腳下擴展開來，遠方的三上山顯得迷濛。要上金勝寺，有從山腳處的觀音寺登山的東坡，以及從中村登山的西坡兩條路線，而我們走的應該是

從金勝山上遠望（望向三上山、琵琶湖）

西邊的表參道。京都博物館的景山春樹老師的母親聽說就在東坡出生，老師小時候常到這座山裡摘香菇、釣魚。曾聽他說過，以前在乾旱的夏季，會邊爬山邊誦念著「請賜雨，八大龍王」，可能這一帶仍保有這樣的信仰吧。以前我曾走過五十町的陡坡，所以兩度來到這樣的地方，有人稱之為「KONZE」。

不久便登上山頂。高大的杉樹環繞的寺院無比幽靜，只有來此地健行的人們留下已冷卻的生火痕跡。山門前的草叢裡立著一塊寫著「下馬」的漂亮板碑，這是以石頭聞名的近江才有的景象，連路旁也留下如此出色的石造藝術。在半腐朽的正殿內，釋迦如來端坐其中，一旁的佛堂有一尊巨大的軍荼利明王，雙臂盤胸，以凶悍的樣貌俯視。那是用一根高四公尺的木頭刻成的雕像，在昔日眾多的佛教建築中，想必也擺有如此眾多佛像。金勝寺號稱是奈良的鎮護之寺，所以才會安置這樣的佛像，就算現在只看得到僅存的一尊明王，但依舊能遙想當時的壯觀。

西側放眼所及，盡是深山與谿谷，我對近江竟也有此等祕境感到驚訝。沿著山脊有一條雜草濃密的山路，我向住持詢問後得知，那是通往狛坂廢寺的道路。不過，山崖崩塌，道路中斷，無法順利通行，日後有機會從山腳繞路而行比較好。眼看它就在眼前，我心中倍感遺憾，不過住持說的有理，那天我只好就此死心，打道回府。

那已是兩、三年前的事了，後來一直沒機會再造訪，不過金勝山四周大規模的信仰，以及神祕的古寺氣氛，都讓我留下深刻的印象。從那之後，只要一提到金勝山或金勝寺，我就會豎起耳朵，這段時間我也得到一些知識。包括金勝寺以前人稱狛坂寺，是由金肅菩薩，亦即奈良時代的良弁所創立，這似乎與東大寺的發源有關係等等。

根據《續日本記》記載，這座寺院是在天平五年，聖武天皇命良弁創立。良弁的傳記中，有很多地方記載不明，不過有一說指稱他是出生於金勝山山腳下，為百濟移民的子孫。東大寺的良弁雕像，隱約傳達出他那像外國人的樣貌，而且近江原本就有許多移民，所以事實可能就是如此。一般流傳的傳說，說良弁幼年時被大鷲擄走，在奈良春日山的木杉樹下被人發現。正好義淵大師路過，拾起那名嬰兒，收他為徒，將他養育成人，如今聳立於二月堂下的「良弁杉」就是那棵大樹。

而另一方面，關於東大寺的創立，也有個故事如下。

在奈良的東山有座金鷲寺，寺內住著一位優婆塞（※梵語音譯。指受五戒的在家男性佛教徒。），人稱金鷲行者。他祭祀執金剛神，以繩索纏向神像足部，緊握手中，日夜祈禱，誦經聲傳至宮中，直達聖武天皇耳中。天皇派人前來詢問後，行者告曰「我雖為宏揚佛法而祈禱，但力有未逮，望能藉由帝王之德，建造大伽藍」，其心願終於得以實現，創立了東大寺。這故事除了記載於《今昔物語》外，也出現在許多書籍中，執金剛神至今仍供奉於三月堂，想到三月堂曾被稱作金鐘寺，便無法完全否認這傳說的真實性。

金鷲與金肅、金鐘與金勝，不光只是讀音相似，鷲與東大寺也有深厚關係，根據這點，金鷲行者與良弁被視為同一人。對此，久野建先生有詳細的考證（《三月堂執金剛神》），雖然他持否定的看法，但是對我們這種外行人來說，這種層層交疊的傳說，很難一口認定純屬虛構。也許是以鷲當圖騰的某個民族間口耳相傳的起源。我不擅長做這樣的考證，但我對充滿謎團的良弁以及東大寺的起源很感興趣。

眾所周知，東大寺的前身是近江的紫香樂宮。天平十五年十月十五日發出發願詔書，隔年秋天，大佛的骨架完成，聖武天皇親自拉繩，此事頗為聞名。當時還不叫東大寺，人稱甲賀寺，但

良弁像（東大寺珍藏）

遷都引來許多人不滿，不到三年計畫便告吹，再次回到平城宮，紫香樂宮就此衰敗。

紫香樂宮遺址位於人稱內裏野的一處高臺，有一片美麗的松林，時至今日，仍保留了當時的礎石。據專家所言，裡頭的伽藍配置與東大寺相同，這不是離宮遺址，而是寺院遺址，不過，像遷都或建造大佛這等大事，為什麼會選在這種深山裡推動計畫呢。在遷都此處之前，都城一度是在恭仁京，從那裡打造一條經和束通往信樂的道路，之所以推動這樣的轉接工程，打從一開始目的就是在信樂，恭仁京只是為了遷都而設立的暫時都城。

前面提到，信樂位於金勝山南麓。誠如金勝這名稱所示，那一定是從事金屬相關工作的人們尊奉的神明，或是有銅之類的礦脈。聽景山先生說，有個叫金勝族（也寫作金肅、金精）的集團，以青銅為業，良弁可能就是統領這群人。我也贊成他的說法。良弁建造金勝寺或許是傳說，但身為移民的他指導這群人，此事不難想像。金屬工匠是鑄造大佛最需要的工匠，此事不用說也知道，東大寺要錄裡也提到「金知識　三十七萬兩千零七十五人」如此龐大的數字，他們應該大部分都是從近江召集來的人們吧。不光金屬，建築所需的木材幾乎也都是從近江調度而來。為了建造東大寺，不論是人才還是原料，近江都是不可或缺的生產地。

金勝寺之所以被視為都城的鎮護之寺，只要以紫香樂宮來思考就能明白。它位於信樂的北側，同時也是金勝族的根據地，如果是這樣，稱之為「鎮護」可說是名副其實。當時聖武天皇就像是被邪靈附身般，到處遷都，但他肯定是很想從奈良的勢力求得解放。打造盧遮那佛也可看成是他煩悶和焦躁的展現，於是包括良弁在內的移民豪族們便乘虛而入（這樣說有點語病），熱心的推動遷都近江，主動說要幫忙。

金勝寺圖略

經這麼一提，當初建造石山寺的也是良弁。起初稱作石山院，是切割木材，經瀨田川運往奈良的中繼站，良弁被任命為「造東大寺執事」。據《石山寺緣起》記載，要呈現出大佛莊嚴的樣貌，需要大量黃金，為了加以調度，天皇派良弁前往吉野的金峰山。某天夜裡，金剛藏王出現在良弁夢中，告知靈地在近江的瀨田郡，只要在那裡祈禱，必能心想事成，於是良弁依言前往瀨田。在那裡遇見比良明神化身的老翁，得知石山是靈地，所以在石山祭祀如意輪觀音的念持佛（※個人擺在身邊膜拜用的小型佛像。），建造庵房來祈禱，不久便在陸奧國發現黃金。祈願成真的良弁想帶觀音回來時，觀音緊黏在岩石上，文風不動。於是便建造寺院，奉為主佛，這就是石山寺的起源。

寺院的緣起大致也是類似的情形，但不能一概而論說這全是信口胡謅。首先是天皇派良弁到金峰山一事。金峰山誠如其名，擁有礦脈，所以自古便被奉為神山。那裡有金勝族或類似的人們存在，良弁肯定是向他們尋求協助。金剛藏王是當地的首領，介紹他認識石山的長老。他們可能走遍了全日本，所以很清楚各地的消息。良弁從他們口中得知奧州有黃金出土的事。我推測應該大致是這樣的過程。

不久，奧州送來了黃金，大伴家持歌頌「陸奧山金花綻」，獻上祝福。看得出舉國上下的喜悅。黃金的產地推測是宮城縣涌谷町的「黃金山神社」，那裡肯定也產出一些黃金，不過，其實是陸奧的國守百濟王敬福從故鄉朝鮮要來的黃金。良弁祈禱黃金能順利送抵日本，而為他貢獻智慧的比良明神化身，是否也是位移民，此事無從得知。石山寺的主佛是祕佛，但可能是當時一起渡海而來。

不過話說回來，為什麼移民要為天皇如此盡心效力呢？信樂遷都以失敗告終，但在奈良仍繼續建造大佛。完成這項任務，才是他們與朝廷建立關係的大好機會。他們已在日本這塊土地深深扎根，同時擁有雄厚的財力，不可能對權力不感興趣。他們逐漸往宮廷裡滲透，在桓武天皇時代，計畫遷都長岡，又再度失敗。秦氏（※古代移民來的氏族。傳說是在應神天皇時代從百濟渡海而來的弓月君子孫。）和百濟氏雖有差異，但他們的期望應該大致相同。之所以一再失敗，是因為大和的勢力過於強大，與其說強大，不如說是有個深植地方上的神奇力量將都城拉回原地。據說紫香樂宮不斷有怪火或縱火的情況發生。那肯定是心生不滿的民眾無言的抵抗。天皇是在這些人的意志下回到平城宮，換句話說，是大和的國魂將天皇召回。

壬申之亂也一樣，仔細追查後會發現，那不就是移民和大和民族之間的戰役嗎？或者可說是外來思想與大和之心的爭鬥。雖然沒顯現在表面上，但他們之間彷彿存有根深蒂固的沉默對立。話雖如此，良弁並非藏身幕後的野心家，或是一方霸主。他甚至可說是為了替雙方牽線，而居中苦心奔走的少數人士。至少可以確定，如果沒有這些移民的幫助，大佛便無法建造完成。尤其是率領金勝族的良弁更是功不可沒。我再度向景山老師請教後，老師說金勝族並不光是移民，他們和木工師、丹生族（以水銀為業的人們）、海人族（※從事航海、捕魚工作的集團或氏族。）一起，都是日本自古便存在的特殊集團，因為有他們而支撐起古代人的生活。在近江特別多的這些工匠，從來自大陸的移民那裡學會新的技術。建造金勝寺的或許是良弁，但金勝山肯定是在更早之前就被金勝族奉為神山。在山麓的僧房受祭祀的眾多神像，告訴我這段不為人知的歷史。神佛混淆並非宗教世界裡才有的事，也不是僅發生過一次的事，這是在所有時代，所有地方都在進行的一種和魂洋才（※重視日本自古的精神，吸取西洋優秀的學問和技術，加以調和、發展的一種精神。）的展現。

今年春天，我好不容易才造訪了狛坂廢寺。知道我有這項心願的朋友，介紹一位熟悉當地環境的小姐給我認識。這位小姐才剛大學畢業，在近江幫忙挖掘古墳的工作，但還是忙碌中抽空來陪我。

這趟旅行很愉快。在明媚春光下，我們搭車從大津南下行經信樂幹道，從平野這個地方來到桐生。接下來從這裡走入山中，但因為是林道，路況不佳，而且不時還要渡河。不過一切比想像中還要順利，不久便來到山頂附近，當我發現左手邊的竹林中有一塊立牌寫著「狛坂廢寺」時，心中不勝欣喜。

接著又往上走了約二十分鐘，來到磨崖佛，但幾乎已沒有像樣的道路，我們時而涉水，時而撥開草叢而行，要跟上這位年輕小姐的腳步著實吃力。不過，從後方遠望金勝山的這一帶景致與

狛坂廢寺的磨崖佛（金勝寺珍藏）

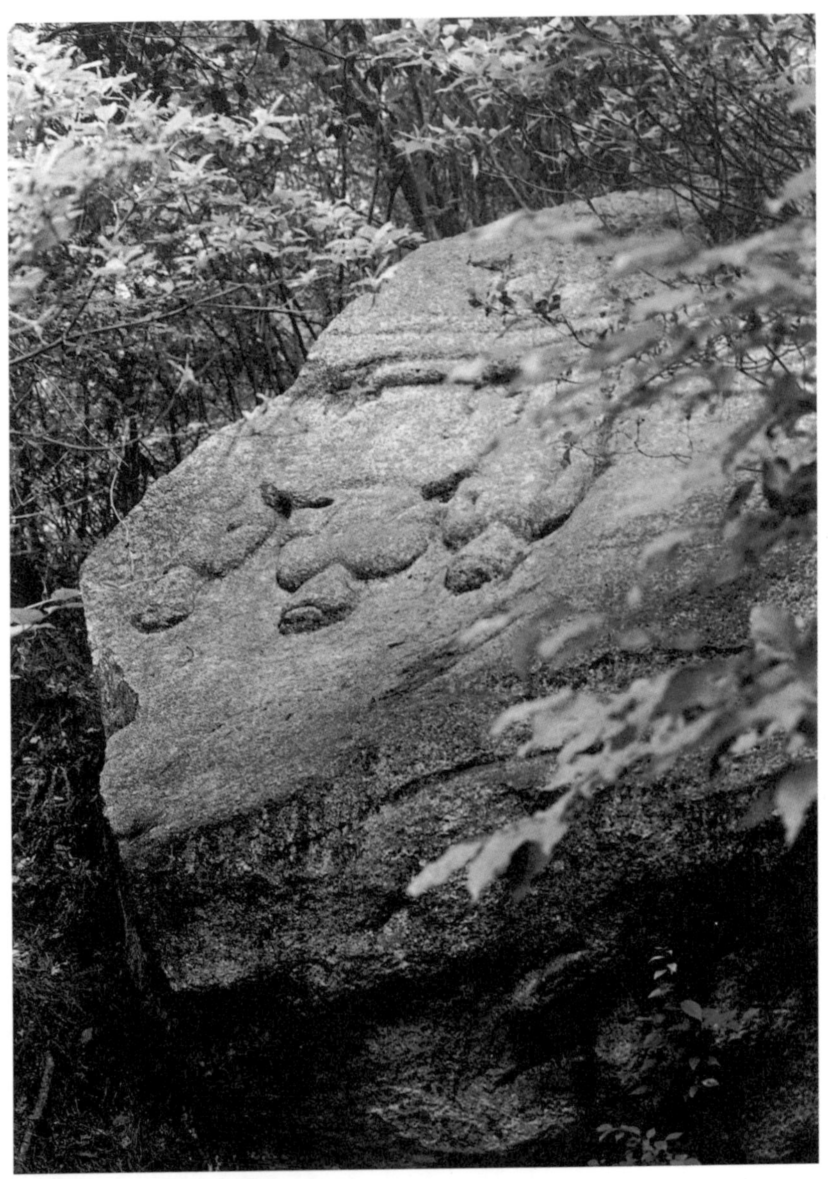

倒在草叢中的狛坂廢寺磨崖佛

眾不同。足足有數十張榻榻米大的巨巖層層堆疊，從天邊往下方河灘崩落的氣勢，與其說出色，不如說驚人。不論往右看還是往左瞧，入眼全是岩石。如果有人說日本岩石少，那他一定沒看過這樣的景色。

磨崖佛是遠比傳聞還要出色的傑作。大到得抬頭仰望才能一觀全貌，美不勝收的花崗岩上刻了三尊佛，一旁圍繞著小佛像群。雖然不清楚這是奈良時代還是平安時代初期的作品，但我從未見過如此氣勢磅礴的石佛。而且環境清幽。在這遠離塵囂的寂靜中，感覺就像以整座山當臺座，靜坐其上。四周留有僧房的石牆遺跡，看得出曾經是一座大寺院，不過，想到金勝山的別名為狛坂寺，這裡或許算是內院。既然叫作狛坂，那就是移民統管的土地，雖然我不知道朝鮮是怎樣的景致，但應該就和這一帶的岩山很相似吧。

從那裡再往上走一小段，來到一處視野絕佳之所，名叫「國見岳」，東邊可望見金勝山一帶。成群的巨大白色岩石，可能是古代的祭壇遺跡。人稱金勝族的人們，應該就站在這上頭，遙望自己的國家，遙拜金勝山吧。我突然想起金鷲行者。如果是這種粗獷的岩山，鷲或許也會在此棲息，就算以鷲當圖騰也不會顯得不自然。一位在那裡潛心修行，像鷲一樣銳利，才能過人的男子，人們稱呼他金鷲行者，加以服侍，不久，此人的事傳入天皇耳中，就此前往都城建造東大寺。或許就是在近江產生這樣的傳說，和大佛一起被送往奈良吧。將這一切帶過去的，當然是金勝族的工人們，想必是在工作間的空檔誇讚良弁的功績吧。金鐘寺（或金鷲寺）的起源就在金勝寺，行者就此升格為菩薩。其實只是舞臺從近江遷往大和，這就是真相。

先前攀登金勝山時，往西眺望看到的濃密山谷，一定就是這一帶。當時替我帶路的和尚勸我別去狛坂寺，真是明智之舉。我沒能耐走那條路。不過以前的人們似乎常往來其間，聽說兩座山峰之間有許多石佛和石塔保留了下來，沒人知道。其中一個就位在離此不遠處，維持上下顛倒的落魄模樣，不知道另外還有多少。近江真的很遼闊。盡掩於深不可知的祕密中。與良弁像那豁達中帶有深邃憂鬱的表情有幾分相似。近江身為大陸與日本相遇的連接點，以及奈良與京都的舞臺幕後，是令我感到趣味無窮的寶庫。

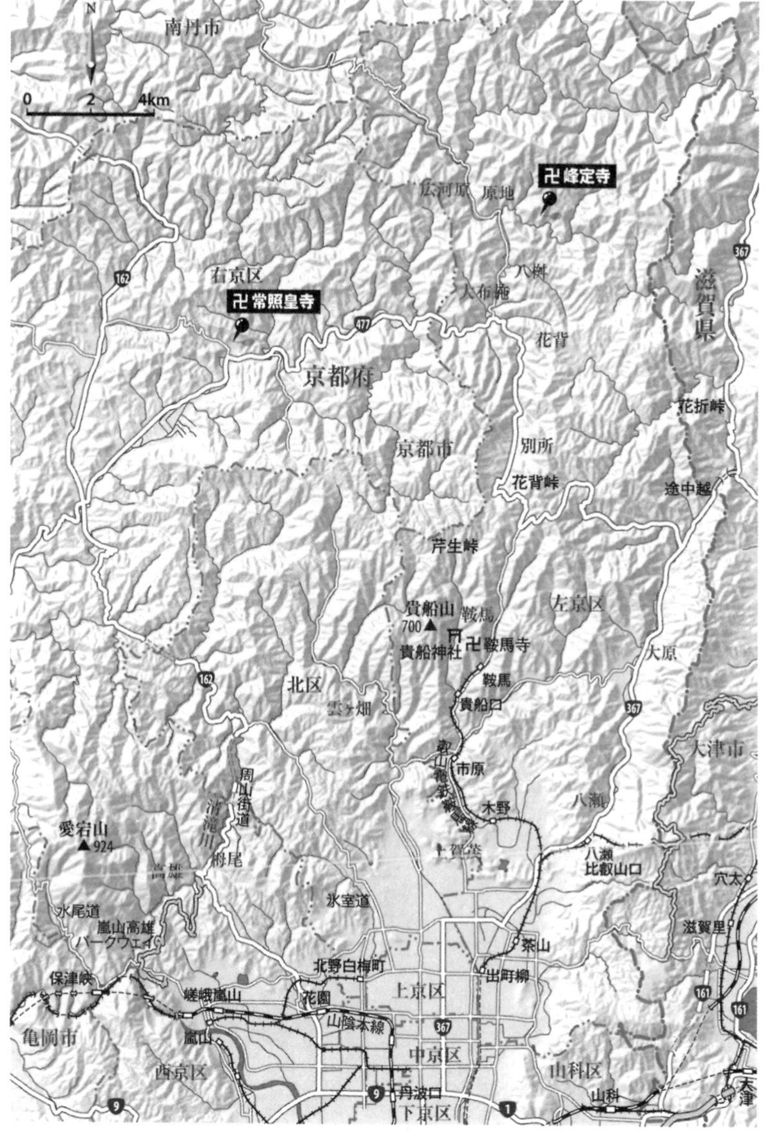

南丹市
0 2 4km
卍峰定寺
広河原
原地
右京区
卍常照皇寺
八桝
大布施
花背
滋賀県
京都府
花折峠
京都市
別所
花背峠
途中越
芹生峠
左京区
貴船山
700
鞍馬
貴船神社
鞍馬寺
大原
北区
鞍馬
貴船口
雲ヶ畑
市原
大津市
周山街道
清滝川
木野
八瀬
愛宕山
924
槇尾
八瀬
比叡山口
穴太
氷室道
水尾道
嵐山高雄
パークウェイ
滋賀里
茶山
保津峡
北野白梅町
出町柳
嵯峨嵐山
花園
上京区
山陰本線
亀岡市
嵐山
中京区
西京区
山科区
丹波口
山科
下京区
大津

10 山國火祭

京都是個溪谷特別多的地方。尤其是愛宕山周邊，急流流過層巒疊嶂的群山間，古道就沿著河川而行，每一條古道都暗藏漫長的歷史，這裡存在著一種讓人想以「溪谷文化」來加以稱呼的獨特生活。

行經八瀨、大原，通往近江的途中越，有一座名為「花折嶺」的陡坡，這美麗的名字，是在比叡山上展開回峰行（※為了實踐比叡山的山岳宗教，而在山中約三百處聖地巡迴的一種修行。）的行者們為了向葛川的明王院供奉而摘折日本莽草，因而取了這個名字。從鞍馬越過花背，一路通往若狹的幹道，往左轉會從貴船前往芹生，若直行翻越山嶺，便可來到丹波的山國。從上賀茂往北行，沿著雲畑川往上游走，有雲畑的村落，這一帶有不少關於惟喬親王的傳說。從那裡沿著西邊的清瀧川，行經高雄、栂尾，通往丹波的周山幹道，是當中路況最佳的路段，在山國的東邊與鞍馬幹道相連，而保津川從這裡的山中起源，繞過愛宕的山腳，往嵐山流去。除此之外，還有冰室道、水尾道等，光我所知就有這些，肯定還有更多我不知道的道路。

自平安京創立以來，這些谷中河川都供應都城豐沛的水源。不光水，木材和其他山中產物也豐富了京都的生活。愛宕的信仰之所以至今依舊興盛，我認為是因為古老的記憶使然，不過，之所以是形象不明確的神明，可能是因為太貼近平民的生活，沒必要講究樣式。正因為這樣，山林原本的自然樣貌，具有太古時「國神」（※從天孫降臨前就治理這個國土的土地神。）的風格，感覺是只有當地才有的信仰。愛宕古時候稱之為「オタギ」，聽說是由山豬的咆哮轉化而來，像是獵人和樵夫會供奉的狂野神明。

今年春天我到山國的常照皇寺時，我繞往東邊，來到花背，打算越過鞍馬回京都。但因為道路崩塌，當時只能就此放棄，但兩、三天前，我這心願終於達成了。

我為什麼會對這種地方感興趣呢？因為我聽說在越過花背嶺的保津川上游，有個原地村，至今仍保有古代的火祭。大家都知道，京都盛行火祭。八月十六日晚上，大文字、船、妙法、鳥居，這幾個火焰圖案會一同點綴夏日的夜空，但這似乎和盂蘭盆節的儀式有關，目的是要將精靈連同火焰一起送走。起初是起因於祭祀太陽或祈求豐收之類的農村祭典，但後來與佛教結合。如今大家都已忘了背後的緣由，和祇園祭一起成為夏天招攬觀光的活動之一。再過一段時日，來到十月中旬，會有鞍馬的火祭，這些儀式全都在京都北方，也就是集結在北山邊，我一直對此很感興趣。說到北方，相當於鬼門，愛宕是守護京都鬼門的鎮護之神。看起來幽暗、險峻的山容，很適合扮演這個角色，率領著高山和河川，至今持續居高俯瞰京都，不過古時候的墳墓或埋葬地之所以常位於北山，也是因為這樣的地形和氣候如「黃泉之國」般，令人產生聯想。火祭與盂蘭盆節的儀式搞混在一起，也是這個緣故，原本愛宕既非不祥之山，也不是死亡的象徵。反而還被視為神明降臨的神聖場所，受人敬畏，與世隔絕的印象深植人心。

為了尋求此等祕境，自古以來有許多逃亡者或隱士在此隱居。當中比較有名的，像是建禮門院在大原、惟喬親王在小野、清和天皇在水尾，光嚴天皇在常照皇寺，大部分的山谷裡都留有某人的遺跡。而離京都近，又能像這座山麓這樣充滿傳說的地方，可說是絕無僅有了。通往丹波、若狹的這條捷徑，堪稱是一條歷史的小路。

聽說原地的火祭是在八月二十三日舉行，但今年因颱風的緣故延期一天，於是二十四日一早，我才從京都的旅館出發。

在颱風過後的爽朗天氣下，過了鞍馬寺後，沒多久便來到山嶺，路況不佳。這條河應該是鞍馬川吧，下方有急流流過，雖然這裡稱作花背嶺，但有好幾座山峰要翻越，所以每次看到河川，都是流往不同的方向。從山嶺上可望見愛宕山的背面，從那裡下山後，如詩如畫的別所村就此映入眼中。右手邊矗立著一座山，似乎是神體山，還立著三輪神社的鳥居。雖說是參道，但只是一條雜草叢生的小徑，上頭遺留了幾處柴火餘燼，有些地方仍燒著柴火，想必這裡也舉行過祭典。那小小的淨化之

別所的村落

火，看起來猶如今晚火祭的序曲，在這純樸的鄉村氣息下，我感到自己逐漸被吸入其中。

這座神社連拜殿也沒有，可直接從兩棵大杉間膜拜，但這樣的山村似乎反而留下「三輪」的古老形式。接著來到大布施這個地方，道路一分為二，往左走可來到常照皇寺，但我們選擇渡河走上右邊的道路。光聽這是保津川的上游，一時也不明白身在何方，不過保津川會從這裡往西繞大彎，從丹波的龜岡轉向東邊進入嵐山，很長的一條路。這一帶有許多杉樹，人稱北山杉，但和我們所知道的化妝柱不同，而是得抬頭仰望的大樹，那覆滿整座山的景象無比雄偉。從這裡到周山都稱作「山國」，古時候是生產朝廷建材的土地，因為這個緣故，這裡有年輕姑娘到宮裡當女侍的風俗。所以至今這裡仍保有宮廷用語，而光嚴天皇隱居常照皇寺，以及明治維新時組成山國隊，肯定也是受這樣的傳統影響。女人們會穿戴一種以碎白點花紋布做成的圍裙，稱作「裁掛」，而這也和大原女（※山城國大原的女人會將薪柴頂在頭上，到京都販售。）一樣是源自宮廷的風俗，一直保存至今。

別所　三輪神社

路過八桝村後，便來到原地。誠如其名，是一處開闊的土地，靠山處有座峰定寺。創建於久壽元年（一一五四），一座幽靜宜人的寺院。山門祭祀藤原時代的仁王，登上長長的石階後，蓋在懸崖邊的觀音堂聳立眼前。主佛是藤原末期的十一面千手觀音，現在已送往奈良的博物館，不過，以精細截金工藝做成的小佛像，與其說是雕刻，不如說是工藝品。雖然主佛已不在，但佛堂內有當初創建時的水屋（※神社和寺院讓參拜者漱口淨手的地方。）和慶長時代的繪馬，給人一種輕鬆感。來到京都的這個地方，感覺是另一番天地，吹過杉木林的清風無比快意。

這座寺院是鳥羽天皇發願建造，在信西入道及平清盛的援助下，由觀空上人創立。觀空又名三瀧上人，是人稱「近代無雙行者」的名僧，天皇無比崇信（兵範記）。不知道是否為這個緣故，有傳說指稱，被流放至鬼界島的俊寬妻兒，其實藏身在峰定寺內的滑谷。平家物語中提到，有王至鬼界島拜訪俊寬時說「夫人要在下藏匿年幼之人，於是在下悄悄帶往鞍馬內院」，指的便是此處，而那位「年幼之人」緊抓著暗中前來探望的有王，哭著央求帶他去鬼界島的模樣，引人同情。不久這孩子也死了，夫人也追隨其腳步辭世，人跡罕至的山中生活，對傷心的京都人而言，想必比死還痛苦。

寺院的山中有俊寬和妻子的供養塔，至今仍空虛的傳達出亡者們的悲嘆。繼鳥羽天皇之後，後白河法皇也皈依佛教，所以逃亡的人們才會尋求這個管道，藏身在這處深山裡吧。有紀錄指出，不光法皇和源氏這邊的人們，平重盛的遺族也在此藏身，據鄉土史學家向畑先生所說，八桝

峰定寺　觀音堂

村一直到不久前都還祭祀重盛的木像，而相傳是平家一族墳墓的石塔，聽說仍在山谷深處。關於平家逃亡者有各種傳說，不過這裡離京都近，與宮廷和寺院也有關係，所以可信度頗高。

峰定寺前有家名叫美山莊的料理店，提供可口的山菜料理。店主還是位青年，為人熱心，提供的料理就像他的人品一樣實在。這裡的香魚可口自不待言，而能吃到那麼好吃的鮮鯉魚片，也是我的第一次體驗，似乎是因為這裡水質清澈，河水湍急的緣故。屋子前就有一條小河流經，在這一帶稱作寺谷川，會在原地村匯入主流中，而今晚的火祭就是在這兩條河交會的「河內」舉行。八月二十三日是地藏盆之日，昨晚在各個巷弄和路旁都聚集了孩童們，呈現出宛如京都般的風情，但這裡和盂蘭盆節無關，每月二十三日是愛宕講之日，村民會在此聚會。大型祭典會都是在盛夏時舉行，所以地藏盆反而是跟愛宕的祭典一起舉辦。

一路都在開車、爬山，歇息後喝杯小酒，格外好喝。喝到十點左右感到酒酣耳熱，在黑暗中來到「河內」，完全記不得自己這段路是怎麼走的。

突然眼前一片開闊，宛如夢境般的光景出現眼前。從正面的高山到我前方的水田，是一片耀眼的火海。當中有人影高舉著火把，以飛快的速度四處點火，宛如火天（※佛教中的天界護法，為東南方的守護神，為十二天之一，原型是印度教的阿耆尼。）或韋馱天（※佛教中的天神，另有飛毛腿之意。）一般。我一再揉眼睛，心想，這是作夢嗎？我該不會是被狐狸耍了吧？

走近一看，地面立了約一丈高的火把，彼此間隔約兩公尺，足足有數千支，遍布整面山野。

像蠟燭一樣點綴夜晚的「地松」

現在正在將這些「地松」全部點燃。因為昏暗看不清楚，不過水田前方有河，再過去是高山，橋再過去是聖地，一般人不得進入。不久，鼓聲傳向四方，鼓聲變得急切，「拋松」的儀式就此展開。

那是真正的「拋松」。在聖地的中心立起約二十公尺高的「燈籠木」，頂端裝設了一個大籠子（只要想成在地面插上一個比「水取」（※正確名稱為「修二會」，是在東大寺二月堂向十一面觀音懺悔的一種儀式。）的籠火把大上十倍的東西就行了）。在竹籠裡塞滿木柴，人們從四周朝它拋出火種。火種叫作「松芯」，是將油脂多的松芯捆成圓形，再繫上繩子。接著握住繩子往上拋，但因為離地很高，不是那麼容易可以拋進籠子裡。就算偶爾拋中，也馬上就熄滅。

這段時間，神官都在神社內祈禱，但以前有時一直到早上都還是無法把火點燃，這時候會走下河灘淨身。

希望最後別走到那一步。正當我心裡這麼想的時候，其中一個投進了籠中，開始悶燒，接著突然燃起烈焰。眾人拍手，歡呼叫好。也有人雙手合十膜拜。就像神明降臨一般。眼前的風景就只能這樣形容，一陣歡騰後，奇妙的沉默降臨，木柴的爆裂聲籠罩四周，烈焰熏天。短短幾分鐘後，高高的揚起火粉，燈籠木倒地，響起一陣巨響，持續在地上燃燒。接著神明從天而降，來到地面，保證會帶來豐收。參加祭典的村民們齊聚在神火下，一邊唱著運木歌，一邊緩緩離去。剛好月亮升上中天，在月光的照耀下，心情說不出的暢快。這與觀光無關，是他們自己的祭典，是遠古至今的火焰儀式，是我見過的祭典中最為感動的光景。

大文字和鞍馬的火祭中已失傳的儀式，這裡依舊保留了下來。沒半點佛教的味道，只有健康的喜悅和感謝的祈禱，看起來就像人類第一次得到火焰時的感激之情重現。要探究火祭的起因並不容易，但愛宕被視為火神，或是掌管火焰之神，可能是因為人們在山上的原始林看到自然起火的緣故。純樸的村民們肯定視此為神火，堅信這是神明降臨。而為了迎來神明而立起大樹，點火加以模仿，或許就是最初的樣貌。火就等同太陽。在寒冷的山國，更被視為神聖的象徵，因而仿效太陽做成圓形的籠子，當作是供附身之物，祈禱日光復活、農作豐收，就此成為一種儀式。古代的祭典總是兼具信仰與實用。例如像今晚的火祭，瀰漫著嗆人的濃煙，後來也仍在山野間久久

原地的「抛松」

打倒燈籠木

飄蕩不散，可能有助於驅除害蟲吧。而且在這缺乏娛樂的山國，這種兼具運動與娛樂的祭典，肯定能帶給人們無上的喜悅。尤其是成功讓籠子起火的年輕人，就像敲出滿貫全壘打一樣，就此成為大紅人，必能成為一輩子茶餘飯後的話題。其實光只是參觀無法體會，製作地松和松芯也是很吃力的工作，據說讓火焰持久燃燒的設計和工法，彼此都暗地裡相互競爭。光是要立起燈籠木，就是一項賭上性命的工作，伴隨著許多危險。現在都借助機械的幫忙，但仍是一項動員全村的大工程，光是伐木就頗費人力。而且要盡可能採用木節較多的樹木（為了讓它不易燃燒），得提早幾年先找尋適合的樹木。在下方支撐的框架，要用堅硬的栗子樹、未乾燥的藤樹加以圍成，這些祭典相關的瑣事，全都是我向向畑先生請教而來。

一直到不久前，各個村落仍舊舉行類似的火祭，但現在只剩原地和廣河原兩處，於是我決定順便也繞去看看。

從原地來看，廣河原位於下游，我們抵達時，他們正好在舉行「抛松」。氣氛和原地不太一樣，雖然沒有山，不過廣闊的河灘放眼所及全是地松，火光映照在水面上煞是好看。不久，很幸運的點燃了火，燈籠木倒下，一切順利結束。昔日在各個村落舉辦這樣的火祭時，想必很壯觀。從中也能看出，火祭同時也是水祭。比起「拜火」，「伏火」肯定才是重點所在。二月堂的水取也會有火天和水天出現，但這時所用的籠松明是模仿燈籠木，這點也值得注意。山國火祭就是像這樣形式完備，被納入佛教中，帶往都市。經這麼一提，聽說水取的水與若狹相通，不過若狹井的源頭在遠敷郡，離此不遠。要從若狹到大和，翻越花背是最快的捷徑。我認為這項傳說向人暗示水取的儀式源自於若狹，後來越過愛宕移往奈良，有這麼一段漫長的歷史，或許這說明了某個時代的豪族遷徙。如果沒有這樣的事實，若狹井的傳說未免也太過突兀，傳說應該不會捏造出如此虛構的事情來。各村落舉行的火祭，會不會是在表示它的路線呢？鞍馬的火祭、京都的大文字，也許都是這些人扔下的火種。燈籠木變成了籠火把，大自然的火和水變成火天和水天，中間這段過程究竟經歷了多少歲月？我望著熊熊烈火中的火粉，思索著這件事，意識幾欲就此遠去。

儘管此時寫下這樣的文字，但是恍若夢中的風景，我到現在仍很難相信那是現實。難道我還沒從那晚的醉意中醒來嗎？還是我被狐狸耍了呢？

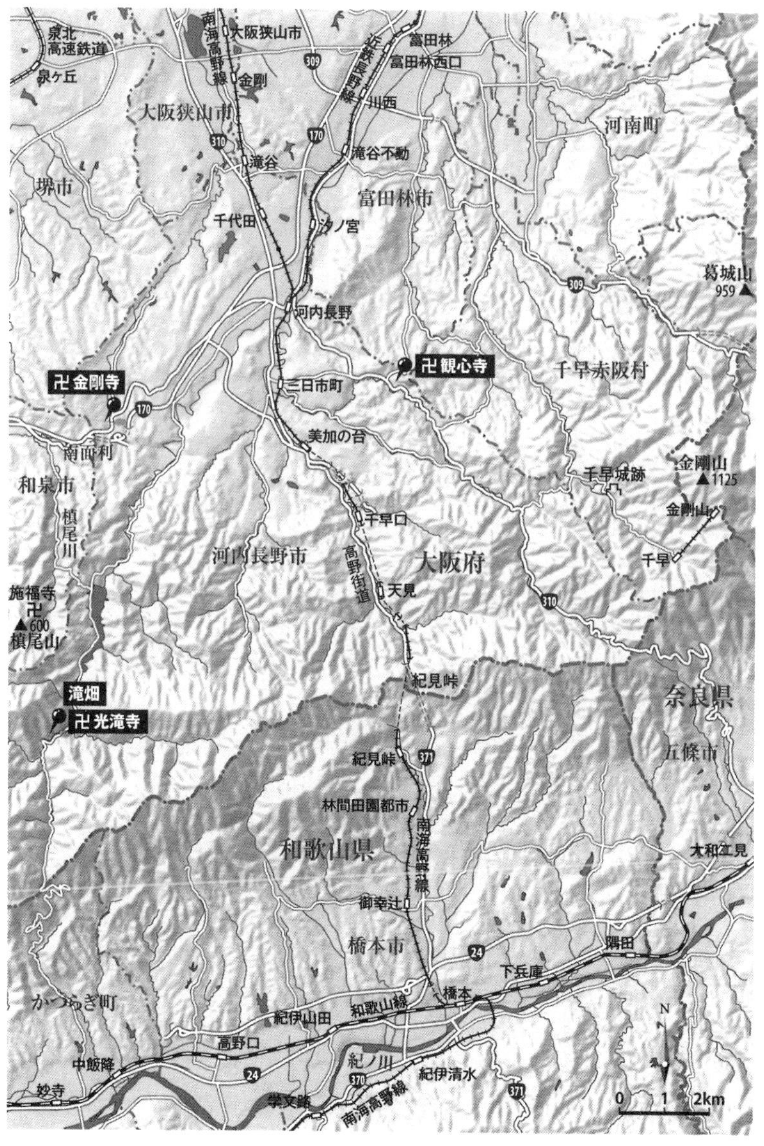

泉北高速鉄道
泉ケ丘
南海高野線
大阪狭山市
金剛
近鉄長野線
富田林
富田林西口
川西
大阪狭山市
滝谷
滝谷不動
河南町
堺市
富田林市
千代田
汐ノ宮
葛城山
959
河内長野
卍 観心寺
千早赤阪村
卍 金剛寺
三日市町
美加の台
南面利
和泉市
千早城跡
金剛山
▲1125
金剛山
槙尾川
千早口
高野街道
河内長野市
大阪府
千早
施福寺
600
槙尾山
天見
紀見峠
滝畑
卍 光滝寺
奈良県
五條市
紀見峠
林間田園都市
南海高野線
和歌山県
大和二見
御幸辻
橋本市
隅田
下兵庫
橋本
かつらぎ町
紀伊山田
和歌山線
高野口
紀ノ川
中飯降
紀伊清水
妙寺
学文路
南海高野線
0 1 2km

II 瀧畑

今年春天我到吉野的川上村時，拜訪了末永雅雄老師，請他替我介紹。

老師家位於河內一處叫狹山的地方。大阪南下來到這一帶，東南方是聳立的葛城山、金剛山等山峰，東方是羽曳野，西方是和泉山脈一路相連的丘陵地帶。「狹山」這名稱想必是因為它的地形而命名。這裡有據說是崇神天皇打造的一座大池子，老師家就建在池畔。宅邸的樣式看起來頗有歷史，可能是占地廣闊的緣故，似乎也能在此地種稻。狹山自古便是產米之鄉，所以很早便掘好灌溉用池，不過仁德陵護城河裡的水，據說也與「狹山之池」相連。

天平時代有行基（※飛鳥時代到奈良時代的僧人。聖武天皇聘用他當建造東大寺的實質負責人。），鎌倉時代有重源（※日本僧人，重建在源平合戰中燒毀的東大寺。），都是整建池子而獲得民眾信仰。在南北朝時淪為戰亂之地，是楠氏與足利氏你來我往的重要據點。南朝衰敗後，畠山氏成為河內的守護職，畠山一族的紛爭被捲入慶仁之亂中，就此邁入戰國時代。末永老師是畠山氏的子孫，在應仁之亂後逃往九州，等到世道平靜後，才又再回歸故鄉，就此長住。

因為有這麼一段古老的地方淵源，所以池子周邊留下許多遺跡和傳說，還有古墳和陶器的燒窯遺跡。聽老師說，他一開始之所以會對考古學感興趣，也是在快上小學的階段，某天在池子旁撿到陶器碎片，試著拼湊後，成為一個形狀，他覺得有趣，就此一頭栽入其中。另外還聽他提到自己曾在仁德陵的護城河裡游泳，被看守人罵了一頓。對於像他這種當地長大的人來說，考古學和歷史肯定已不只是學問，而是化為他肉體的一部分。經這麼一提才想到，聽說梅原末治老師也是在應神陵旁出生。我對考古學可說是一竅不通，但在關東和關西，看得出它們之間的不同，或許也是因為學者的成長環境不同的緣故。

曾經在《藝術新潮》上提過這麼一件事，不知道該說是考古學界的祕聞，還是八卦報導。我向來對這種事不感興趣，而且覺得看了不舒服，所以都不屑一顧，但憑著當時瞄了一眼的記憶，記得裡頭提到東西考古學界的不合，並舉梅原、末永兩人之間的對立為例，談到誰是關西的老大。雖然我不是這兩位老師的弟子，但兩位我都很熟悉，他們都不是那樣的人。至於學說的差異，見解的不同，當然是常有的事。如果是這方面的事，我倒是希望他們能好好提出來討論，寫下大篇幅報導。但扯到私事可就沒意思了，而且我從來沒聽說過。雖然弟子或學生們可能會覺得敬畏，但我覺得他們都很親切，也都會留意許多小細節，我在挖掘的現場時常親眼目睹。如果那樣叫作老大，那麼，有這樣的老大真該謝天謝地。他們之所以會招來這樣的誤會，想必是因為他們一心埋首於學問中，沒理會世人的眼光。至少就我所認識的老師們來說，他們就像小孩子沉迷於遊戲中一樣，是喜愛研究的研究者。話雖如此，他們可不是食古不化的書蟲，末永老師曾說過「最近的學者都太追求專業。得對更多事物感興趣才行」，建議大家涉獵雜學。

前些日子我去拜訪他時，末永老師坐在桌子前剪東西。「有什麼問題儘管問，我都會回答妳」，他一邊說，一邊對成千上百的資料照片一一裁剪，貼在硬紙板上。之前來時，以及第二次

瀧畑的山川

來拜訪他時，也是同樣的光景，這時候的老師不像是學者，反倒像是一位怡然自得的文人。

聽他提到川上村的名門之後，以及自天王的傳說後，老師突然告訴我這麼一件事。

從狹山往南走的深山裡有個村莊，北條氏直曾躲藏在那裡。那裡是如假包換的「世外隱村」，妳要不要去看看？氏直是被秀吉打敗的小田原北條氏，後來他的子孫成為狹山的城主。他藏匿的地點是槙尾山山腳一處叫「瀧畑」的地方，這人跡罕至的窮鄉僻壤。我曾為了找尋巡禮的題材而前往槙尾山，當時行程匆匆，所以一直很想再度拜訪。而這和我接下來要去的吉野也有點關係。我馬上請老師告訴我地點，在前往吉野前，我先到那附近走了一趟。

大阪經狹山來到河內長野，再越過紀見嶺前往橋本，這條道路人稱「西高野幹道」。是穿過葛城山、金剛山後面的舊道，長野位於連接山地與平原的隘口位置，往東走的話，是從觀心寺前

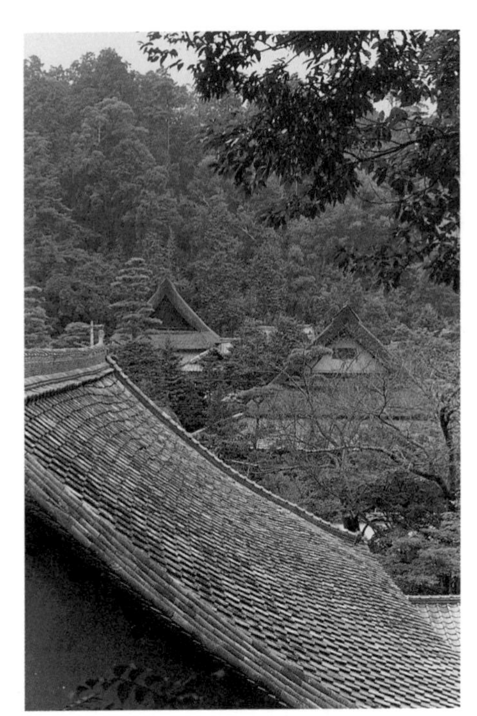

位於金剛寺南側（左側）與北側的行宮

往千早城，往西則是行經金剛寺前往槙尾山。接下來的路，是峰峰相連的另一番天地，視野截然不同。是南朝天子躲藏的絕佳場所，像楠氏這類的土豪，瞞著幕府的眼線在這裡貯備勢力，這也不能想像。作為其中一項根據地的金剛寺，也是在山谷間建造一座如此巨大的寺院，呈現出不同於一般寺院的氛圍。

據說這座寺院是由行基草創，日後弘法大師以此地作為高野山修行場。而在鎌倉時代受後白河法皇庇護，鳥羽天皇的皇女八條院也捐獻了許多領地。南北朝時，它發展為勢力雄厚的寺院，因此後村上天皇也以此作為行宮。南朝一度重振勢力時，天皇從賀名生來到此處，當時還俘擄了北朝的光嚴天皇及兩位上皇，在此陪伴。在書院一帶，南北兩朝的帝王一起面對面生活的模樣，感覺歷歷在目，不過如此富裕的寺院，終究還是無法供養這樣的大家族，不久，三位上皇返回都城，後村上天皇則移居觀心寺。在這之後南朝實質滅亡，金剛寺算是在最後的光榮下綻放光芒的寺院。

因為是這樣的地方，所以保留了許多寶物和文件，當中頗負盛名的「日月山水屏風」是我喜歡的風景畫。

屏風上的這對圖畫，一邊描繪的是春去夏來的景致，另一邊畫的是秋去入冬的雪景，前者搭配太陽，後者搭配明月。大地甦醒的翠綠山林，與月光灑落的冬天，如果要我選一個，還真不知該怎麼回答。如此成雙對照，優劣難分的屏風，可說是絕無僅有。春天的山頭正是櫻花盛開時節，不知不覺間，夏日掩至，接著目光流轉，從布滿紅葉的山峰落下白瀑，遠方浮現一座山岳，山頂白雪皚皚。急流環繞山腳，激起浪花，流入汪洋大海的這幅景致，彷彿在無言中道出日本人從大自然中看到了多少，學到了多少。

北朝的行宮內部

畫中配置了明月，表示這是供人膜拜用的宗教畫，但其原型可能是取自《山越阿彌陀圖》，或是《聖眾來迎圖》。避免實際畫出佛像，只以日月山水來暗示，這可說是一種發展，或許也可說是回歸自然崇拜的昔日樣貌。根津美術館的《那智瀧圖》也是這種畫，不過以

日月山水屏風

瀑布當神體描繪的那幅畫，沒有裝飾性的美，可看出更嚴謹的密教氛圍。相較之下，這面屏風或許可說是淨土派，它似乎是在呈現蓬萊山或補陀落山，可看作是從宗教畫轉為風景畫的過渡時期作品。說到過渡期，感覺是半吊子的代名詞，不過，像這樣包含眾多可能性，令人充滿期待的時期，可說是只有過渡期才有。製作年代有人說是室町，有人說是桃山，但我認為室町正是這樣的時代。而在桃山時期完成的風景畫，肯定對宗達（※江戶初期的畫家。）影響甚

瀧畑周邊的群山

鉅。宗達也是我很喜歡的作畫家，但很遺憾，他已沒有這對屏風所散發的氣韻和新鮮。他過度裝飾，變得太像工藝品。不光宗達，這是桃山時代的通病，是事物達到頂點時的悲劇。雖然不知道這屏風畫是出自何人之手，但我總覺得是住在這一帶的和尚，每天望著山林，在山中修行時，某天突然感悟出的大自然曼荼羅。夏日的山林應該就是這附近的景致，而冬天想必是葛城的雪景。由於描繪了瀑布，有一說指稱畫的是那智，不過那山形怎麼看都像是葛城，而且山中也有許多瀑布。雖然沒必要限定是哪個特別的場所，不過前幾年我為了替巡禮找尋題材而登上槙尾山時，從山上眺望的景致與這幅畫實在過於相似，我大為吃驚。我現在寫的這些事，只是記下當時心中隱隱浮現的感受，但不知如何清楚表達。自然與藝術之間，肯定存在著一種只有作者才知道的事，就像密約一樣。

從金剛寺往西行，有一座名叫南面利的村落，從那裡再沿著槙尾川南行。雖然會經過槙尾山的東麓，但因為與山的距離過近，看不見寺院。前幾年去的時候，是從另一側登山，走了約兩公里的陡坡。在西國第四番札所，有一位相傳是欽明天皇創立的古老寺院，但因為被信長所滅，看不出昔日的樣貌。不過就像我剛才所說，從後方眺望葛城山脈的景致美不勝收，蓊鬱的山峰層層交疊的景致，與屏風如出一轍，令我深受感動。當時有一條下山朝東而行的巡禮道路，原本差點就要前往，但想到萬一迷路可就麻煩了，於是就此折返。那就是我現在走的這條路。想到這裡就倍感懷念。

雨後，狹窄的山道變得幾乎跟小河一樣。開慣這種道路的司機先生像坦克一樣一路挺進。不久，穿過一條危險的隧道後，眼前出現瀧畑的村落。清澈的小河從村莊中央流過，民宅緊貼著兩岸的懸崖而建。由於完全沒有平地，村莊似乎只能沿著河川一路往內延伸，小小的村落緊密相連，不斷往前綿延。

小田原北條氏最後的子孫氏規及其姪子氏直，就藏身在這村莊裡的某處。

太閤秀吉攻入小田原城，是在天正十八年夏天。氏規是當時的城主氏政的弟弟，戍守韮山城，是位足智多謀的大將，關西的大軍儘管擁有五萬名士兵，仍舊無法攻下這座小城。而當氏規明白自己終究還是不敵時，他請德川家康居中談和，兄長氏政切腹，但嫡子氏直就此保住一命。氏直是德川家康的女婿，氏規在豐臣、德川、北條這三者之間居中協調，平靜的擺平爭端，其立下的功勞與他的英勇，都得到世人很高的評價。

小田原被攻陷後，氏規和氏直一起暫時進入高野山，後來遷移至瀧畑。雖然不知道是怎樣的緣故而隱身在此等深山中，不過應該和高野山有關。他們寄住的白樫家如今也已斷了香火，只在小山丘上留下宅邸遺跡，不過，自從第一代的北條早雲以來，歷經了五代繁榮的北條氏，如今卻藏身在這種地方，想必內心五味雜陳。

秀吉似乎對北條氏存有好感，打算再度封北條為大名，但由於氏直魂斷瀧畑，這個打算就此作罷。但之後改封氏規的子孫為狹山城主，北條氏託氏規之福，雖然勢力微弱，但好歹也算保住了家園。

因為這個緣故，至今瀧畑與狹山仍有交流，末永老師家中習慣雇用來自瀧畑的傭人，而且他們常會送山產過來，例如春天送蕨菜，秋天送柿子和栗子等。說到河內，因為受今東光先生的小說影響，我們對這裡的人只有人品不好、粗魯的印象，但從河內來到南方的深山裡，會發現至今仍保有純樸的民風。

村裡一共只有一百八十戶人家，但每一個都是從南北朝以來，或是更早以前便一直延續至今的悠久世家，平家逃亡者的傳說也在此流傳。山嶺的上方有「呼喚之尾」、「答覆之尾」等名稱，這些場所似乎是南北朝戰爭時升起烽火的地方。除了這些東西外，幾乎什麼都沒留下，就連人影也顯得稀疏，日本的世外隱村，在這處瀧畑可說是發揮到了極致。

溯河而上，來到盡頭處，有一座光瀧寺。茅草屋頂的正殿，緊鄰清澈的河流而建，耳聞滔滔水聲以及樹蛙的叫聲，不光給人深幽之感，甚至可說是一處寂靜之地。似乎是村民輪流擔任堂守，問不出詳情，不過因為是葛城行者的修行地遺跡，所以算是槙尾山的內院。我從槙尾山的山頂看到的，正好是這一帶的風景，當時沒注意到河川，但就像那屏風畫一樣，河川滔滔的流過山間的峽谷。

對岸聳立著像神體山一般的高山，環著山麓而流的溪流，愈看愈像那幅畫。從山頂升上天空的日月光芒，照亮幽暗的山谷，變得恍如淨土一般。這位畫家肯定是住在光瀧寺的畫僧，或是一位像行者般的人物，將自己日夜眺望的山水風景直接畫在了屏風上。

回程中，我想再看屏風一眼，因而順道繞往金剛寺。再也沒有比人的記憶更不可靠的東西了。它還是一樣美，不過我印象中，它是至少有三公尺長的大作，但實際看過之後，發現卻連一半都不到，大感錯愕。這種經驗並非第一次，每次看都會感到新的驚奇。儘管知道，卻還是這樣的結果。它再次在我心中持續成長，沒有停歇。就算再怎麼跟我說「實體很小」，一樣沒用。我不知道何者是真，該相信哪個才好。我就只是暗自在心裡想，這種美術品才是如假包換的真品，這是我唯一能肯定的事。

12 木地師之村

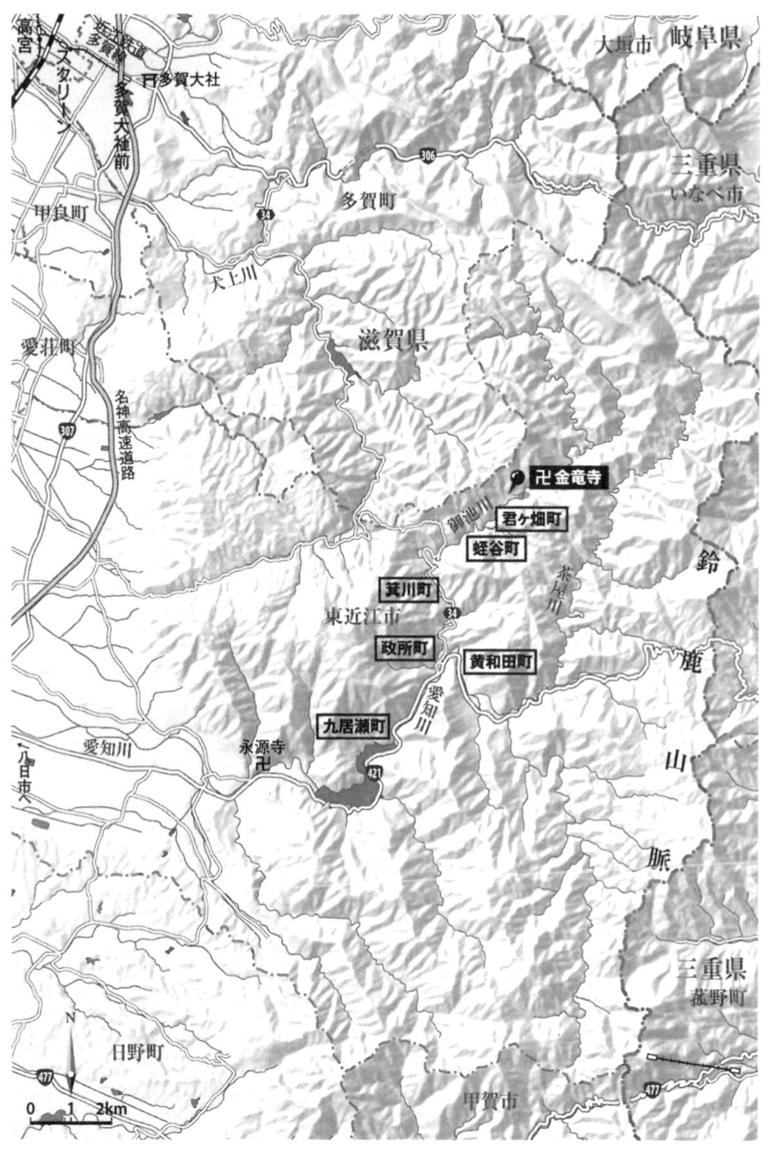

高宮
近江鉄道
多賀線
スマートインターチェンジ
多賀大社
多賀大社前
大垣市
岐阜県
三重県
いなべ市
多賀町
甲良町
犬上川
滋賀県
愛荘町
名神高速道路
金竜寺
御池川
君ヶ畑町
蛭谷町
鈴
箕川町
東近江市
茶屋川
政所町
黄和田町
鹿
愛知川
九居瀬町
永源寺
八日市へ
山
脈
三重県
菰野町
日野町
甲賀市
N
0 1 2km

我平常都使用人稱「朽木盆」或「朽木碗」的餐具。這不是多古老的物品，是德川時代中期的作品，那不拘小節的形狀頗美，便宜又耐用。材料主要是橡木或櫸木，以黑漆或朱漆塗成，有時還會畫上花朵的圖案。在正中央畫一大朵菊花，這叫三井盆或叡山盆，似乎是在寺院裡使用。這些全是古董店對它們的稱呼，所以不能盡信，近江的朽木谷自古就有專門從事木工的集團，大量生產這類的餐具。

人們稱他們為木地師、木地屋、轆轤師（※轆轤是陶器在拉胚時會用到的轉盤，也叫陶輪。）、陀螺屋等，是為了尋求良材而到各國流浪的一群人。他們遍布日本全國，從南方的九州一直到東北都有他們的足跡，而他們的大本營則是在近江的愛知郡小椋谷，而朽木的木地師則是不知從什麼時候起，從他們當中分出的一群人。不過，由於鄰近京都或比叡山，而且名氣響亮，所以當中以朽木特別有名，不過不論哪個地方的木地師，做出的作品都大同小異。

小椋谷有個在民俗學上相當有名的《氏子狩帖》，上面寫有德川初期到明治這段時間的木地屋戶籍，他們以神社為中心，一直都持續與全國的同伴保持聯繫。他們的工作主要是以轆轤打造器具的形體，不會經手精細的塗漆或蒔繪。比起表面的修飾，原物的形體更為重要，原物的形體做得不好，就做不出美觀的作品，這個道理不光用在木工上，也適用於所有工藝品。這種不起眼又吃力的工作，在近江的山間相當蓬勃，這展現出近江的特性，令我很感興趣。

每天留在身邊使用，會莫名的對它產生情感。在人跡罕至的山谷裡，他們都過著怎樣的生活呢。往日的技藝幾乎都已失傳，但我不覺得山中的生活會有多大的改變。我常摸撫著用慣的這個碗上頭的打磨痕跡，遙想他們的生活。而促成我這種想像的，是釋迢空（※折口信夫的號，是一位文學和古典藝能研究者，也是位歌人。）的「木地屋之家」這首短歌。

登高向遠望，霧氣靜無聲，
我發一聲咳，迴蕩林中響。

行遍千山路，歲月催人老，
山中滿孤寂，聲聲入耳中。

山民踩轆轤，聞聲若罔聞，
縱使長吁嘆，聲響重又響。

木偶帶眼鼻，望之心暗驚，
不知該如何，只能笑相對。

大正十一年，迢空折口信夫從美濃行經信州，走過三河、遠江的群山。這首短歌是他當時作品的一部分，之後他似乎也造訪了近江的小椋谷。在短歌的最後提到的「木偶」，亦即「木棒子」，指的是「木芥子」（※一種源自日本東北地區的木頭人偶，有著簡單的肢幹及刻意放大的頭部，配上幾條用來表示臉部的線條。），意思是木頭的孩子。他在旅行途中，山人送他木棒子，他自己在注釋中寫道「我走在無人的山中，有時停下腳步望著木棒子的臉。看到那充滿古風，令現代人意想不到的眼鼻和眉目，我心裡既驚訝又興奮」。

他的興奮也傳給了我，木地師的村落不知不覺間在我心中化為一種象徵。如今已失去的日本樣貌、人們原本的生活，感覺就像在那裡仍不斷延續。但我的興趣不光只是這樣。以前我在調查能面時，聽說小椋谷周邊仍保存了許多古面具，但要前往一觀著實不易，當時只好放棄。此事至今仍是我心中的遺憾。此外，眾所皆知，木地師的村莊裡有惟喬親王的傳說。因為這諸多因素，這十幾年來，我的興趣有增無減，但機會卻一直沒到來。我是個懶鬼，而且村裡的人也都忙著種田或摘茶，冬天又積雪深厚，一直等到最近才好不容易一償夙願。

現在離紅葉時節尚早，但秋天的氣息已朝山中悄悄掩至。從八日市南下，很快便來到永源寺門前。這裡是井伊家的菩提寺，相當氣派的寺院，不過紅葉時節人山人海，所以最好還是避開。愛知川來到這裡轉而往北流，道路沿著溪谷流入山中。目前正在興建大型水壩，沒半點風情可言，但通過那裡之後，突然變得一片悄靜，二、三十分鐘就來到政所的村莊。人稱「宇治出茶園，好茶出政所」，這裡是產茶名地，昔日是日吉神社的政所（掌管領地家政的地方），但這一帶古時候人稱「越智庄」，村裡的八幡宮珍藏了許多室町、桃山時代的能面。神社的創立時間不明，但村民們相傳是惟喬親王所建，此地還留有墓地，號稱是親王之墓，感覺終於來到木地師的領域了。

因為遭遇過幾次火災，境內早已荒廢，但在地爐旁喝到的熱茶確實甘甜。神官似乎是輪流擔任，倉庫鑰匙由三位村內長老保管，如果三位沒到齊，便不能拿出能面。「抱歉，讓您久等了」，他們向我致歉，反而讓我感到擔待不起。在以寶物為賣點的時代，這樣是很好的規矩，不過，能劇的「翁」也有白、黑（三番叟）、父尉這三個角色，舉辦祭神的能劇也是源自這樣的風俗嗎？從他們的舉動中可充分看出，神社的能面不是「道具」，而是「神體」。

能面的造型大致與我想像的一樣。因為那是在能面的形式固定前的時代所創作，肯定很古老，但那不是出自木地師之手，而是由正職的能面師所做的鄉下作品。過去這當中肯定也摻雜了出色的能面，但很快就被選中，交到猿樂師手中，就此揚名於世。原本近江就是能劇的盛行之地，尤其日吉神社還有專屬的猿樂師，從事祭神的能劇演出。基於這層關係，政所八幡應該也會有這樣的能面留存，但這些能面最常使用的場合，不是實際的能劇演出，而是用來乞雨或祈求豐收。

世阿彌的《申樂談儀》提到，近江有赤鶴和越智這兩位傑出的能面師。雖然現在還不能馬上將他們與這些能面產生連結，不過赤鶴姑且不談，越智大概就是在越智庄出生，可以想像成是愛知川沿岸的木地師為能面打下了基礎。越前到近江一帶，之所以有許多能面的製作者，也是因為與木地師關係深厚的緣故，若沒有他們的協助，能面想必不會有今日的發展。而再更進一步說，就算木地師裡頭有才能的人嶄露頭角，那也不足為奇。很多能面師都是和尚，但赤鶴或越智也許是木地師一族出身。

從政所沿著溪谷登上狹窄的山路後，箕川、屋谷的村落陸續出現眼前。來到海拔七、八百公尺高的地方後，感到濃濃的秋意。蛭谷有一座筒井八幡神社，我知道這裡也有古面具，但在很多方面會給人添麻煩，感到過意不去，所以今天只好作罷。布滿青苔的石階右手邊，有一座名叫筒井本陣（※指專供武士、官吏住宿的場所，通常是指定當地富有人家的宅邸。）的古老宅邸，傳說這一家人曾服侍過惟喬親王，是從京都移居此處。日本全國的木地師，有不少都姓筒井和小椋（或是小倉、大倉），但蛭谷的村郊，在路旁立著小小的庚申塚（※根據中國傳來的道教庚申信仰而建造的石塔，也叫庚申塔。），上頭刻有信州下伊那郡小椋某某的名字。像這樣的石佛或石塔，在這座山中隨處可見，那殘留的微細刻字，讓人感受到懷念故鄉的悲切，我深有所感，不自主的想起沼空的「不論人馬，皆疲死於途」這句絕唱。

這一帶的木地師村莊，人稱「六畑」。分別是君畑、蛭谷、箕川、政所、黃和田、九居瀨這六個村莊，當中的君畑和蛭谷，延續了木地師的傳承。據他們所言，文德天皇的第一皇子惟喬親王，原本理應成為皇太子，卻被弟弟惟仁親王（清和天皇）搶先一步，他深感人世無常，就此隱居山中，陪同的有「大藏大臣惟仲堀川中納言小椋大臣」等人，村民合力建造「高松御所」，從貞觀初年開始入住。某日親王指示，此山大樹眾多，適合製作木質容器，就此命樵夫伐木，親王親自教導如何使用轆轤（陶輪）。這就是轆轤的由來，成為木地師的起源。根據村裡的傳說，親王在此住了十九年，於元慶三年過世，享年五十三歲，村民們悲傷不已，為了讓皇子的英靈安息，日後建造了君畑神社。這就是流傳至今日的「大皇大明神」。

地方代代相傳的傳承，詳細的記載了皇子的一舉一動，雖然也有許多其他不同的說法，但大致如前所述，南方從鈴鹿山山麓起，北至多賀神社附近，都留下無數的皇子遺跡。由於欠缺可靠的史料，難以認定是史實，但木地師之間流傳下來的強烈信仰和無數傳說，很難想像全是憑空捏造。小椋莊是兼覽王的領地，兼覽是惟喬之子，同時也是神祇官家的始祖。有一說指稱，就是因為這樣才會造就出這種神話，但反過來說，也能推測親王是藏身在原本就與他有淵源的土地上。之前這裡是紀氏的領地，惟喬的母親是紀名虎的女兒，名叫靜子，所以惟喬短時間在此避世，或許也有這樣的事實。不論是兼覽王還是紀氏，這都是與親王關係深厚的土地。

從蛭谷開始，道路愈來愈窄，小溪流經深得令人感到目眩的谷底。這裡是離永源寺和鈴鹿山脈都很遙遠的深山祕境，小椋谷或許原意是「小暗谷」也說不定。花了將近一個小時的時間，終於抵達君畑，就此鬆了口氣。山中的世外隱村，很多都會加上一個「畑」字，畑有燒田、切替田（把森林改換成田地）的意思，同時也都會出現在一個國家的外圍。與秦氏恐怕也有關係。聽說木地師和金勝族、丹生族一樣，是從遠古時期便住在日本的原住民。金勝族從事金屬，丹生族從事水銀，木地師從事木材，一開始他們可能只懂得採集原料。這時，海外移民前來，傳授他們加工技術，手巧的日本人馬上加以活用。尤其近江更是有眾多移民的地方，所以教木地師使用轆轤的人，研判可能是秦氏一族。除了六畑外，像北畑、中畑、小松畑等等，周邊有畑字的地名也不少，感覺就像是他們的勢力範圍般。會不會此事與惟喬親王連結在一起，而變成是親王教導他們使用轆轤的這個傳聞呢？轆轤肯定從平安朝以前就已開始使用，怎麼想都不覺得親王或他的隨從深諳木工。不過，如果親王住在這個地方，他喜愛樸素的木碗，獎勵村民製作，就會慢慢變成這樣的傳聞。一位貴人的出現，會對原本單調又嚴峻的山中生活帶來無比的光明。儘管有許多傳說都無法盡信，但肯定是在某個時間撒下培育出此種傳說的種子。

六畑中，位於最深處的君畑，不論是就地形還是文化來看，似乎都發展得最好。聽村民們說，其他村莊都人口過少，只有他們這裡生活富足，人口沒增加，但也沒減少。不論這裡的自然還是居民，可能都與親王隱居此地時沒什麼改變，就只有鋸木聲在寧靜的山中回響，整個村子呈現的氣氛，就像仍處在千年的沉睡中捨不得醒來一般。左手邊的茶園後方，可以望見充滿神聖之色的森林，那裡建有大皇大明神的神社，入口處的石標寫著「日本國中木地屋之御氏神」，如實展現出他們根深蒂固的信仰。這座神社的杉樹相當高大，千年以上的大樹巍然聳立的景象，果然不負木地師之神的聖名。

附近有一座金龍寺，與這座神社相鄰。據村裡的傳言，這裡是親王的「高松御所」遺跡，小山丘上有圓墳，立著一座號稱是皇子之墓的石塔。不過惟喬親王從小椋移居京都的北山，於寬平九年在那裡過世（《三代實錄》），所以這應該是別人的墳墓，或是供養塔。號稱是親王之墓的場所，在政所八幡和筒井八幡也都有，此外，京都的北山和大原，以及美濃的深山裡也有，所以無法決定哪個才是真的，但和日本武尊（※日本古墳時代人物，於景行天皇期間東征西討，開疆擴土。最後雖英年早逝，而沒繼承皇位，但子嗣為今日天皇之直系祖先。）一樣，肯定是位頗有人氣的人物。貴種流離譚（※年輕的神明或英雄在他鄉流浪，克服考驗後，就此飛黃騰達的一種故事類型。）是日本人最愛的故事，不過，對流浪的木地師而言，應該會感同身受，覺得他的處境堪憐吧。這墳墓與其說是皇子之墓，不如說是從他們的生活中產生出的記念碑。傳說也是他自己描繪出的理想為人形象。歷史是人們所創造。比起世人所說的史實或史料，我寧可相信傳說。

君畑在五月三日和十一月三日舉行祭典。春天的祭典是八幡祭，是親王恭請八幡神的日子，秋祭則稱之為御祖祭，目的是告慰親王的英靈。這時會掛上親王的畫像，供奉碗形的丸子，全國木地師的子孫都往這裡聚集，與故鄉的人們一起追思其遺德。以這樣的儀式為中心，村裡的生活就此運作，不過，除此之外，歲末年初的祭典，以及名為「御供盛」，將蒸好的米排成一個圓來供奉的儀式，至今仍在嚴格的規定下舉行。尤其是正月三日的御供盛，是屬於「年輕人」的儀式，村裡的年輕人會齋戒沐浴，穿上傳統禮服，在沒任何交談的沉默中舉行。吉野的川上村也保有這樣的祭典，但這裡可能因為是惟喬親王的隱居之地，必須保密。平家逃亡者的傳說，以及南朝藏身者的住家，為了不讓人清楚得知，這些祕密全部遭到抹除，像這樣的地方，有其必須隱瞞的原因，對此，我們應該也要對藏在山村裡的傳承多一份尊重。

金龍寺裡祭祀皇子的神像。神像採公卿禮裝的裝扮，由於時常失火，這已不是原本的神像，但還是充分傳達出當初的模樣。雖說是寺院，卻幾乎沒半點佛教的味道，還有古老的庭園，確實很像貴人看得上眼，而在此住下的清幽環境。

神社裡也有能面。不過這是神體，只在祭典時才能拜見。所幸我請能面研究家中村保雄先生讓我看過照片，這像是木地師所製造，表情豁達，就像伎樂面一樣。在此貼出的照片，一個是翁，另一個是延命冠者，似乎呈現出親子的關係，完全沒上色。也沒有翁特有的切顎（下顎處切開，以繩索相連）。接觸了此等古風的面具後，我忍不住心想，室町時代的名人，大部分應該都是木地師出身吧。而早在伎樂或舞樂傳入之前，他們的祖先想必都在深山的木地小屋裡默默雕刻

著神明的容貌。

在近江不光保留了能面，也留下許多神像，我總覺得和佛像師的雕刻風格不同。要是你問我哪裡不同，我還真不知道該如何回答，不過，真要說的話，重點是擺在材質，而不是色彩，雕工雖然生硬，感覺像出自外行人之手，但刀痕銳利，氣勢十足，感覺這個謎就此解開。神像也和能面一樣，一開始肯定是木地師打造。以木工當本職的人們，當然會把樹木看得很神聖。這份信仰比誰都要強烈、真摯，他們想必最了解樹木的美和可怕。神像那充滿威嚴、沒任何情感的表情，是住在山裡的人們心中信仰的樣貌。我以前擁有一尊模樣很像木芥子，但比木芥子大上許多的藤原時代神像，當時我便抱持這樣的想法。感覺此刻這想法清楚呈現眼前。日本的面具可能是打造用來作為神像的替代品，從祭神儀式逐漸轉為演藝的世界。木芥子也是同樣的目的，肯定是當作可以帶著隨身旅行的神像，這才

翁面（大皇大明神社珍藏）

延命冠者（大皇大明神社珍藏）

擁有如此簡便的形體。在這層意涵下，不論是能面，還是木芥子，都是「木頭的孩子」。迢空從「木棒子」中暗自感到心驚，這可能也是因為那不是現代的面具，在那帶有古風的「眼鼻和眉毛一帶」，仍帶有古代神明的樣貌吧。

我認為惟喬親王的傳說也是從木地師的生活中不可避免的誕生而來。隨著時代的推移，光是崇拜大自然的樹木，肯定令他們感到不安，覺得光這樣還不夠，於是想將人類的靈魂灌注在無名的神像中。不過，在這深山野地裡沒有適合的人物，他們也沒有神話時代的故事流傳。這時突然出現一位流浪到此地的貴人。神話馬上就此成立。換句話說，他們這才有了歷史。神社的入口處，充滿誇耀的掛上「日本國中木地屋之御氏神」的尊稱，我一點都不認為這是誇大的表現。

13 丹生都比賣神社

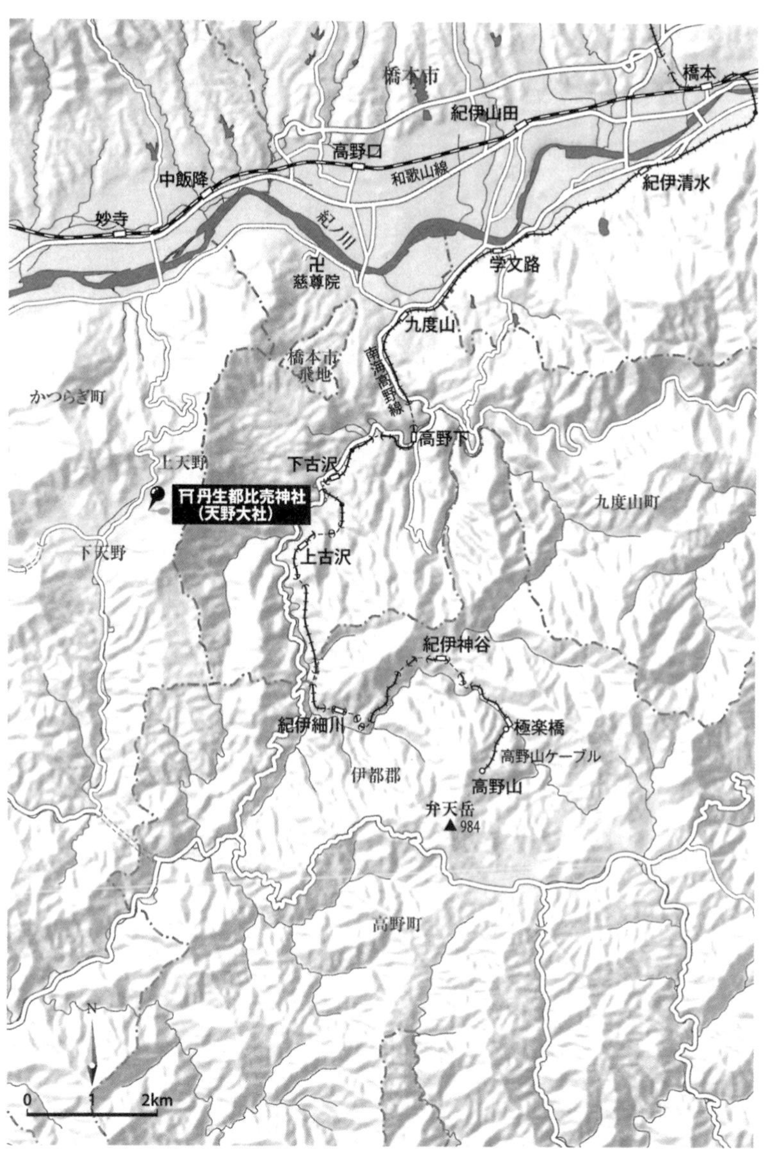

橋本市
橋本
紀伊山田
高野口
和歌山線
中飯降
紀伊清水
妙寺
紀ノ川
学文路
慈尊院
九度山
南海高野線
橋本市飛地
かつらぎ町
高野下
上天野
下古沢
丹生都比売神社
(天野大社)
九度山町
下天野
上古沢
紀伊神谷
極楽橋
紀伊細川
高野山ケーブル
伊都郡
高野山
弁天岳
984
高野町
N
0
1
2km

我和丹生神社似乎很有緣。

以前在寫到能面時，在大和的丹生神社遇見我尋找多年的女面具，而在近江的伊香郡丹生神社，也發現室町時代的古面具。同一段時間，我在前往天川的途中，順道前往丹生川上下社參拜，而在今年春天來到吉野的川上村時，我在上社前面投宿，順便也造訪宇陀的中社。在參觀明惠上人（※鎌倉時代前期的華嚴宗僧。被稱作華嚴宗中興之祖。京都高山寺的創立者。）的遺跡時，多次行旅紀州，我發現紀川和有田川沿岸有許多丹生的地名和神社。在西國巡禮的過程中，我造訪若狹的遠敷，看到水取來源的「若狹之井」，就此得知遠敷是由丹生的音轉化而來（※遠敷（おにゅう），丹生（にう），兩者音近。）。就像越前的丹生郡也有大丹生、小丹生（地名）一樣，對不同的「丹生」都存有回憶的我，每次都倍感懷念。

不用說也知道，丹有朱砂或辰砂的含意，因此礦脈的所在地會有「丹生」的名稱。朱砂水煮後會變成水銀，水銀煮過之後又會還原成朱砂，擁有很不可思議的特性，而它之所以會被視為長生不老藥，這種思想或許就是源自於此。相對於西洋特別發達的鍊金術，在東洋則是以煉丹術作為科學基礎。丹除了做藥之外，也運用在塗料或顏料上，同時也是鍍金所不可或缺的原料，不過《播磨風土》記中有個故事提到，神功皇后出發前往新羅時，爾保都比賣神教她在船和盔甲上塗上紅土，就此戰勝敵軍，在施咒時也常會用到丹。在古墳內塗朱漆，可以驅魔，同時兼做防腐劑用。如此具有強烈需求的礦物，被當作擁有神奇靈力的神明看待，受人崇拜，也是理所當然。而採掘朱砂的人們，從遠古時代便與木地師和金勝族一起定居日本國土，從事神聖的職業。日本可以看到許多丹生之地，說明了這是他們追求朱砂四處流浪所留下的足跡。

根據松田壽男的研究，丹生神社在全國多達一百三十八處，有一半以上集中在和歌山縣。而地名遠比神社還來得多，看遠敷的例子就會明白，像入、丹保、仁宇、荷尾、玉生、船生等，全都是丹生轉化而來，入也可以採訓讀念成「しお」，所以帶有鹽（※鹽的日文也是「しお」。）字的地名也很可疑。照這樣來看，離福井縣的丹生郡和近江伊香郡的丹生神社都很近的鹽津，或許古時候是叫作「丹生津」也說不定。神社大多是緊鄰深山的溪流而建，祭祀丹生都比賣神，當中有些地方則是改為祭祀彌都波能賣神（水神）。

前些日子我到紀川找題材時，到處都看到丹生神社。就像我前面所說，在紀州尤其多，所以我沒辦法一一想起。就算我個性再怎麼大而化之，眼下被丹生都比賣神這樣追著跑，就非得關心這個現象不可。然而，我實在太缺乏這方面的知識了。弘法大師當初開創高野山時，是受丹生都比賣神引導，高野山有那幅畫像，我就只知道這些，來到紀川沿岸找尋題材的同時，我心裡一直掛念著這位神明。

據聞紀州有七十多座丹生神社，總社位於伊都郡天野，又叫天野大社、丹生都比賣神社。從地圖上來看，它位於深山裡，從九度山的慈尊院以及高野山，都有步道相通，不過若要搭車前往，則得從西邊繞遠路。日已漸西，很遺憾，今天只能就此放棄，正當我心裡這麼想時，同行的攝影師牧直視先生一再建議我去，而編輯也打算前往。那我們就早點結束採訪吧——這樣說聽起來好聽，其實是就此擱下採訪的工作，直接前往那處叫天野的地方。我們從葛城町的妙寺來到紀川南岸，從那裡上山。

適逢雨後，路況不佳。這我們早已做好心理準備，但因為地面是紅土，容易打滑。沿著狹窄的溪谷往前走，不久前方出現一個寫有「丹生都比賣神社參道」的路標，從那裡左轉，登上陡坡。道路愈來愈窄，一路走進深山，心中漸感不安，但現在也沒辦法回頭了。我心裡一直想著，還沒到嗎，還沒到嗎，這時，我們翻過兩座山嶺，轉為下坡路段，眼前突然一亮。放眼望去，是耀眼的稻浪。我萬萬沒想到，在這種山頂處，竟然會有水田，當真符合「天野」這個名字，一處立於天邊一角的廣大平原。也許高天原指的也是這種地形的場所。

四周被姿態柔美，不算太高的連山環繞，天野村就沉睡在它的懷抱中。我行遍四方，但一直不知道竟有此等幽靜，令人醉心的山村。神社就建在那廣闊原野的深處，當我們看到塗朱漆的拱橋對面出現一座被高大杉樹圍繞的沉穩樓門時，我們異口同聲的說了一句「真是來對了」。

神官在農田裡工作，夫人前來迎接我們。這種地方仍保有鄉間神社的氣氛，感覺格外舒服。住在這麼美的地方，人心也會很自然的變得柔和吧。之後遇見的村民們，個個也都親切熱情，如果可以，我也很想在天野隱居。丹生都比賣神可能真的和我很有緣呢。

丹生都比賣神社所在的天野

神社裡有很多寶物。大部分都送去奈良的博物館，但是像鎌倉時代的狛犬、神轎、樂器、舞樂的道具等，還是有不少。正殿也是採鎌倉時代的建築，從右邊起，依序採丹生都比賣、高野明神、氣比、嚴島的順序祭祀，合稱四所明神。原本肯定只以丹生都比賣神當作祖先神祭拜，想必是在平安時代初期迎請來高野明神，在鎌倉時代又加上氣比和嚴島。

據今昔物語所述，弘仁七年，弘法大師開創高野山時，為了尋求聖地而遊歷各地，這時他在大和的宇智郡邂逅一名獵人。「其形面紅，高約八尺。著青色窄袖服。筋骨壯健。隨身攜帶弓箭，並有黑犬大小各一隨行」，此人外型怪異，說他要告訴大師如何去他要找尋的地方，他放開黑犬，一路帶領他們前往紀州的山中，在那裡遇見「山王」，從山王那裡得到約上百町的領地。大師詢問他們尊姓大名，山王自稱是住在天野的「丹生明神」，獵人則回答說他是「高野明神」，說完便消失無蹤。

大和的宇智至今仍有丹生神社，大師應該是經那裡的丹生族介紹，才得以在本家的援助下開創高野山吧。這一帶自古便是盛行狩獵之所，萬葉集裡提到的「宇智大野」，也是知名的宮廷獵場，因此高野山或許也是古代豪族的狩獵之地。高野明神另有狩場明神的稱號，想必也是源自於這個地名。紅臉是丹的象徵，實際上，吉野到高野一帶有許多水銀礦脈。弘法大師就是看上這點，想必不是為了找尋佛教聖地。就像良弁統率金勝族一樣，弘法大師與丹生族關係密切，這才得以成就如此的世紀大業。高野山至今仍祭祀丹生、高野兩尊神，奉祂們為地主神，不過，當初為了建立寺院，水銀肯定是一大財源。在神佛混淆的背後，還暗藏著這麼一段漫長的民族歷史。

神社附近可以看到採掘朱砂的小工廠。據說會用在現今的香粉原料以及塗料中，不過，這一帶的泥土是很顯眼的紅色，抹在手上覺得很滑溜。從那裡往南，有一條通往高野山的山路，人稱八丁坂，而山頂處立有兩座鳥居，能將高野山盡收眼底。攀登高野山的人們，會從九度山翻越山嶺，先到天野參拜，再從這裡越過八丁坂前往，這才是正確的路線。途中有許多鎌倉時代遺留至今的石標，稱作「町石」，而「兩座鳥居」是供行者們從高野山膜拜丹生都比賣神社的遙拜所。

天野大社相當於是高野山的內院。那古老的樣式，默默的訴說著它經歷過的歷史。今昔物語裡的故事，史家或許只會視為單純的傳說而不予採信，但當初高野山在草創時，丹生一族扮演

丹生都比賣神社參道

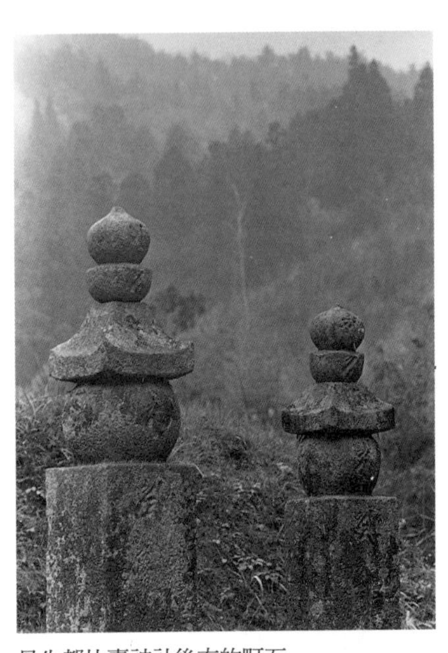
丹生都比賣神社後方的町石

了重要的角色，這點光從參道的地理環境來看也知道。神社前有號稱是丹生都比賣之墓的古墳。因為沒調查過，所以不清楚詳情，不過根據這一帶的傳承，丹生都比賣是天照大神的妹妹稚日女尊（わかひるめ），她在遊歷紀州後，於此地長住，就此壽終。而和歌山（わかやま）、和歌浦（わかのうら）等地名也是源自於此，不過這大概是說明了遠古時的水銀公主變成了農耕神一事，至於天照大神的妹妹一事則像是虛構。不過，這裡有這麼大一座神社，可見這座古墳可能是那位公主之墓，就算不是，也肯定是用來祭祀丹生氏的祖先。

在明治維新的廢佛毀釋之前，這裡曾經有神宮寺，也有各種氣派的建築。這類的圖繪也出現在《紀伊續風土記》中，仔細想想，過去人們的做為真是思慮欠周。那一帶現在已盡掩於落葉中，一片荒煙蔓草，而這樣反而別有情趣。繞往後方一看，在這片平原中，立著行者們留下的供養塔，名叫曼荼羅石，是很出色的石雕。村裡的生活似乎以神社為中心，我在這裡的這段時間，一直有年輕人輪番前來參拜。他們並非擁有特別的信仰，但從他們的身影中感受到虔誠，氣氛與都會裡的神社就是不一樣。

由於秋天晝短，還沒能好好參觀就天黑了。我就此返回東京，但那寧靜的鄉村風景以及神社散發的氣息，都深植我心，難以忘懷。希望哪天能再來拜訪。我心裡才正這麼想，剛好有事要到關西一趟，所以隔不到半個月，我又再次來到天野大社。

短短時日，景色已截然不同，山裡正值橘子和紅葉的時節。柿子也結實纍纍。神官有事外出，沒能見到面，深感遺憾，不過親切的夫人派了一位代替神官的嚮導來迎接我。此人姓客殿，很罕見的姓氏。他向我說明道：

神社後方的曼荼羅石

「那裡是昔日的客殿（※昔日的貴族家或寺院，用來與客人會面的建築。），現在是我的住家，直接也就成了我們的姓氏。」

那是神社旁一間頗大的茅草屋頂房，客殿先生應該也是丹生一族吧。這座神社的神官，是人稱天野之祝的丹生氏後裔，幾年前原本都住在神社旁，保留了氣派的宅邸，但聽說現在已遷居他處。

神社後方有一座小神社，人稱「澤之社」。是一座四周大樹環繞的神社，這裡有清水湧出，形成神社前的池子，它化為小河，最後與紀川合流。整體來說，生產水銀的地方，一定都在河川上游，所以一旦無法開採水銀，丹生都比賣就會轉變成水神（彌都波能賣神或龍神），這是很自然的結果。朱砂的原石是白中帶紅的石頭，但古時候肯定不會刻意挖掘，而是只採收露出在地表上的朱砂礦。我突然發現一件事，詢問神體到底為何，結果他說，就算是神官也不曾拜見過。難道說，是巨大的朱砂原石？在這毫不吝惜公開信仰對象的時代，或許有人會說這樣不合時代，但我希望大家能看重這樣的規矩。雖然世阿彌沒這麼說，不過，「隱祕方成花」。所謂的神體，原本就是這麼回事。

站在小高崗上，我們環視天野的全景。

「從九度山的慈尊院登上高野山的參道，會通過山腹。」

客殿先生指著東邊的山嶺說道。那裡果然有一條通道，繞過天野的盆地，經八丁坂通往高野，就像打開地圖看一樣，清楚明瞭。神武天皇俯瞰全國的國見岳、神體山愛宕山，其他我忘了名稱，天野的高原就是被這些美得令人陶醉的群山環繞。雖然地勢高，卻沒有強風，聽說是個從古至今都不知天災為何物的村莊。當然也不曾捲入戰爭中。所謂的世外桃源，指的應該就是這種地方吧。長生不老或許是中國的思想，但與日本的丹生之神應該也有淵源。

可能是這個緣故，自古就有許多人隱居天野。一是因為它離高野近，也有人是因為進不了不收女人的寺院，才會來到這裡，終老一生。西行的妻子也是其中之一，紀伊續風土記有以下的描寫。

「境內外圍十六間（※將近二十九公尺。），位於小名峰。堂東小山崗有石碑兩座。無塔碑。無銘文。四面刻佛像。村民相傳，此乃西行夫妻之塚。西行寄居此堂時，曾於一旁墾田。名喚西行田。」如今仍有兩座寶篋印塔立在農家的後院。一說指稱這是西行妻女之塚，雖然沒有確切證據可以證明西行自己住過這裡，但西行田旁有戶叫「佐藤」的人家，在這一帶算是很罕見的姓氏，值得探究。

村裡流傳，西行在行遍各地後，選擇長住高野山，而他的妻女皆出家為尼，移居天野，後來西行也下山來，晚年在此草堂度過餘生。這可能只是傳說，不過晚年的西行，與其想像他是位得道高僧，還不如這樣的姿態比較符合。不過，與西行有關的故事可不只有如此。從西行田略微往上走，有一處「犬塚」，這是待賢門院中納言局（※局是對侍奉貴人的女侍之尊稱。）之墓，之所以會有犬塚的稱呼，是因為村民們誤念「院塚」而來。

中納言局是出現在玉葉集裡的歌人，與西行素有交誼。

待賢門院中納言局遺世長住小倉山山麓時，吾曾前往拜訪，她只覺凡事皆悲。連風吹之景亦感悲嘆，故寫歌一首。

疾風落山來，呼號聲急切，
心繫山中妳，何時能適應。（山家集）

接著又寫下詞書。

（中納言局）離開小倉的住處，改住高野山麓一處叫天野之山地。昔日同院的帥局正好前往拜訪，實屬難得。她回途欲前往粉河參拜時，我正好離開御山巧遇。她託我為其帶路，我就此一同前往粉河。此乃從未有過之舉。同行者說，欲前往吹上一觀，我等一同前往吹上。

吹上是紀川口的「吹上濱」，不知道這時中納言局是否一起同行，不過西行「正好離開御山巧遇」，和同院的女官們享受了短暫的旅行之樂。

岩波的古典文學大系提到，中納言局所住的「天野」，指的是河內的天野山金剛寺，至於

「高野山麓」的「山」，紀州的天野正好吻合。我不知道中納言局是怎樣的人物，不過，西行常出入於待賢門院，所以肯定是昔日素有交誼的熟識。從他與女性舊識一同出外遊山玩水的模樣中，看得出他不受俗世拘束的自由心境，頗有意思。

附近也有橫笛之墓。村民們命名為「橫笛戀塚」，讓人遙想起這位愛慕瀧口入道（※本名齋藤時賴，因愛上女侍橫笛，遭父親反對，就此出家。），而千里迢迢來到這裡，望著高野山就此死去的悲戀女主角。此外還有侍奉曾我十郎、五郎的鬼王、團三郎兄弟、俊寬的家臣有王，以及以「貧女一燈」的故事聞名的阿照之墓等，天野村可是傳說的寶庫。故事裡的人物都是傷心的落魄者，村裡的人們將他們人生最後的模樣流傳後世，至今仍持續供奉，不曾怠慢。這些墓塚全都零散分布於民宅的後山或是旱田裡，而客殿先生都會一一先告知對方「請讓我們參拜」，然後才進入。我則是很不好意思的跟在他身後，不過，對方也不會因為來了一位好奇心重的客人，而覺得特別稀罕，就只是很自然的讓我們入內參觀，感覺很好。他們似乎都為人親切，禮貌周到。光看村裡的氣氛就感覺得出來，雖是一處與世隔絕的地方，但也正因為如此，反而能毫無損傷的保有稱得上是「文化」的東西。客殿先生對我說：

「我年輕時討厭村裡這種平靜安穩的生活，離開過這裡，但上了年紀後，覺得還是這裡最好，就又回到村裡。這樣的人似乎相當多。」

天野村就是這樣的地方。西行在這裡度過晚年的事，我幾乎都快要相信了。經這麼一提才想到，神社周圍種了許多櫻樹。西行往來於吉野到高野的這段路上，肯定也很享受這裡的櫻花。記得他曾寫過這麼一首歌，不知為何，我深深覺得他當時就是在天野吟詠。

此身離世後，若有憑弔者，
盼能備櫻花，虔誠供我佛。

14　長瀧　白山神社

我在銀座經營一家染織工藝店。某天，一名男子前來拜訪。他一臉疲憊，背後背著一個大行李，說他在美濃的深山裡織紬布，可否看看他帶來的貨。自從開店後，幾乎每天都有這樣的人上門。雖然我心裡覺得麻煩，但看他像是個老實人，而且又遠道而來，就此心生同情，而決定看看他究竟帶來了什麼。沒想到貨色出奇的好。人們常說文如其人，染織也是一樣，熟悉之後，可從中看出製作者的樣貌。這個人值得信賴。我看一眼便明白。

我就是從那個時候開始認識宗廣力三先生。至今已經有十五、六年了吧，他為人熱心，之後仍常來訪。由於他天性寡言，所以向來話不多，但見了兩、三次面之後，我聽聞了幾項關於他的事蹟。

宗廣先生是岐阜縣郡上八幡出身，戰前開設過名為「凌霜塾」的青少年修練道場。「凌霜」這名字是仿效在戊辰之役中，郡上的年輕藩士們脫藩前往救援會津的白虎隊，而壯烈犧牲的「凌霜隊」。

宗廣先生以凌霜塾為中心，於昭和十三年組成滿蒙開拓團，他率領村裡的年輕人遠赴吉林省。他們想必是像凌霜隊的戰士一樣鬥志高昂吧。當時還年輕的他，以副團長的身分來往於日本和滿洲之間，擔任聯絡人的角色，但就在他剛好回郡上時，戰爭結束。滿洲的開拓民面臨什麼下場，就不必我在這裡贅述了。他帶去的人們，不是遭殺害，就是病死，大部分都一去不回。剩下的人們在撤回時，也花了兩年多才回國，就算回到故鄉，住家和土地也都沒了。宗廣先生覺得自己該背負起責任，因而立誓要將自己的一生奉獻給他們和遺族（雖然他沒明確這麼說，但我明白）。不久，他在郡上北部的白鳥和蛭野租下土地，收容撤退的鄉民，一面開墾農地，一面投注心力養蠶。這紡織品就是副產物。

所幸這個地方自古就有紡織的傳統。延喜式（※平安時代中期編纂的一套律令條文。對於官制和儀禮有詳盡的規定。）中也將美濃視為「上絲國」，尤其是耕地少的北部，會製作名為「曾代絲」的上等蠶絲，上貢給伊勢神宮。因為有這樣的土地淵源，一般農家都很盛行紡織。宗廣先生就是看準這點，但從滿洲歸來的年輕人，既不懂養蠶，也不會織布。宗廣先生自己也一樣，但他向村裡的老人請教，從京都請老師來，從頭學起。這與昔日的開拓精神相通，過程中想必吃了不少苦。但再怎麼說，那塊土地都背負著傳統，邊看邊學也學得有模有樣，但接下來傷腦筋的，是要如何賣出這些產品。他來到我店裡，正是他們最艱苦的時期，宗廣先生亂槍打鳥，到處向人兜售。

我對這個人物和作品產生興趣。雖然他們的紡織品還不夠完美，不過，在這個與其說商人只懂得蒙騙，不如說蒙騙才是技術，才是美德的工藝世界裡，他們的紡織品帶有與眾不同的新鮮感。近來手工紡織的缺點，就是失去地方特色。愈有名的產地，這種傾向愈強。要說他的紡織品像外行人的作品，或是帶著純樸都行，不過，他的紡織品中帶有滲進土地中的泥土芳香。往往這種事物最容易消失。從他的人品來看，似乎不用擔心，但未來難料。到底是在怎樣的地方，有怎樣的人在織布呢？一半出於好奇，一半出於做生意的關心，我在隔年春天造訪了白鳥村。

為了紡織品的工作，我從信州繞過諏訪，搭中央線前往美濃，經過一再轉乘後，終於抵達白鳥村。現在已有一條從岐阜前往的完善道路，但當時就算從信州出發，也得花上整整一天的路程。

開拓村落比傳聞還要貧窮，處在勉強得以糊口的狀態，看了深深讓人感嘆他們竟然有辦法住在這種地方，眼前就只是一片荒涼的曠野。那天晚上，我在宗廣先生的住家叨擾了一晚，不過，雖說是住家，卻像工寮一樣，裡頭擺著藍色瓶子，他染黑了雙手，勤奮工作的模樣令我深受感動。四周的旱田，種有紅花和芒草等染料植物。從製絲到染色，進行一貫作業，村民們也都會幫忙紡織。不過，什麼都沒有的一個人，要支撐起近千人的大家族，想必是很辛苦的重擔。望著他滿是泥巴的背影，我對自己基於好奇而來到這種地方感到羞愧。

不過，隔天發生了一起驚人的大事。因為有人說很想見我一面，於是我和宗廣先生一起南下來到郡上八幡。對方是宗廣先生的朋友，在京都經營事業有成，他對開拓者多方照顧，尤其是紡織相關，他提供全面性的協助。我們在市街的蕎麥麵店和對方見面，但沒特別聊些什麼，他就只說很高興能和我見面，頻頻對我說「請多多幫忙」。後來我們就此道別，我為了參觀而留在八幡過夜，對方則是當天晚上在宗廣先生家自殺。

沉默寡言的宗廣先生，隔天早上就只是報告了這件事，詳情我不清楚，只聽說是對方事業失敗，無法繼續再照顧他們，為此道歉，談了一整晚後，就此自殺。經這麼一提才想到，昨天見面時，對方說「請多多幫忙」的口吻還有表情，都帶有無比沉重的暗影。我原本滿心以為那是雪國這裡的人特有的陰鬱，看來事情沒這麼簡單。雖然宗廣先生為此悲嘆，但聽到對方要我多多幫忙，我同樣也心頭慌亂。我才剛開店不久，經驗尚淺，根本沒能力照顧別人。如果就這樣一肩攬下，或許反而是一種僭越。對方當時可能也只是向我客套寒暄而已。然而，就算這是偶然的相遇，但我認為能齊聚一堂，也算是很深的緣分。

儘管有這麼一段遭遇，我還是幫不了什麼大忙。就只是稍微幫忙賣出一些，向少數幾人介紹他們的紡織品。這段時間，宗廣先生靠自己的力量大幅成長。說到「群上紬」，在染織界頗負盛名，也曾得過幾次傳統工藝獎。如今他已是一流的工匠，是無法撼動的地方翹楚。然而，就像他的人品不曾改變一樣，他的紡織品仍舊不失一開始的純樸。真要說的話，比起技術變得巧妙，保有初心反而困難，能看到自己感興趣的事物逐漸成長，是最開心的事了。現在開拓村那邊也發展得很順利，當初向國家租借的土地，現在幾乎都歸個人所有了。

不過，好事多磨，才剛鬆口氣，宗廣先生就生病了。想必是長年的疲勞累出病來。我想去探望他，但我自己也被雜務追著跑，遲遲無法成行。因為上次那起事件，我當時也沒參觀就回來了，不過白鳥村的長瀧有白山神社，那是我一直想造訪的地方。前幾天我去關西，順便打電話前去慰問，結果得知宗廣先生的病情沒想像中來得嚴重，他還跟我說，白山神社的神官是他朋友，可以幫我介紹，請務必前來。

從岐阜前往郡上這條路上，想起以前，宛如置身夢中。聽說幾年前因為舉辦國民體育大會而開通了大路，近來出了不少問題的國民體育大會既然能留下這樣的政績，我倒希望它能多多到各地舉辦。

沿著長良川北上，沿途享受愉快的開車兜風，第一個到來的大市街是關市。這裡的春日神社有許多桃山時代的能劇服裝，我在博物館的展覽中看過，所以我想去略表敬意。這裡雖說是市街，但一離開大路，四周便是冷清的風景，這裡以神體山為背景，建了一座小神社，今日神官不在，無法前往一觀，不過，對向來喜歡四處逛的我來說，或許這樣反而好。

說到能劇服裝，接下來要前往的長瀧白山神社裡也有古面具和服裝。尤其是鎌倉時代的稚兒面更是出色，我也將它的照片刊在《能面》一書中，不過，這些我都只在展覽中見過，不曾造訪過神社，一直是我心中的遺憾。美術品若能在它誕生的場所欣賞，會別有一番風味。不過話說回來，在這樣的深山裡，竟然藏了這麼多名作，真是不可思議，一來和白山信仰有關，二來這裡離越前很近，這些作品才會零散分布在幹道沿途上。現在雖是偏僻的山地，但以前沿著長良川畔開創出特殊的文化。從石器時代到繩文、彌生時代的遺跡也都有，對以前的人們來說，河川扮演了極重要的角色，以及身為河川源頭的高山受人們崇敬，這都是自然發展的結果。

自從過了以美濃紙聞名的美濃市後，山林逐漸逼近，水變得益發清澈。可能是空氣清新的緣故，這一帶的紅葉分外美麗，不知名的雜樹染成了各種顏色，互相反射，這模樣用「錦繡山河」來形容再貼切不過了。這是與能劇服裝以及宗廣先生的紬完全相通的「日本色彩」，也可說是一種微妙特質。數千年來，我們在這種景致下受到多大的影響呢？從大腦得到的知識沒什麼了不起，不過，從毛細孔滲入體內，在無意識中吸收，這才真正驚人。這地方的紡織品很發達，之所以保存了許多美術品，仔細想想，或許也是很自然的結果。

我抵達郡上八幡時，已過了中午。在鎮上的古董店與宗廣先生見面，他請我到記憶中的那家蕎麥麵店用餐。看他一切安好，我放心不少，不過那只是外表看起來，他還需要靜養，所以改由古董店老闆替我帶路。

前往白鳥的這條路上，同樣也因為受到國民體育大會的影響，鋪了平整的道路，一路通往越前的大野。不到一個小時，我們已來到長瀧的白山神社境內。

以前有漂亮的白鳥（白天鵝）在這村子裡棲息。某天牠飛離此地，留下一片羽毛，村民們深信牠是神明的化身，將羽毛視為神明的遺留物，加以祭祀，這就是白鳥之名的起源。人們認為這是身穿羽衣的天仙，或是日本武尊傳說的原型，但之所以沒產生連結，肯定是因為人民相信那是白山比賣神的化身或是靈魂。相傳日後泰澄大師開創白山時，那隻白天鵝也現身替他帶路。

在養老時代初期，這裡有一座號稱是泰澄開創的名剎——長瀧寺。別名美濃馬場。白山四周，包括加賀、越前，也都有名叫「馬場」的地方，這表示那裡是古代的祭場，而且當時有到此下馬改為徒步登山的慣例。作為白山的登山口，打從一開始就存在的山口處神社，與長瀧寺合而為一，就此成為山岳信仰的中心，但後來因明治時代的廢佛毀釋政策，寺院滅毀，再度回到當初的原樣。

這是日本的神社寺院幾乎都走過的路，不過，就算神佛分離，也只是有害無益。這或許只是在明治維新的混亂動盪下，一種急就章的行徑，然而，毀滅千年的歷史實在罪孽深重。不過，這裡不愧是古老的神社，儘管已經荒廢，卻仍呈現平靜的沉穩氣氛，尚未失去昔日的風貌。擁有千年樹齡的高大杉樹、有正和年號銘文的氣派石燈籠、像寺院講堂般的拜殿等，全都顯得巨大又從容，讓人聯想起往昔的壯觀。尤其那充滿神聖之氣的正殿更是美。由於是神社，肯定經歷過多次改建，不過這裡和伊勢神宮一樣都是神明造（※日本的神社建築樣式之一。）樣式，聽說比伊勢神宮還要大上一圈。

神官的宅邸也是古老的建築，全部以直木紋的杉木打造，相當罕見。神官姓若宮，現在是第三十九代，據說是平安時代從奈良移居此地。喝茶欣賞完庭園的紅葉後，接著帶我前往寶物館。首先映入眼中的，是前面提到的稚兒面，這姑且算是「延命冠者」（※瞇起眼睛面露微笑的年輕男子能面。），不過是在比能面更早的年代製作，雕刻講究，純樸的色彩很美。平泉的中尊寺也有類似的能面，上頭以毛筆字寫著「白山權現御寶前正應四年」（一二九一），不過大致可視為同一時期的作品。大概是特殊的面具，用於白山體系的藝能表演吧。也可能是用在山伏之間舉辦的延年之舞（※延年是寺院在舉辦完大法會後，由僧侶或兒童演出的日本藝能表演。）。就像弁慶也會唱「舞延年時的和歌」一樣，延年和猿樂之間有交流，猿樂者有時也會跳延年舞。肯定是因為這樣而混進能面中，就此得到「延命冠者」的稱號。

古面具　延命冠者（長瀧　白山神社珍藏）

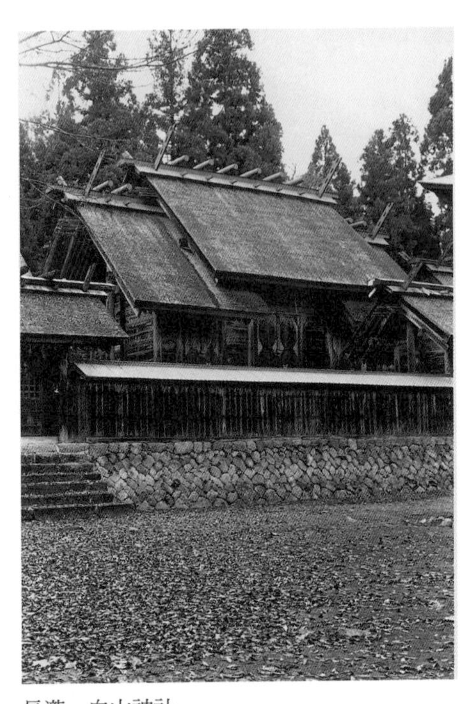
長瀧　白山神社

向若宮先生詢問後得知，這座神社每年一月六日都會舉辦名為「花奪祭」的儀式。因為是在六日舉辦，所以又稱之為「六日祭」。這是在拜殿中高高吊起花笠，眾人互相搶奪的儀式，動作粗獷應該算是山伏的傳統，不過當地的信仰認為，若能把花帶回家，蠶就能養得好，祭典時，日本全國的紡織業相關人士全齊聚在此。這是仿效古代的花祭、稻子開花，祈禱豐收的儀式，而養蠶業也加入其中一併舉行。白山的信仰摻雜了各種事物，變得模糊不明，不過最初的神明稱作菊理比賣神，是蠶和紡織的守護神。

傳說當初伊邪那岐追著伊邪那美前往黃泉國時，菊理比賣神聽他們兩方的說詞，居中調解，從原本的「聆聽」（きくいり）轉為「菊理」（くくり），不過或許與蠶絲和絞染的捆束（くくり）也有關係。我認為現今祭祀於東正殿的「衣襲明神」，可能就是其後身。主神是伊邪那岐、伊邪那美、大己貴神這幾位大有來歷的神明，但這就像鳩占鵲巢一樣，一開始應該是只供奉菊理比賣神，後來漸漸加入地位較高的神明一起合祭。

不過，令我覺得有趣的是，就算融合了再多要素，民眾的信仰始終都還是與一開始的神明同在。脫離生活就沒有信仰。支撐這個神社的既不是佛教，也不是神道，而是遠古時期便存在的農業之神，尤其以蠶為核心。六日祭據說已延續上千年，但這並不誇張。也許它是從更早以前就一直持續至今的祭典。祭典中，菊理比賣神可能也會現身跳舞。那美麗的面具，或許既不是延命冠者，也不是稚兒，而是當時戴的面具吧。中尊寺有個同型的面具，人稱「若女」，記載為「白山權現」，那似乎不是男性面具，而是白山的神體。

如果說那是女人，或許表現過於剛硬。但對方不是人類，而是女神。同時也是白鳥的化身。所以才會流露出如此豐富而又神祕的表情。起初可能是打造來作為神體，之後才用在藝能表演中（例如神樂或延年）。而替泰澄大師帶路的神明，肯定就是這張臉。這與能劇的女面、狂言的乙面，甚至是年輕男子或童子都相通，就這層意涵來看，可說是所有面具的原型。這樣才符合神明的容貌。如果要替這面具命名，不該是延命冠者這種普遍的名稱，除了「菊理比賣」或「白山比賣」外，再也沒更好的選擇了。

經這麼一提才想到，聽說六日祭當天會舉辦延年舞。延年是只有日光的輪王寺和平泉的中尊寺才有的古式藝能表演，來到這裡我才知道原來白山神社也有流傳。這面具當初是否會用在表演中，如今無從得知，但就算會使用也不足為奇。話說，延年本身已逐漸失去其原貌，雖說流傳了

罌粟圖案刺繡狩衣（長瀧　白山神社珍藏）

梅花加蝴蝶圖案刺繡狩衣（長瀧　白山神社珍藏）

下來，但其實只保存了當中的一部分。

神社有延年舞使用的服裝。以毛筆字寫下元和六年（一六二〇）的狩衣，至今仍舊使用。共有兩件，一件畫著梅花和蝴蝶，一件是罌粟唐草，也保留了許多桃山的香。我店裡常會借用這圖案，此時在這地方拿在手中細看，更是感慨萬千。邁入德川時代後，刺繡突然變得剛硬不少，但可能這是鄉下地方製作，仍保有柔和的韻味，與悠然的圖案線條搭配得宜，美不勝收。

此外還有泰澄用過的斧頭、長矛、平安時代的鏡子等，吸引人的寶物不少，但因為繁不可數，在此略去不表。

回程時，我們順道繞往宗廣先生位於郡上八幡的住宅。那已是和十五年前的工寮截然不同的豪宅，據說是將飛驒的合掌樣式移至此處。二樓是工作間，一樓是住家兼陳列間，擺放不少作品和收藏品。那看起來就像事業有成的宗廣先生自己建造的記念碑一般，我看了真的很高興。起初去是打算要採訪，但我們之間現在已經不用多問，也不用多說。

15 湖北　菅浦

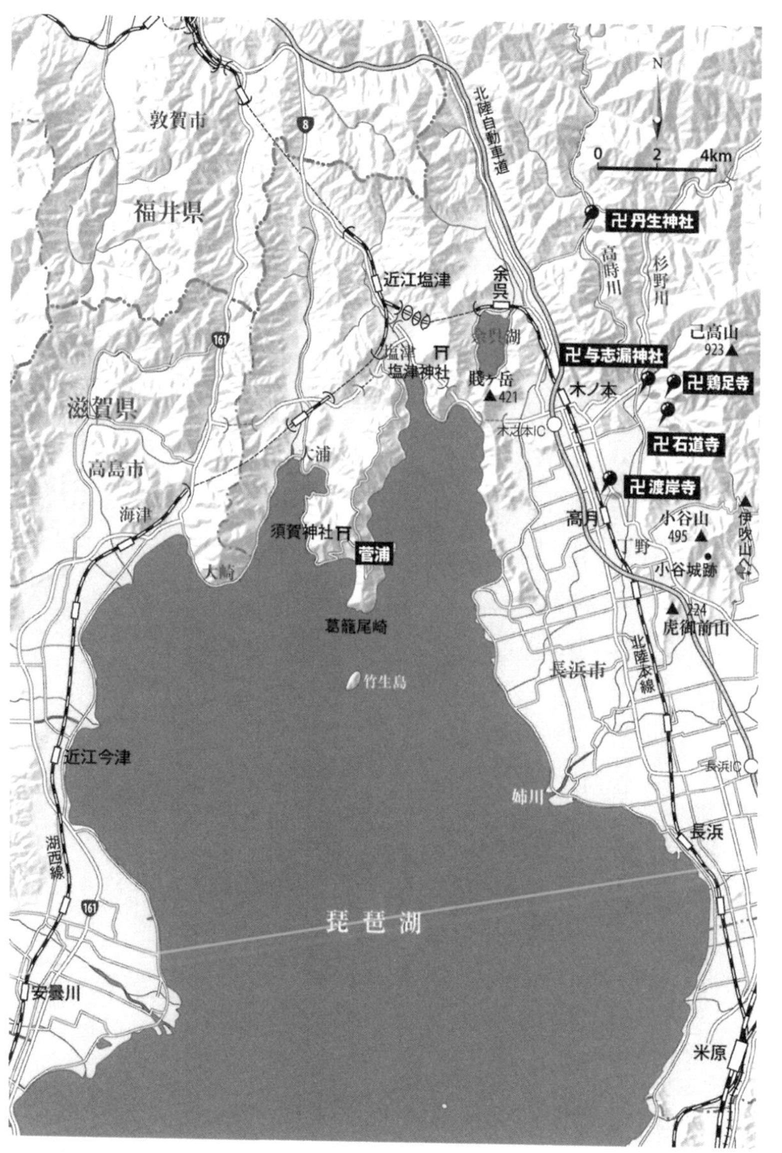
敦賀市
福井県
北陸自動車道
8
161
近江塩津
余呉
余呉湖
塩津
塩津神社
賤ヶ岳
421
滋賀県
高島市
大浦
海津
須賀神社
菅浦
大崎
葛籠尾崎
竹生島
N
0
2
4km
卍 丹生神社
高時川
杉野川
己高山
923
卍 与志漏神社
卍 鶏足寺
木ノ本
木之本IC
卍 石道寺
卍 渡岸寺
高月
小谷山
495
伊吹山
丁野
小谷城跡
224
虎御前山
長浜市
北陸本線
近江今津
湖西線
姉川
長浜IC
長浜
161
琵琶湖
安曇川
米原

說到湖北，不用說也知道，指的是琵琶湖北邊，但從哪邊開始可以稱作「湖北」呢？詳情我並不清楚。不過西邊從離開比良山，渡過安曇川開始，東邊則是從經過長濱，隱約可看見竹生島那一帶起，琵琶湖的景色確實逐漸改變。空氣變得清澈透明，伊吹山展現的山容，與從南側看到的景致截然不同，湖上開始到處都可看見捕魚的魞漁（※琵琶湖的傳統捕魚技術，在湖面上立竹棒，讓魚游入陷阱中出不來，類似臺灣的石滬。）。已收割過的水田上，零星立著榛木做的稻架，這也充滿北國風情。

儘管已是櫻花盛開的時節，京都一帶仍是早春，枯枝中辛夷的花朵綻放。而在紅葉時節，已開始降下細雪。淒清卻不灰暗，潤澤卻不潮溼。若以陶器來比喻，就像李氏朝鮮的白瓷，我就喜歡這樣的氣氛，所以時常造訪。不論東側還是西側，都有通往北陸的幹道，不過只要稍微往旁線走，就會發現保有古風的山村，可能是由於道路發達的緣故，這種地方反而保留了下來。整個湖北都可說是這種情形，觀光客也都是從比叡山車道往北行，從名神高速道路前往的路線則乏人問津。

過了長濱後，突然變得安靜許多，駕車行駛十五分鐘左右，來到高月車站。從那裡往東駛一小段路來到一座村落，裡頭有渡岸寺，以貞觀時代的十一面觀音聞名，地方上的人們都稱呼它「ドウガンジ」或是「ドガンジ」。關於這尊觀音，過去常有人介紹，我也曾經寫過，而近江最美的佛像就藏在這麼一座小寺院裡，這也透露出湖北的特性，耐人尋味。

據寺傳記載，聖武天皇時代，瘟疫蔓延，所以天皇命白山的泰澄大師祭拜十一面觀音。而延曆九年，傳教大師建立寺院後，此處便作為天台宗的寺院，香火鼎盛。佛像是在晚幾年之後才出現，白山的本尊是十一面觀音，那美麗之姿讓人聯想起昔日替泰澄大師引路的白山比賣的面容。出生於越前的泰澄，登上白山修行，人稱「越之大德」，由於他治癒元正天皇的病，而被請入平城宮。養老六年，他四十一歲時，帶著他在神山體悟的信仰以及遠大的宏願，千里迢迢從這條路前往京都。而在這裡建造寺院，也是當時的一些緣故所促成。肯定是當時落下的一粒種子開花結果，造就出美麗的觀音像。《泰澄和尚傳記》裡提到「仙女身穿天衣瓔珞，從虛空紫雲間穿雲而出」，觀音像鮮明的呈現出他在白山的夢想。他是在最澄和空海之前，第一位將神佛混為一體的人物，算是垂迹（※佛和菩薩藉由化身成日本神明，來普渡眾生。）思想的創始人。而堪稱是他記念碑的大寺院，後來在織田與淺井的戰役中付之一炬，令人遺憾，不過主佛能遺留下來，實乃我等之幸。現在佛像供奉在連寺院也稱不上的小祠堂裡，村民們用心守護，我想，對觀音菩薩而言，這樣反而是一種幸福吧。

寺院外是稀疏的雜樹林，站在那裡望向荒涼的原野，感覺自己真的來到了湖北。後山是小谷城遺址，南方能望見虎姬山。據《近江輿地誌略》記載，這座山原本叫長尾山，某天突然出現一位名叫「虎御前」的美女，一位當地豪族，名叫「世世開」的富翁娶她為妻，不久懷胎生下蛇子，女子以此為恥，投河而死。書中提到「此乃今日之女性淵」，不過這肯定是一種蛇婚傳說，是自古流傳的故事。世世開富翁有許多和水有關的傳說，傳聞他為了開鑿灌溉用水，以女兒松前當活祭品，與小谷城的阿市（※織田長信的妹妹，淺井長政、柴田勝家的妻子，育有三女，分別是茶茶、初、江。）一樣，這一帶有不少和美女有關的可憐故事。

在這種地方有美麗的觀音，也可說是一種救贖。渡岸寺與小谷山中間有一座丁野村，這裡是淺井氏的發祥地。有人說是物部守屋（※是日本飛鳥時代的政治家，官職為大連。主張推崇日本本土宗教神道教，強硬反對佛教。）的後裔，也有人說他們身上流著三條家的血脈，在淺井久政（長政的父親）以戰功揚名於世之前，不過只是地方上的鄉士。丁野村這塊土地向都會被徵召轎夫或苦力，因而自古便與朝廷關係深厚。雖然如今已是一片農田，但淺井氏的宅邸遺址仍在，從這裡到小谷山一帶，清一色都是淺井家的地盤。順帶一提，近江的人們對「淺井」二字的發音是「あざい」，這可能才是正確的發音。

小谷的後方有小堀遠州安享晚年的寺院。也可稱作大德寺孤蓬庵的前身，那借景伊吹連山的石庭，環境比大德寺還好。此事在前面也曾提過，不過這次以川勝政太郎先生的《近江》一書確認後，得知這座庭園是小堀政之為了替父親遠州祈冥福，而在慶長元年建造。不管怎樣，就時代來說，並無多大差異，但還是趁這個機會更正。

昔日這裡到木之本一帶，似乎集結了湖北的文化和佛教中心。木之本附近有彌生遺跡和古墳群，也留有許多古老寺院。東方有一座終年白雪籠罩山頂的高山，名叫己高，附近有人稱「己高七寺」的修驗道名寺。是行基與泰澄開創的寺院，和渡岸寺一樣，日後由最澄重振。從越前到近江一帶之所以零星留下這類的傳說，想必是因為白山信仰被泰澄帶往京都，顯示出當時的路線。換句話說，開創湖北的人，也可說是泰澄。至少受他影響的地方相當多。己高山山頂一直到幾年前都還留有一座名叫雞足寺的大寺院，處在半荒廢狀態，但某天晚上慘遭祝融。不過佛像在火災前已先取下，算是不幸中的大幸。目前已在木之本東邊的與志漏神社建造收藏庫，眾佛像已安置其中，天平到藤原年間的雕刻一字排開，模樣壯觀。尤其是藤原初期的十一面觀音真的很美。當然無法與渡岸寺相比，不過這是另一種美，微微殘存的色彩和剛強的面容，令人印象深刻。經這麼一提，同樣是己高七寺之一的石道寺，也有類似的觀音像，不過湖北的觀音像特別多，表示與白山信仰關係密切。

猴子的雕刻（雞足寺珍藏）

　有個小小的猴子雕刻混在這眾多佛像中，不容錯過。這肯定是因為日吉神社的關係而打造的一種神像，那單純的雕刻與木紋甚美，那像是愣住的表情也很可愛。氣派的佛像固然也不錯，但走在鄉間小路上，不時能看見這樣的物品，也是一種樂趣。

這一帶已進入伊香郡，過去是受伊香具連管轄。從木之本往北走，左邊可以看見余吳的湖，這座湖人們也稱之為「伊香小江」。

昔日有八位仙女化身白天鵝，在這裡的內灣現身，褪去羽衣在湖中游泳。這時一名漁夫剛好前來，將裡頭么妹的羽衣藏起來，後來么妹的姊姊們紛紛回到天上，只留下她一個人，與男子結為夫妻。其子孫就是伊香具連之祖。

這是與白山有關的羽衣傳說之一，不過，四周綠山環繞，靜靜沉眠於此的余吳之湖，確實是很適合營造出這種童話的祥和景致。湖畔也有高大的柳樹，據說是掛羽衣的地方，在這種地方聽聞煞有其事的傳說，一點都不會覺得不自然。聳立前方的高山為賤岳，這在古戰場中名氣過於響亮，而就此讓人忘了它原本的使命，它原本是湖北，尤其是伊香小江的鎮守神。俯瞰正下方深藍的湖水，南方甚至可以望見琵琶湖遠方另一頭的伊吹山，這景致堪稱是湖北首屈一指的美景。

從這裡繼續北上，便抵達丹生神社。流經小谷、木之本的高時川上游，這一帶人稱丹生川。沿著此河，以前似乎有上中下三座神社，不過現在只有上下兩座神社，上面的神社有許多能面。是以茶碗祭聞名的場所，這裡平時幽靜，神社就深深坐鎮在杉樹林中。現在是以彌都波能賣神為

大浦下庄

祭神，但一開始肯定是祭祀水銀之神——丹生都比賣神。可能是因為越前的丹生郡離此不遠，而且礦脈雖然不多，但還是持續開採的緣故。與其說是因為無法開採朱丹，才改變為水分神（※掌管河水分配之神），不如說古代的人們認為水銀就像是凝結的水珠。

鹽津也離此不遠，不過我想，這會不會原本也是「丹生津」呢？就像以「入」（にふ）字來套用「丹生」（にう）一樣，入的訓讀也可以念作「しお」，所以才會輾轉變成鹽津吧。那裡也有鹽津神社，從這名字來看，似乎原本也是祭祀丹生都比賣神。

從鹽津長長的往西挺出的半島，有個叫菅浦的部分。去年在京都博物館辦過一場古代繪畫展。這活動雖然不太起眼，但內容豐富，讓我們了解地圖有時具有勝過繪畫的美，最後甚至能昇華為曼荼羅，成為一種宗教畫。當中有一幅「菅浦繪圖」，不知為何一直殘留在我心中。因為它簡單幾筆就展現出湖北的空氣。

我的老毛病又犯了，想到菅浦一探究竟，於是某天向友人借了車，經琵琶湖西側，朝湖北而去。眼下離下冰雨的時節尚早，湖畔的櫻樹葉轉紅，比花還要鮮豔。

道路在今津一分為二，一條是通往若狹的幹道，一條是北陸道，不過從那一帶起，已能就近看到竹生島。這地方雖是以都久夫須麻神當祭神，但最早是淺井 這位地方神，後來才與觀音信仰和弁才天結合在一起。遠眺會發現島的形狀就像是古墳的範本，浮出水面的部分，以及分成兩座山崗的地方，都與前方後圓墳如出一轍。以神明居住的島當聖地，視為理想的墓地，這樣的想法一點都不會不自然。後來佛教傳入，將它想像成是觀音淨土，也是很自然的趨勢。反過來說，由於古墳時代的文化扎根頗深，所以才能順利的吸收佛教，所以竹生島的美麗樣貌可說是一種歷史，也可說是神佛混淆的象徵。

海津、大崎、大浦，竹生島愈來愈近，來到這一帶後，變得人影稀疏，感覺這裡可說是湖北中的湖北。尤其是大浦的內灣，靜得彷彿會將人吸入其中。天平寶字八年九月，惠美押勝與孝謙上皇的大軍在勢多交戰，最後落敗渡過湖水，想逃往越前，但遇上暴風，就此飄流來到這處內灣。原本打算從那裡越過愛發關，但慘遭朝廷的軍隊埋伏，身受重傷。再度搭船（大概是從大浦）返回高島，最後全族滅亡。

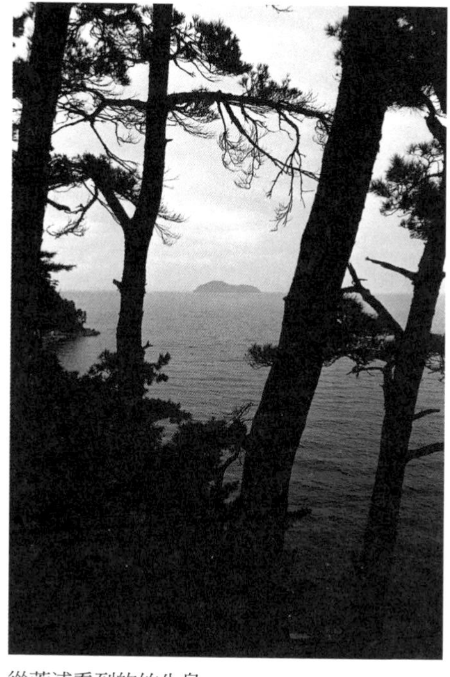

從菅浦看到的竹生島

菅浦是位於大浦和鹽津中間的港口，海岬的前端稱作葛籠尾崎。竹生島近在眼前，而且遠離幹道，所以在湖北這地方也算是一處人跡罕至的祕境。一直到不久前，這裡都不和外人往來，是個極度排斥外人的村落。

這背後有其原因。菅浦的居民相信他們的祖先服侍過淳仁天皇，這份榮耀和警戒心，讓外人無法靠近。木地師有惟喬親王，吉野川上村有自天王，而這裡有淡路廢帝（※淳仁天皇的別稱。因為藤原仲麻呂之亂後，孝謙上皇奪走帝位，淳仁天皇被軟禁在淡路國，因而有淡路廢帝的稱號。），一種信仰得以延續著實有趣。說有趣其實有點失禮，不過，創造神明，是日本的世外隱村固有的模式，這點我很感興趣。可能是因為住在遠離塵世之地的人們，很希望內心有個依歸吧。對落魄的貴人寄予同情，是窮人們的真情流露嗎？不，不光是這樣。這當中肯定有足以令他們深信不疑的事實和根據。就算是純樸的村民，應該不會相信憑空捏造的謊言或虛構的故事。

被當作祖神祭祀的人們，一定都伴隨著悲戚的傳說。淳仁帝也不例外，他也是位一生坎坷的天皇。天平勝寶八年，聖武天皇駕崩，平城京同時也開始瀰漫起動盪的氣氛。表面上一樣是「奼紫嫣紅如花開」的京都，但誹謗和讒言橫行，許多公卿遭逮捕或貶謫。皇太子也遭廢嫡，改立大炊王。他是天武天皇的孫子，當時二十五歲，即日後的淳仁天皇。他原本就與藤原仲麿（惠美押勝）有交誼，隔年孝謙女帝讓位，仲麿獲天皇賜予「惠美押勝」的美稱。但實權依舊握在上皇手中，天皇不過只是傀儡。而道鏡（※奈良時代的僧侶，人們也稱他弓削道鏡。與平將門、足利尊氏合稱「日本三惡人」。）也是在那時候接近上皇，押勝的立場就此變得愈來愈危險。

在全新打造的近江保良宮裡，天皇嚴厲質問上皇與道鏡間的關係，這故事相當知名。事態就此急劇惡化。上皇大發雷霆，在奈良的法華寺深居不出，而天皇也從近江還駕平城宮。之後過沒多久，便發生了押勝之亂。

關於這場作亂，有歷史學家的詳盡考證，似乎和天皇沒有直接關係。不過，不管有沒有關係，結果都一樣。以過人的權勢自豪的惠美押勝，在近江的高島潰敗時，天皇也被流放淡路，人稱「淡路廢帝」。這後續的故事，太平記中也有記載，而菅浦的傳說可能就是以此為根據。

據書中記載，天皇僅帶著數名隨從，隱居在淡路的高島，然而「隔年因憤恨難消，暗中使計離開流放所，逃向協助者所在處。但佐伯宿禰、高尾連馬上得知此事，率兵追趕，就此緝捕歸來，嚴加看守。翌日，天皇駕崩於院中，實乃弒殺」。

另一方面，在菅浦的傳說中，淡路是淡海的誤傳，而高島也是湖北的高島。菅浦有一座須賀神社，但在明治之前都稱作保良神社，以大山咋命和大山祇命為祭神。不過，真正的祭神是淳仁天皇，建造神社的地方，是他的陵寢。之所以叫保良神社，也是因為那是保良宮的遺址，而葛籠尾崎這個名稱，相傳也是因為奪走天皇的遺體，從高島放入葛籠中搬運，才以此命名。

這故事委實唐突，一時教人難以置信，但這當中肯定帶有幾分真實性。保良宮所在地，大致是在石山附近，但沒有確切證據，除了信樂外，也有兩、三處推測的所在地，在這風光明媚，離竹生島不遠的湖北之地，就算有一座離宮也不足為奇。不過，這種性急的猜測就到此為止吧。相較之下，還不如搞清楚村民們是如何接受傳承，又是以何種形式流傳。

沿著從大浦轉進的湖岸道路前行，經過三十多分鐘後，抵達菅浦村。入口處有一扇作為村莊交界的大門（東側也有），從這裡開始，感覺與一般的村莊不一樣。雖是只有不到兩百戶的小村莊，但以神社為中心，周圍有好幾座寺院，給人的印象彷彿以前整個村子都算是神社境內。防波堤的石牆非常老舊，小船繫在湖灣邊的景致，帶有近來難得一見的風情。村裡到處都是結實纍纍的橘子樹，這在湖北相當罕見，不過，不光湖北，聽說近江長得出橘子的地方只有這裡。可能是因為北邊有高山阻擋，氣候溫暖，聽說這裡幾乎都不下雪。這是相當適合建造離宮的地形，不過，傳說中的保良宮遺址，位於村莊北側的高地，琵琶湖和竹生島都能盡收眼底。

在山麓處的神社石階下，我們被要求得脫鞋。赤腳參拜是這裡的規矩，平時就已經夠冰冷的石頭觸感，再加上巧遇陣雨，淋溼了石面，感覺全身為之緊縮。村民們信仰的堅定，就這樣直接傳進我肌膚中。正殿祭祀淳仁天皇，神體是其神像，不過關於天皇遭流放一事，他曾留下遺言「朕終有壽終之日，神靈必長留此地」，其侍從之子孫一直供奉至今。此事真偽姑且不談，這句遺言中滿含他死不瞑目的忿恨。造就出菅浦信仰的，是廢帝的亡魂，其怨靈。這一千數百年來，要單純憑藉事大主義（※捨棄自己的信念，迎合強者或風潮，想藉此實現自我的一種行動模式。）或虛榮心來維持信念不變，並非易事。

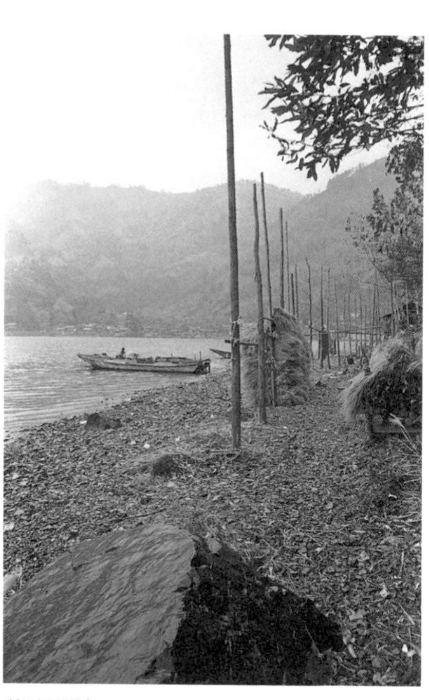
菅浦湖灣

陵寢周圍將近一百一十公尺長，以葺石搭建成船形，顯而易見，墓主身分不凡。據稱附近有天皇的生母當麻氏山城的陵墓，也保留了隨從之墓。淡路廢帝的神靈，聽說於明治六年與讚岐的崇德天皇一同被迎往京都的白峰宮，這種事以前經常發生。這座陵寢也曾在某個時代被天皇相關的人物從淡路遷走，而裝在葛籠裡的，不是亡骸，應該是神靈才對吧。菅浦現在雖已榮景不再，但古代時相對於南方的大津，它算是交通要塞，同時也是負責向宮廷進貢的漁港。就算與皇室保有某種關聯，也不足為奇。

高嶋安曇港，扁舟輕渡航，是否已不遠，鹽津菅浦港。　小弁

外湖捲高浪，輕舟隨波蕩，遠遙不可及，鹽津菅浦港。　長方

至少在萬葉時代，是一處和鹽津齊名的知名地點。兩首和歌都提及高島，表示從高島航經這

處海岬，算是一般的航線。經這麼一提才想到，惠美押勝當初也是想繞往鹽津，這才會飄流到菅浦東邊的大浦。我覺得此事似乎與淳仁天皇的傳說有關。押勝率領的天皇這邊的人馬，在愛發關落敗後，押勝一族或是其隨從可能就在此地定居。他們侍奉鹽燒王（新田部親王之子。相當於淳仁帝的堂兄），鹽燒王之子志計志麻呂也在其中，但他們在高島砂州遭斬殺時，據說只有這位年輕的王子獲救。陵寢可能是這位人稱「今帝」的鹽燒王之墓，不然便是他兒子的墳墓。

菅浦自古以來便有號稱是「禁開之箱」的東西。大正初年打開之後發現，裡頭有兩千多封古代文件。那是長久以來與領地和訴訟有關的紀錄，人稱「菅浦文件」，在學界是頗負盛名的資料。這裡所列的「古繪圖」也是其中一部分，但對於淳仁天皇隻字未提。這是個永遠的謎，對史學家而言，那恐怕連謎都稱不上，但是在這宛如孤島的港町裡，暗中流傳著這樣的傳說，這件事實還是很吸引我。而這是菅浦的歷史，也是信仰，我不想抱持懷疑。

16 西岩倉的金藏寺

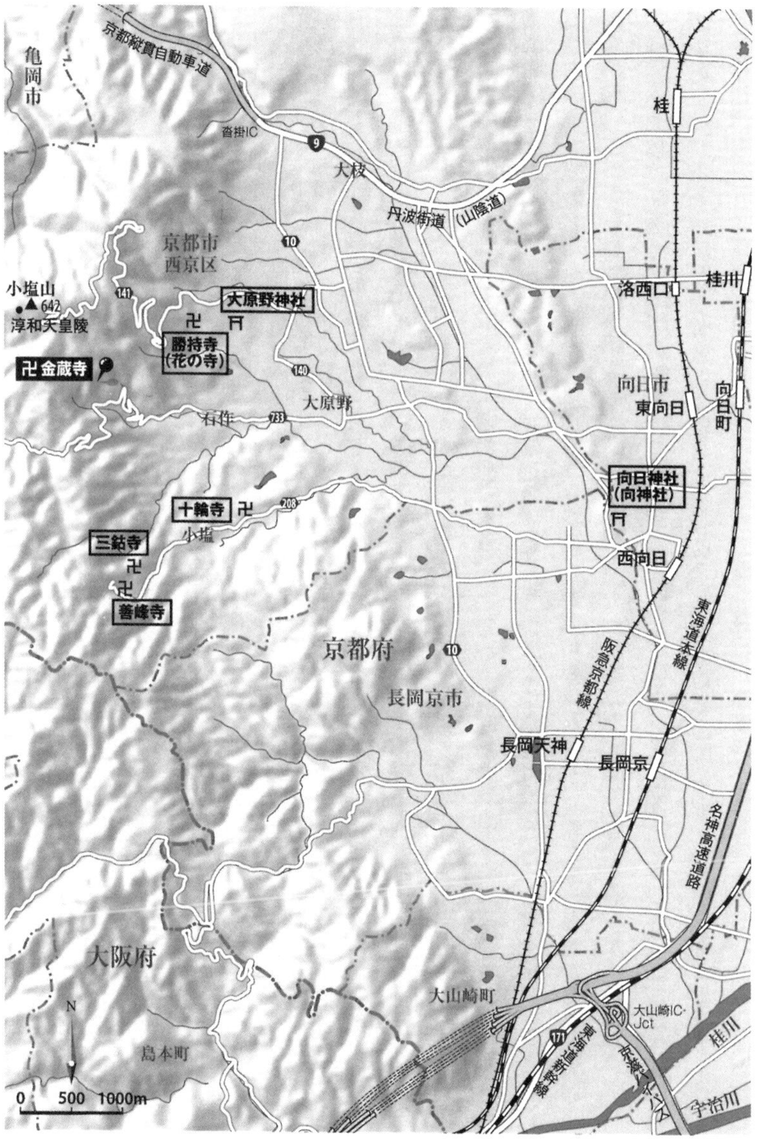

京都縦貫自動車道
亀岡市
沓掛IC
大枝
丹波街道（山陰道）
京都市
西京区
小塩山
642
淳和天皇陵
大原野神社
勝持寺
（花の寺）
金蔵寺
大原野
石作
十輪寺
小塩
三鈷寺
善峰寺
京都府
長岡京市
大阪府
島本町
大山崎町
桂
洛西口
桂川
向日市
東向日
向日町
向日神社
（向神社）
西向日
阪急京都線
東海道本線
長岡天神
長岡京
名神高速道路
大山崎IC・Jct
東海道新幹線
京阪
桂川
宇治川
N
0 500 1000m

我離開旅館，打算前往京都西山的善峰寺看紅葉。丹波幹道來到大枝一帶往左轉，再順著道路南下，來到大原野神社，往下開一小段路，有一條從小鹽登向善峰的參道。這是巡禮的札所，立有好幾個寫著「善峰道」的石標，只要順著石標走，就不必擔心會迷路。

這一帶是竹筍的名產地，美麗的竹林一路綿延。今天天氣好，開車兜風無比快意，不久，通過大原野後，轉往西行。右手邊可望見大原野神社的高大松樹，花寺也幾乎被掩埋在櫻樹的紅葉中。路況愈來愈差，一次無法順利轉過的急轉彎陸續出現。情況不太妙。善峰道沒這麼窄，也沒這麼彎。經這麼一提才想到，一路上都沒看到路標。我懷疑自己走錯路了，但感覺方位沒錯，應該還是能走到，正當我如此暗忖時，路的盡頭來到寺院外圍繞的高大石牆，無路可走。

繞過石牆，有一座山門，上頭寫著「金藏寺」。如果是這座寺院，我也略有所悉。金藏寺所在地人稱「西岩倉」，善峰寺的內院也有一塊寫著「右金藏寺」的立牌，那裡有一條狹窄的林道，不管問誰，問到的答案都只有徒步登山一途，雖然很好奇，但也只能放棄。沒想到現在竟然誤打誤撞，所以我分外開心。有時走錯路也會有意外的收穫。事實上，這座寺院遠比善峰寺來得寧靜，紅葉也美。直到最近汽車才有辦法通行，可能是沒人知道吧，似乎就連自駕的旅客也還沒造訪此地。

這寺院似乎是鑿開險峻的山勢而建，四周石牆環繞，連著有好幾層石階那麼高，沿著山崖零星造了幾座佛堂。走過紅葉的樹林間，環視長岡的竹林，可望見波光粼粼的木津川流向遠方。正下方是大原野到石作村一帶，善峰寺大概是位於隔了一座山谷的前方山峰上吧。從山上往下俯瞰，便會明白前方的道路轉向一旁。

這座寺院是養老二年在元正天皇的敕願下，由隆豐禪師創立。「金藏寺」之名，是日後聖武天皇所賜，當時寺內存放了許多經書。從正殿往上走一小段路，右手邊有當時的經塚遺跡。它雖是早在建立長岡京之前就有的名剎，但之所以人稱「西岩倉」，肯定是因為在更早之前，這裡便是遠古就有的自然信仰聖地。桓武天皇從平城京遷都時，它與北愛宕、東比叡並列，都被視為王城的鎮護之寺，就算長岡京最後失敗收場，它也仍是護守京都西方的神山。像它這樣的大寺院，也在文明、永祿的戰爭中毀損，現今留存的建築是德川桂昌院（※江戶幕府三代將軍德川家光的側室，五代將軍綱吉的生母。）所重建，而西山周邊有許多寺院也都多虧有這位信仰虔誠的女性才得以重振。

因此，不論是建築還是佛像都沒多大特色，不過歷經三百年的歲月，賜予它沉穩的氣蘊，尤其是布滿青苔的石牆更是美。這裡以前被稱作岩倉，想必這一帶能取得不少岩石。白天一樣陰暗的境內，山氣籠罩，感覺宛如古代的信仰仍存留至今。在紅葉的吸引下，我一步一步往上走進山中，開山堂上祭祀愛宕權現，再上去是位於小鹽山頂的淳和天皇大原陵，有條參道一路相通。

西岩倉的起源是古代的岩座，至於在哪一帶，我在寺裡詢問一樣不得其解。不論是登上的山路，還是境內，都有許多類似的岩石，但也許是因為太多了，以致分不清哪個才是。不過依我的想像，從山門前往西走入山中的「產瀧」，可能就是這座西山的神體。雖然它不是什麼大瀑布，但從籠罩其上的巨巖上分成三段落下的水勢驚人，給人一種難以形容的神祕印象。境內零散分布的岩座，想必是用來遙拜這座瀑布，或是山神降臨時的神座。金藏寺就是建造在自古就有的這處聖地上，所以就算寺院沒能成功發展，最終只是位於西山的一座古剎，但不論是就地形，還是信仰來看，都看得出它昔日與比叡山比肩的地位。

正殿前方有一座式內社（※延喜式的神名帳裡記載的神社。），名叫石井神社，寺院一開始是附屬於這座神社的神宮寺。現今仍會從岩縫間滾滾湧出清泉的這座「石井」，據說與位於下方的向神社內的「增井」泉水相通。據說汲取石井的水，增井的水就會變得混濁，所以這傳說可信。地方上流傳的傳說，有不少像這樣的趣事，不過，這表現出神社從山上往下來到鄉里間的路線，同時就像地下水在某處相連一樣，也訴說著背後暗藏的信仰歷史。向神社位於向日町中央，人稱「權現先生」，受民眾親近，不過說起來，它算是石井神社的分身。和金藏寺一樣創立於養老二年，這也表示是當時分成兩邊。產瀧的名稱應該是用來表示祂是供給山麓的村莊豐沛的水源，並造就出眾多神社的母神。向神社旁有個前方後圓墳，名叫稻荷山古墳，是古時候統治這地

從展望臺遠眺

區的石作氏之墓，而產瀧或許是他們最早祭祀的產土神（※日本神道將土地的守護神稱作產土神。）。

從展望臺上遠望，乙訓村盡收眼底。這裡有木木長嘯子住過的庵房遺跡，我對這位人物知道的不多，但他似乎對西山情有獨鍾，許多地方都留有他的遺跡或和歌。早在業平和西行的時代起，這裡就是這種隱士生活的世外隱村。眼下有大原野神社、花寺、較遠處的大藏神社、十輪寺（這裡有業平的墓），隔著山谷，有三鈷寺、善峰寺等，望著這些神社和寺院可清楚明白，構成西山中心的，是小鹽山以及位於它山腹的金藏寺。

回程時，我前往開山隆豐禪師的墳墓參拜。它位於從產瀧往下走一小段路的不動堂旁，雜樹林裡建了一座五輪塔。前方有「瞻西與梅若之墓」，其實這兩位人物才是我對金藏寺感興趣的緣由。

有一部南北朝時代的傳說故事《秋夜長物語》。

後堀河院時期，金藏寺有位聖僧，人稱瞻西上人，他原本是比叡山勸學院的僧官，名喚桂海。他信奉石山寺的觀世音，某天在此閉關，進行為期十七天的祈願，但在他期滿的那天夜裡，夢見一位俊美的少年。那面容令僧官難忘，連求道之心都給忘了，他深陷情網，最後臥病不起。當大家都覺得他恐不久人世時，他想試著再次求觀音菩薩幫忙，於是朝石山寺而去，途中來到三井寺一帶，竟遇見他夢中的少年。

少年是花園大臣的兒子，名叫梅若，兩人展開書信與和歌的交流，彼此愛慕。僧官喜不自勝，好似升天，但由於心中戀情與日俱增，他整個人失了魂，也不和人見面，終日足不出戶。少年久未收到他的音訊，感到擔心，和隨行的童子一同前往探視，不料路上遭山伏襲擊，被擄往大嶺的釋迦岳。

三井寺失去這位重要的少年，引發軒然大波。他們先衝進花園左大臣家中，但不見少年身影，進而縱火洩憤，接著攻進比叡山。這場風波愈鬧愈大，演變成寺門與山門之爭，非但失去許多僧眾，三井寺的堂塔寺院也全燒毀殆盡，損失慘重。這段時間，梅若都被囚禁在石牢裡，後來一位神祕的老翁出手營救，這才得以回到都城。但花園氏的宅邸、三井寺的僧房，全都化為大火肆虐後的荒野，他無處依靠，於是寫了封信託隨從送去給桂海。桂海打開一看，上頭寫了一首和歌，以此代替書信。

吾欲身投水，沉入萬丈淵，皎潔山巔月，照亮深水底。

梅若認為該對自己惹出的禍負起責任，決心一死。桂海連忙趕往三井寺，只見大津一帶擠滿了人，喧鬧不已。詢問後得知，有名十六、七歲的少年在勢多橋邊投水。眼前的死者正是梅若。桂海抱著屍體悲痛不已，但一如梅若的遺言「照亮深水底」所述，他徹底曉悟，今後將一心為梅若祈冥福，於是他捧著梅若的遺骨，在西山的岩倉深居不出。也因為這樣的因緣際會，第一次發菩提心的桂海，旋即得到瞻西上人的稱號，成為世人皈依佛門之倚靠。日後造訪西山的人們，皆目睹上人以松葉當柴，以樹果為糧，潛心修行。其庵室牆壁寫有以下和歌一首，連天皇也深有所感，就此收進《新古今和歌集》中。

昔日明月光，路標引方向，
西方極樂地，是否已前往。

秋夜長物語繪卷　桂海對梅若一見鍾情的場面　室町時代（幸節靜彥先生珍藏）

同上　梅若與隨從一同遭山伏擄走的場面

新古今和歌集裡寫有這樣的前言。

故人往生後，想為逝者供上經文，與佛結緣時，詠出欲往西方極樂之心境。

瞻西上人實際有這麼一段哀傷的故事，而當時的人們肯定也都知道此事。新古今和歌集是在土御門天皇的時代完成，所以上人當時已住在西山，據傳之後他在東山的雲居寺度過餘年。

我這樣描述著實無趣，不過原文其實是頗為香豔的文章，例如桂海對梅若一見鍾情的場面中描述道「隨風飄搖之髮絲，受柳絲纏繞，就此停步，回眸醉人，容貌俊美無倫，宛如一場令人神魂顛倒之夢境」，就連女人也想見識他的美貌，描繪出更勝女人的美豔風情，尤其是梅若讓童子走在前方，將螢火蟲放進「魚頭」燈籠中，「藉著那微弱燈光，少年身著錦紗水干（※平安時代的男性裝束。），動作輕細柔弱」，那悄悄前來的描述美豔極了。可能作者也是比叡山一帶的和尚，根據自己的體驗寫成此書。那如此深入的描寫，只能給人這種感覺。

從鎌倉時代到室町時代，這樣的故事不少，不過，僧侶之間的男色之情似乎已是公開的祕密。倒不如說，有一種鼓勵這種行徑的風潮。我認為這並非鎌倉時代突然流行，而是長年在僧院的歷史中暗自培育熟成的此種風俗，當時在物語或繪卷上已深深扎根。聽說比叡山有一名為《稚兒灌頂》的古文書，上頭記載著已發展為一種儀式的男色歡愉之法。現今留存的，是室町時代的抄本，但似乎是從平安初期流傳而來。當時的比叡山就像現在的大學，儘管貴族子弟不會出家，但大家都為了求學問而進僧院。這在國外也是一樣的情形。雖然外國的情況我不是很清楚，但在日本不光學問，一般的教養也包含其中，也許就連性教育也是在裡頭學會，這已成為一種慣習。景山春樹先生也說，十五、六歲時接受「得度」，感覺似乎與性有關。

不近女色的僧侶，會不會認為性教育是件奇怪的事，我不知道，但被壓抑的性欲，幾乎都會被昇華成對宗教的陶醉，這從《秋夜長物語》中就看得出來。師徒間的情誼或許也會因為有肉體的關係而展開真正有溫度的傳授。這很危險。正因為危險，才會有「稚兒灌頂」這樣的儀式，所以我認為這是過人的智慧，足以與江戶時代建造吉原媲美。雖然不見得所有僧人都受過這樣的洗禮，但清濁合併的日本大乘佛教，為了方便行事，對此事睜隻眼閉隻眼，這是可以確定的。貴族的少年們也藉由接受某種割禮，而了解感傷，同時也對自己以男人的身分進一步了解女人有所助益。比起犯下破戒之罪，這轉瞬間便長大成人的過渡期之花，雖然花謝得早，但不會有後遺症。因為感嘆生命的短暫，所以擁有俊美的少年，是整座山的榮耀，就像侍奉主君一樣細心呵護。弁慶對義經的忠誠，同樣也感覺得出超乎主從關係的情誼，在能劇中，以義經當少年角色，在歌舞伎裡則是女形，這也是自「三塔遊僧」（※歌舞伎的《勸進帳》中提到，弁慶原本是三塔遊僧，而三塔指的是比叡山延曆寺。）以來的傳統，僧侶與少年的關係對日本的藝能表演影響頗鉅。不光藝能表演，例如薩摩的眾道（※是日本男同性戀關係或武士關係的一部分。），一開始肯定也是源自僧院。經這麼一提才想到，金藏寺的開山始祖隆豐禪師，聽說也是薩摩的僧人，不過，天平時代的隼人族也有這樣的風俗嗎？瞻西上人之所以選擇西岩倉，感覺背後似乎也有某些緣由。

前些日子在小田急百貨公司裡，舉辦了天台祕寶展。天台宗廣闊的宇宙觀，讓人感覺到一股難以靠近的壓迫感，但當中最令我印象深刻的，是傳教大師的雕像。這是鎌倉時代的作品，但是那單純明快的呈現手法相當美，那不像肖像，反而更像是平安初期的神像。令我感到不可思議的是，它遠看柔和，近看卻有驚人的剛強之感，不過外側感覺很模糊。看似無從捉摸，而內面卻相當充實。天台宗的教義不就是這樣嗎？我隱約有這種感覺。

傳教大師最澄據說是百濟移民的子孫。隱隱感覺得出那種頑強的個性。於是我做了個冒犯的想像。當初最澄與空海爭奪泰範這名弟子的事，非常有名，但泰範並非足以驚動這兩位高僧的偉大弟子或學問僧。儘管如此，當他捨棄比叡山，投奔高雄的空海時，最澄曾在信中寫道「勿棄老僧」、「請助貧道，勿另結別緣」，看得出他非比尋常的執著心。而最後最澄大為震怒，這點也不太尋常。令最澄如此慌亂的泰範，不就是很早以前就有的念者（※男色關係中，屬於攻方者。）嗎？所以才會對他另眼看待吧。最澄與空海之間向來不合，而這起事件更是令他們徹底交惡。這純粹是我個人的想像。之前也曾從別人那裡聽聞，不過，看了傳教大師的肖像後，又猛然想起此事。

這的確是冒犯的想像，但應該不至於會傷及日本第一高僧。最澄和空海都是超乎想像的偉大人物，是在古代佛教的頹廢中誕生的天才。面對人類天生就有的欲望，他們不是那種器量狹小的人物，會刻意閃躲，不敢面對。一生不犯色戒，人們或許認為這是只有特殊人物才能辦到的苦行，不該強迫平凡的僧人做到這點。就這樣，「稚兒」這種特殊階級誕生。甚至應該將它視為自然發生的事。既然發生了，就只能善加引導。之所以會造就出像「稚兒灌頂」這種恐怕只有日本才有，匪夷所思的儀式，肯定也是為了避免流於淫亂。就像賜予花魁過人的見識一樣，稚兒也化為不容隨意侵犯的神聖存在。梅若被人竊走，因而引發戰端，這當然純屬虛構，但可以想像他身為一山的象徵，備受重視。事實上，男女沒多大差別的少年，具有如同觀音或彌勒的純潔無瑕之美，例如興福寺的阿修羅，那夢幻的雙眸及聖潔的姿態，暗示著天平時代的僧院也暗藏男色。觀心寺那刺激感官的如意輪觀音，也不是女性，而是男性。在搖曳的燈光下，展開密教祕法的僧侶們，從中夢見永遠的理想形象，將稚兒看作是佛的化身，這也是理所當然。由夢而生，夢境化為現實顯現的《秋夜長物語》，可說是徹底掌握其精髓。

稚兒墮落是在江戶時代，其實一開始與信仰緊密結合。性別倒錯是現代人的想法，稚兒絕不是像後世的男妓這種見不得光的人。不動明王為了降伏煩惱，展現忿怒之相，據說山伏就是模仿其形象，至於帶著兩名童子隨行，則是象徵。他們與主人相似，都是一副凶惡的姿態，儘管這是很極端的表現，但平安時代的稚兒，想必不像我們所想的那樣，是如此柔弱的存在。也許他們具有爽朗的樣貌，看起來就像「遠山花復開，落花似降雪」般的風情。人的喜好會隨時代改變。織田信長的森蘭丸，也是文武雙全的美男子，不是弱不禁風的娘娘腔。

醍醐寺有《稚兒草子》的繪卷。這是梅原龍三郎先生告訴我的，他說裡頭的畫非常好，務必一看。這已是很久以前的事，所以一些細節我已不太記得，但出色的美術品我絕不會忘。雖然我沒讀過《稚兒灌頂》，但可能是直接將它畫成了圖繪，是極度露骨的春宮畫，但不管題材為何，它都有足以讓人忘卻此事的美。相傳是出自鳥羽僧正之手，這也是理所當然。上頭所畫的稚兒，就像我前面所說，看起來體格高大，活力十足。一點都不會顯得女人味十足或是個性陰柔。不像後世的男妓或娘娘腔。反而帶有希臘的味道，是開朗活潑的健康兒童。

看到那些圖畫時，我這才明白什麼是「稚兒」。將這樣的傳統當作一種思想，讓它在舞臺上扎根的，是室町時代的世阿彌。能劇的奧妙，確實帶有一種既非男，也非女的特殊之美。是藉由男扮女裝才得以表現的脫俗之美。眾所皆知，世阿彌是將軍義滿的寵男，他的《花傳書》以及其他藝術論，都是依據這樣的體驗所打造，他形容少年時代的美為「由於是稚兒之姿，不管怎樣都具有幽玄之美」，並以保有「初心之花」作為一生追求的心願。換句話說，他以自己年輕時的模樣為原型，當作是範本。這堪稱是自戀的極致。不過他沒顯現在表面上，就只有《松蟲》一曲，微微提及男人的友情。儘管大量採用童角，創造了許多少年的能劇，但他說真正的幽玄在女體上，稱之為「幽玄之根本風」、「幽玄妙體之遠見」，擺在藝道的第一位。世阿彌常用「遠見」一詞，不過，若借用對梅若的描寫來說的話，應該能比喻成「遠山花復開，落花似降雪」這樣的柔和丰采。雖說「不管怎樣都具有幽玄之美」，但以演技之力在女體上重現無法長存的童形之美，是他的理想。

「世上何來久開不謝之花。正因凋謝，花開時方覺難得。」

這應該是存在於所有日本藝術和美術基礎中的思想吧。所謂女體的幽玄，亦即他所戴的面具。我不認為能劇像人們說的那樣受佛教影響，但如果真的受其影響，那麼，在生時化為歌舞的菩薩，應該是這位一代名角在舞臺上描繪的夢想吧。那是唯有超越表面的自戀，讓自己歸於無，才能達到的彼岸境界。

附帶一提，能樂的名家梅若先生，原本是梅宮神社的猿樂師，名叫梅津，而他有位祖先在十六歲那年，於土御門天皇面前舞了一曲《蘆刈》，就此大受賞識，獲贈「梅若」之名。聽說就是從那之後由梅津改為梅若，但如果他和瞻西上人屬同一個時代，肯定是繼承了那風靡當世的稚兒之名。世阿彌對《隅田川》的童角取同樣的名字，應該是在模仿《秋夜長物語》吧。梅津這地名位在京都前往西山途中的梅宮附近，相傳是高麗移民的居住地。梅若家的遠祖或許也是高麗的一名樂人。

17 山村的圓照寺

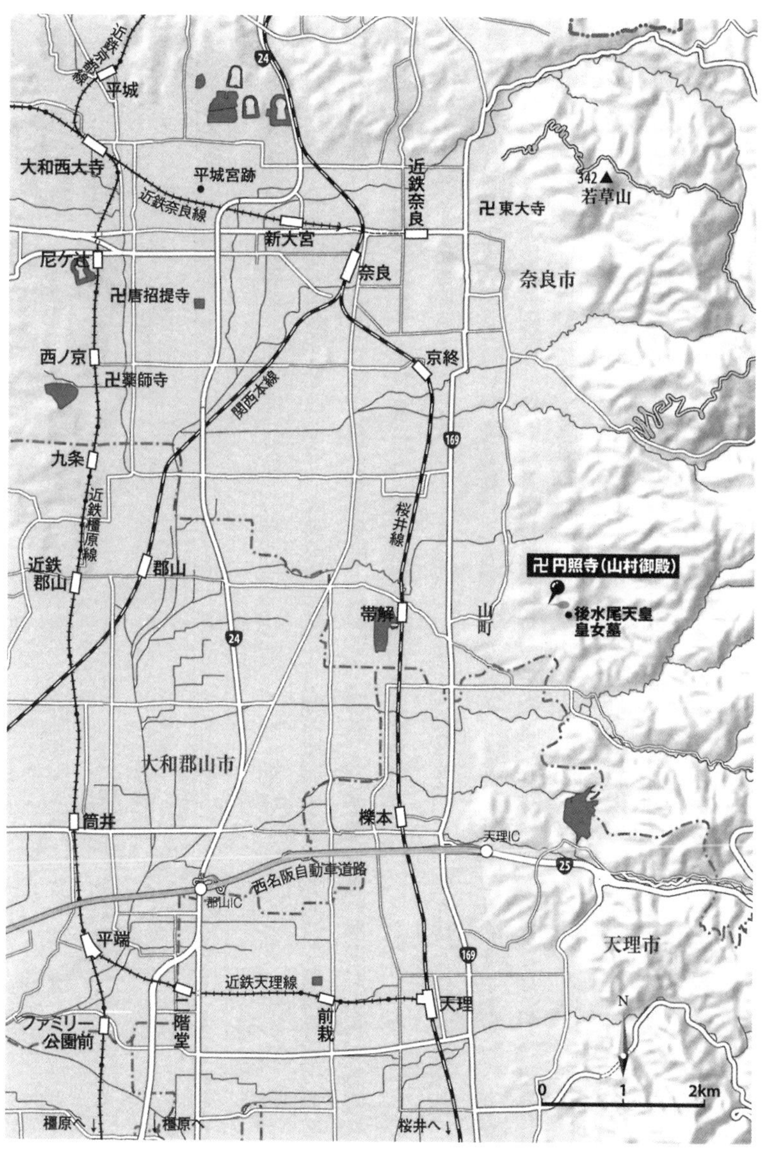

平城
大和西大寺
平城宮跡
近鉄奈良線
新大宮
近鉄奈良
奈良
東大寺
342
若草山
奈良市
尼ケ辻
唐招提寺
西ノ京
薬師寺
関西本線
京終
九条
近鉄橿原線
近鉄郡山
郡山
桜井線
円照寺(山村御殿)
後水尾天皇皇女墓
帯解
山町
大和郡山市
筒井
櫟本
天理IC
西名阪自動車道路
郡山IC
平端
天理市
近鉄天理線
前栽
天理
二階堂
ファミリー公園前
N
0
1
2km
橿原へ
橿原へ
桜井へ
24
169
25

圓照寺又名山村御殿。位於從奈良往南行一小段路的帶解山中，那一帶稱作「山村」，但這可是在大和相當知名的門跡寺院（※皇室一門或公卿在此出家，擔任住持的寺院。），與中宮寺、法隆寺齊名。儘管如此，卻人跡罕至，想必是因為這裡地處山中，尋路不易，而且又是不會吸引人來觀光的尼姑庵。寺院的開山始祖是後水尼天皇之女——文智女王，於寬文年間創立。

其實我也直到最近才前往參拜，素來聽聞這是一座不錯的寺院，但遲遲無法前往一觀。因為以我的情況來說，住家離奈良不遠，覺得隨時都去得成，不過，我久仰文智女王的大名。第一次接觸到她，是在栂尾的高山寺，當時我忙著研究明惠上人的生平，幾乎每個月都跑京都。高山寺有一部大部頭的佛經手抄本，名叫《尼經》。因承久之亂而失去丈夫的公卿妻妾，投靠明惠削髮為尼，明惠另外建造一座善妙寺來收留她們，而尼經就是出自這些不幸的人們之手，某天我特地前往拜見。

住持小川師於去年圓寂，而我先前去拜訪時，她還精神矍鑠，自己從倉庫裡拿書給我。當中夾雜著一本血書經文，她說「這其實不是尼經」。那是文智女王親筆。底色是青紫色，上頭灑上金箔，相當漂亮的封面。

記得當時聽她談到不少女王的事，但因為和明惠沒有直接關係，所以我一時忘了。不過當時只瞄了一眼的那本經書，我可沒忘。歷經三百年的歲月，鮮血的紅色已褪成淡褐色，這可能是劃破手指以鮮血寫成，連經文名稱也不確定，不知是般若心經還是觀音經，但是看這麼多的數量，肯定當時流了大量的血。從中感覺到的，與其說是信仰，不如說是很深的執念。

我就是在這樣的偶然機會下得知文智女王的大名。而我真的開始感興趣，是在造訪山村御殿之後。那天是若草山的「燒山」（※若草山的燒山儀式起源，是當地巨大的鶯塚古墳。以前人迷信，認為只要燒山，鬼魂就不會從墓中跑出，因而擅自縱火燒山。後來為了怕火勢波及東大寺境內，便改為儀式燒山，並以此為古墳裡的亡魂鎮魂。）日。那天我有事前往橿原一趟，在那裡聽奈良的人們談到要從哪裡看「燒山」最適合，聽說圓照寺一帶人少，燒山景象能盡收眼底，所以我決定回程時繞去看看。

太陽已朝二上山傾沉。從天理往北行，行經櫟本後，過沒多久便進入帶解町。來自上方的山邊道（※通往古代大和山邊的道路。為日本史上最古老的道路。）與古道合而為一，不過這一帶已算是奈良郊外，所以柏油路面完全沒有昔日「山邊道」的風情。不過，當我從圓照寺的路標走進山中時，景色陡然一變。兩側是恬靜的桃子田，裡頭有池子，也有古老的神社和古墳散見其間，仍是往昔的山中風景。順著雜樹林的山路往上走，來到盡頭處可以望見黑色的山門，工整的踏腳石一路直直的通往玄關。我抵達時，明月已從山邊升起，照亮境內，籠罩著無比清淨的空氣，確實很有尼寺的味道。

等了一會兒，門跡住持前來應門。這座寺院有花道的傳統，名為「山村流」，住持都會到大

阪出差，傳授花藝。今天一樣也剛從大阪回來，她說「因為燒山儀式，人特別多……」，顯得一臉疲態。於是我請她告訴我哪裡有不錯的參觀景點，就此匆匆告辭，不過那茅草屋頂的正殿呈現的氣氛，以及從文智女王的墳墓俯瞰的山村景致，果然沒辱沒「山村御殿」之美名，始終長存我心。

第二次造訪時，住持出差去了，我心想，一個女人要支撐起這麼一座寺院，當真辛苦。但這種情況並不是最近才開始，早從開山始祖的時代起，便以清貧自持，「為法忘身損己」是圓照寺的傳統。這種地方打從一開始就與一般的門跡寺院不同。皇女出家為尼並不稀奇，但以文智女王的情況來說，她很積極的自願出家，所以她修行之嚴苛，也非比一般。寺內的寶物，許多也都傳達出女王個人的生活，這裡不像其他寺院，沒有半項可供觀光客參觀的物品。

女王是後水尾天皇的第一皇女，元和五年（一六一九）六月二十日誕生。豐臣家滅亡，家康辭世，也才過沒幾年，幕府為了鞏固政權，不論內外都處於無比緊繃的態勢。在此政權輪替的時期，朝廷往往都會有動作，幕府嚴密監視天皇周遭，到有點神經質的地步。甚至應該說，幕府努力想讓朝廷徹底失去權勢。後陽成天皇受不了這樣的壓迫，自行退位，那是慶長十六年（一六一一）的事，繼位的後水尾天皇是年僅十五歲的少年。

在那之前，德川秀忠便已承諾要將女兒和子嫁入宮中當皇后，但後來因大阪夏之陣以及家康

圓照寺正殿

的辭世，此事延期。然而，儘管雙方許下承諾，後水尾天皇卻還是迎四辻家之女入宮，稱她為「與津御寮人」，寵愛有加。秀忠得知此事後，大為震怒，據說和子延遲入宮也是這個緣故。打從文智女王還在與津御寮人腹中，還沒懂事的時候起，就已經處在如此複雜的環境中。

女王幼名梅宮，十四歲時下嫁鷹司家。丈夫教平是她的表哥，一般來說，她應該能以地位崇高的公卿夫人身分過著安穩的一生，但不知為何，她二十歲時自己主動離婚。據《大師行狀記》記載，其原因為：

> 結縭六年，因病弱之故而離異，本欲出家為尼，然下詔未准。

她忍受修行，耐清貧，享有八十高壽，照這點來看，說她「病弱」實在難以相信。書中還提到「大師生來便對感情看得淡泊」，這不全然因為她天生是皇女，可能她的個性不喜歡沾染俗世。而促成這一切的，是德川幕府的壓迫。梅宮從誕生在這世上的那一刻起，可能就從周遭感受到武家的壓力，因而對另一個世界充滿憧憬。秀忠讓自己的女兒成為皇后，不消說，目的當然是要立自己的外孫為天皇，而聽說他在位時，其他妃子所生的孩子，不是遭到殺害，就是被迫流產。梅宮要是再晚點出生，可能也會步上這樣的命運。她下嫁夫家時，還只是個少女，但成人後，目睹這樣的悲劇，她怎樣也無法以一位公卿夫人的身分泰然處之。女王像她的父皇，擁有剛烈的脾氣。圓照寺裡有弟宮一乘院真敬法親王親筆所畫的「開山大師御影」，那鼻梁高挺、下巴挺出、看起來意志堅定的樣貌，常讓人誤以為是男性僧侶，看不出半點女人味。不過，仔細看會發現，那充滿慈愛的眼神無比溫柔，全身盈滿非凡的氣韻，文中「其量其德且廣且洪」的讚詞，看來表現得恰如其分。一位高貴的女性要得到這樣的風采，肯定經歷過許多苦難。圓照寺中另外也保有許多遺物，這每樣物品似乎都默默的訴說著當中隱藏的出家原因以及她的人格形成。

文智女王像　一乘院真敬法親王筆（圓照寺珍藏）

當中令人印象深刻的，是後水尾天皇的爪字。那是在一個不到十公分長的紅色縐綢匾額上，以指甲排出一個「忍」字。有種特別的鮮活感。貴人的指甲、頭髮，剪下後似乎會加以珍藏，但這種東西我還是第一次見識。後水尾天皇因自己喜歡而寫下「忍」字，如果這是毛筆的話倒還另當別論，但兩人合力做成的爪字，讓人感覺出這對父女的怨念之深，為之不寒而慄。

我認為這兩人應該是很相似的一對父女。父皇的悲戚，文智女王感同身受，或許她出家的原因就在此。關於這點，閱讀天皇的傳記是最有效的方法，但令人意外的是，記錄這位天皇事蹟的資料不多。想必是對德川家有所忌憚吧。但幸好天皇留下大部頭的歌集，似乎能從中探究他的心思。

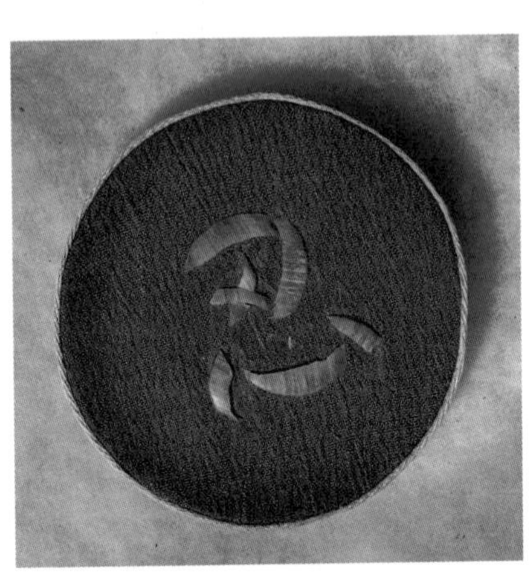
後水尾天皇的爪字（圓照寺珍藏）

說到後水尾天皇，人們向來都會引用以下這首和歌。

葦原蔓蔓，生長恣意，
坎坷人世，不覺有道。

聽說吟詠此歌，與「紫衣事件」有關。說到紫衣事件，發生於寬永六年，天皇授予大德寺與妙心寺紫衣之位，幕府卻擅自加以取消，就此引發紛爭，澤庵等僧侶遭處流放，這問題波及天皇身邊的人物，甚至逼得天皇讓位，引發軒然大波。之前一直以「忍」字自持的天皇，這時似乎也怒不可抑。但天皇終究只能採取讓位這種消極的抵抗手段。就這層意涵來看，此事超乎一般想像，是具有象徵性的事件，說明了天皇的存在完全遭到忽視。後水尾這個謚號，也是因為水尾帝是平安時代的清和天皇，攝政就是從這時候開始，才以此命名。想來還真是個諷刺的謚號，但不同於初代的水尾，對個性剛烈的後水尾來說，這是多不光采的一件事，他一定感到死不瞑目。

老山無獵戶，野獸共此悲。
寤寐皆苦此世中，縱有住居亦枉然。

每一首都是他晚年的和歌，下方則是他的絕命詩，不用說也知道，他這一生令人同情。

行行復思尋，愁意無止境，
白雪從天降，猶若高嶺花。

對天皇而言，抵抗鎌倉幕府的後鳥羽上皇，是理想的天皇，同時也是歌道上的範本。

水無瀨川春相伴，
山麓霞光透朦朧。

水無瀨川昔日景，
龍伴雲霞臨山麓。

這明顯是依據後鳥羽上皇那首「山麓霞光景朦朧，水無瀨川腳下流」的和歌所創，不過對身處同樣立場的天皇來說，想必時常想起承久時的「昔日景」吧。武家的勢力雄厚，遠非鎌倉時代所能比。無力施為的天皇，改為全心投入修學院的營建，以此排憂解悶，但若是換個想法，這對天皇來說，也許反而是一種幸福。

人世苦煩憂，
秋日黃昏使人愁。

細雨落，應知我心中愁，
在此秋日黄昏中。

過往種種寫不盡，
淚珠化為硯中水。

縱使葉落，群樹依舊立山嶺。
唯有松柏，總以枝葉凝明月。

這最後一首和歌，露骨的展現出對「松平」（※德川氏原本出自三河國的豪族松平氏。）的敵意。儘管天皇是如此無力，但是對幕府而言，仍是得緊盯不放，不可鬆懈的人物。而事實上，天皇也曾密謀舉兵。文智女王就是在這樣的鬥爭漩渦中成長。她二十歲時離開鷹司家，二十二歲獲准出家，進入修學院內的圓照寺。這是山村御殿的前身，往後的十六年間都住在修學院，不過在這段時間，她與父皇想必是保有像父女一樣的情誼。當時天皇已經讓位（寬永六年），身分比過去更加不受拘束。不時會暗中前去看她，幕府對此似乎感到不悅，但這座離宮是天皇僅存的唯一休憩所，女王也是他唯一可暢談心事的朋友。

先前因為紫衣事件，而跟隨澤庵前往出羽的一糸文守（佛頂國師），當時也返回都城。他是岩倉具堯的三男，年輕時便是位名氣響亮的高僧，而文智女王就是拜這位優秀的人物為師，展開修行。國師與女王間的往來書信也留存至今，其中一封如下。

修學寺絕非易居之地，不宜久居。若您欲捨卻塵世，宜擇一無任何親人之居所。

接著國師還建議道，仙洞殿（後水尾上皇）在世時，為了盡孝，住在附近無妨，但上皇仙逝後，應移居寧靜的山村為佳。這應該是國師對女王的回函，但女王肯定在信中提到修學院不易居住一事。再怎麼說，上皇都是在忿恨不滿中度過一生的天皇。從他的和歌「葦原蔓蔓」中，也聽得出這像是自暴自棄。想必也常對女王發牢騷吧。雖然心中一樣燃起同樣的怒火，但是對捨卻塵世的女尼而言，這只會阻礙她發願向佛。處在盡孝與修行的夾縫中，因而向師父請教，應該就是信中的內容。接著女王也沒等「山洞殿御一代」過世，便於明曆二年移居大和的八島，隱居於山村之地。當時女王已將近五十歲，佛頂國師也已圓寂。

從佛頂國師跟隨澤庵便可明白，他是位有風骨的人物，與天皇、女王是屬於同一個世界的人。晚年在近江的永源寺定居，才三十九歲便辭世，傳聞是遭人毒殺。對幕府而言，想必他也是位礙事的人物。女王雖然也師事其他僧人，但影響她最深的便是這位國師，他遺留的書信中，曾有獻給女王的這麼一段話。

（女王）對外持淨戒，對內磨佛心，朝精暮進，則幾可超乎大丈夫之志氣。

女王似乎很恨自己不是生為男兒身。如果這是事實，我很希望您能明白「變成男身」的教義。這是法華經闡述的思想，總地來說，女人的個性受囿於「愛染執著、嗔恨詐妄、慳貪邪曲」。不問貴賤，沒有例外。因此難以追求佛道，容易困在現世的苦惱中。但只要常深切反省、懺悔、修行，便能從這些罪業中解放。此名為「變成男身之要領」。古人有云「如同蛇化身為龍，未改其鱗，轉眾生心以成佛。不改其面」。女王若能相信此說法，秉持如履薄冰的心境，時時存心勿忘即可。如果單單只是對自己生為「女身」而忿恨不平，而不懂得改變「女心」，那就像手持酒杯，而恨自己因酒而醉一般，那就當真是身處迷中之迷了。（佛頂國師語錄）

闡述女人成佛之理的人很多，但對於「五障罪業深重」的女人，實際加以解救的僧人卻很少。或許原因也出在女性身上，但佛頂國師正是這樣的罕見人物之一，而文智女王也能充分回應他的想法。高齡七十九歲的女王，充分展現出高僧樣貌的肖像畫，表示出「變成男身」的法華經思想在現實已完備。我想到的是被明惠上人所救的善妙寺內的女尼們。高山寺裡有知名的《華嚴緣起繪卷》。這是上人為她們特別請人作畫，故事的中心，是中國有位叫善妙的女性，深愛新羅的僧人義湘，由於兩人的戀情沒有結果，於是她暗自發願，要化為龍協助義湘，成為他成佛之路的守護神。這與「蛇化為龍」的變成男身說，就本質來說是同樣的思想。對那群因承久之亂而一夜被推落地獄的女性而言，這賜予她們莫大的光明。那時朝她們伸出援手的，就只有栂尾的明惠上人，他不僅藏匿這群落魄之人，甚至還建造寺院加以救濟。

而她們回應上人的修行態度也值得讚賞。上人在傳記中甚至還提到，在佛法末世時代，「我流多留存於善妙寺也」。一開始提到的尼經，就是由這些女尼抄寫，其中一名女尼甚至在明惠死後投身清瀧川。這大概只是傳說，不過既然會流傳此等故事，足見她們的信仰無比真摯。

雖然沒有文智女王造訪栂尾的紀錄，不過她去過鄰近的槇尾，所以斷然沒有不去高山寺參拜之理。她應該也見過華嚴繪卷或善妙神的雕像。明惠的傳記、夢記、尼經，肯定也都拜讀過。血書的經文，或許就是當時看過之後起的念頭，是善妙寺的女尼們令她深有同感，並懷抱憧憬吧。

圓照寺也有佛頂國師的肖像畫。同樣是出自一乘院真敬法親王之手，那清瘦，柔和中帶有不可侵犯之氣韻的姿態，與明惠的《樹上坐禪像》有幾分相似。文智女王在讚詞中寫到「知是遭人毒手」，說明了國師遭毒殺一事並非單純只是謠傳，不過，由於他在京都的槇尾出家，所以肯定對明惠知之甚詳。或許他暗中效法明惠，而女王可能也從他身上看出鎌倉時代高僧的影子。如果再加點想像，或許就會猜到，女王離婚的真正原因，可能就在這位國師身上。就算兩人沒有戀

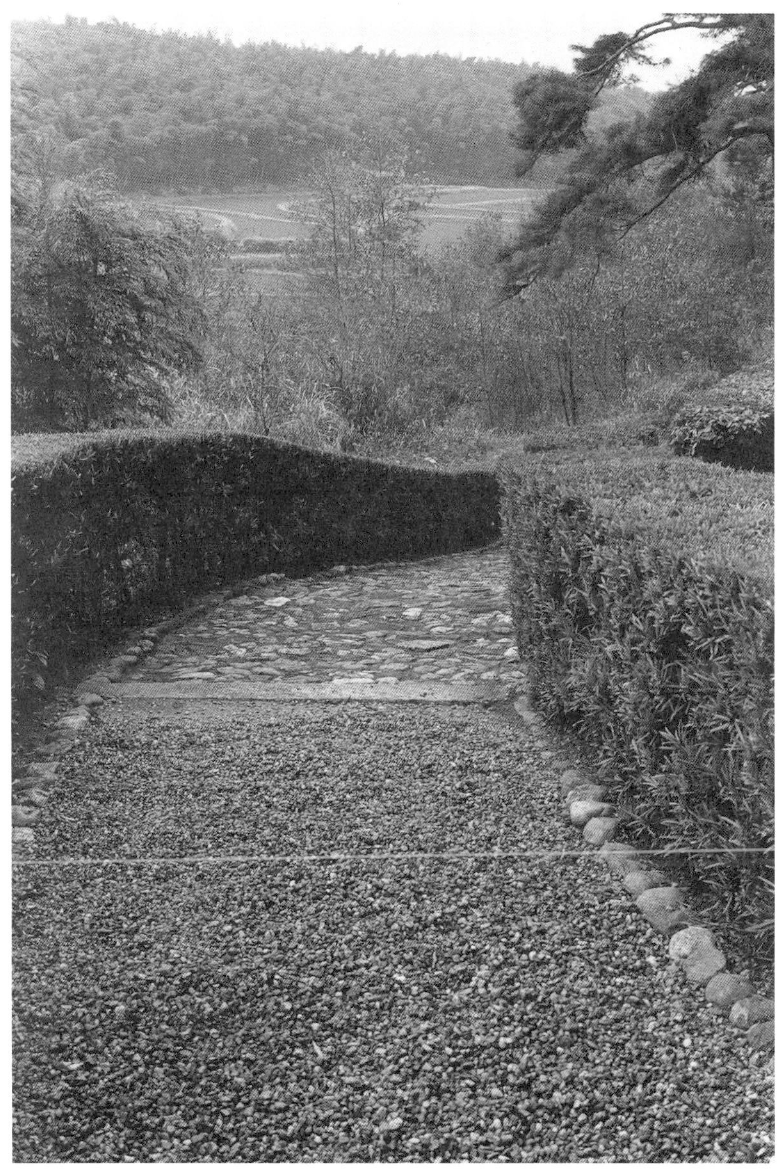

帶解、山村　前往文智女王們的墳墓前所經之路

愛關係，但是讓女王一心向佛的是他，要女王離開「親人」的也是他。雖然女王沒像善妙寺的女尼一樣，在國師死後捨命追隨，但她選擇入山修行，斷絕在修學院中那種不乾不脆的生活。《華嚴緣起繪卷》裡頭的義湘和善妙，栂尾上人和善妙寺的女尼們，以及佛頂國師和文智女王之間，應該存在著一種血脈，讓人深深感覺到一股濃似血的情誼。女王之所以與東福門院、桂昌院交好，也是因為她身處朝廷與幕府間，肩負起協調的角色，這說明了女王為人的圓融。在山村御殿的生活，傳記裡有詳細記載（圓照寺版《文智女王》），但現在沒暇細讀，甚感遺憾。那肯定是謹守戒律、慈悲為懷的生活，如果國師還在世，肯定會像明惠一樣誇讚道「我流多留存於圓照寺也」。在這遠離塵囂的大和山中，圓照寺至今仍保有其孤傲之姿，在其自我意志下，傳承昔日面對朝廷的危機，仍堅強存活下來的一代皇女清聖的風骨。

18 訪花

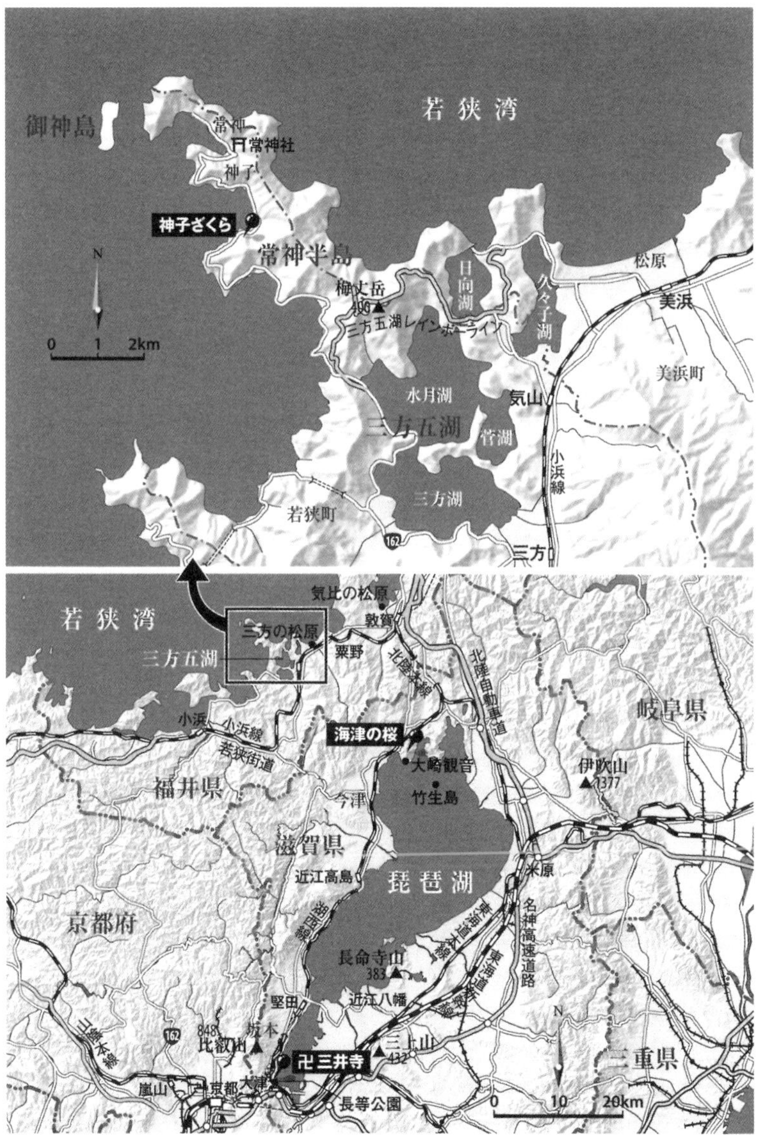

若狭湾
御神島
常神
常神社
神子
神子ざくら
常神半島
梅丈岳
日向湖
久々子湖
松原
美浜
三方五湖レインボーライン
0 1 2km
N
美浜町
水月湖
気山
三方五湖
菅湖
小浜線
三方湖
若狭町
162
三方
若狭湾
気比の松原
敦賀
三方の松原
三方五湖
粟野
北陸本線
北陸自動車道
岐阜県
小浜
小浜線
海津の桜
若狭街道
大崎観音
伊吹山
1377
福井県
竹生島
今津
滋賀県
米原
近江高島
琵琶湖
京都府
湖西線
名神高速道路
東海道本線
長命寺山
383
東海道新幹線
堅田
近江八幡
848
坂本
比叡山
三上山
432
三井寺
三重県
山陰本線
嵐山
京都
大津
長等公園
0 10 20km

某和歌有云，若無櫻花，則「春心何其平淡乎」，每年一到賞花時節，總靜不下心來。誠所謂物以類聚，我有許多這樣的朋友，當還在春寒料峭的時候，他們便已開始通知我開花的消息。今年由於氣候不穩定，害得我一顆心七上八下。在天氣暖和的日子，有些花急匆匆的搶先綻放，而在北國，有些地方就算五月即將到來，也還只是含苞待放，遇上這種情況，總是無法全神投入工作中。一直這樣心不在焉也不是辦法，所以我決定先到京都一趟。

為了世界博覽會，今年我原本放棄了京都的賞花行程，但跑了一趟後發現，人潮意外的稀落。校外教學旅行以及團體客，全都往世界博覽會那邊跑，在這種旺季時節，商家想必大受衝擊，但這對我們來說，卻是謝天謝地。祇園的櫻花、醍醐寺的三寶院，正是賞花的好時節，可以靜靜的享受賞花之趣。由於花開得晚，先冒了新葉，在這片新綠中花葉交雜，同樣形成難得一見的美景。

已許久不曾像這樣享受花都之美了，我大為滿足，這麼一來，我很想尋訪那「未見之花」。之所以專程來到京都，其實也存有這樣的居心。聽說在若狹的某處，有種很漂亮的櫻花，名叫「神子櫻」，但似乎位於很偏僻的地方，我在京都四處詢問，都沒人知道。不得已，只好請人在東京的編輯幫忙調查，結果得知，那是位在敦賀和小濱之間向海外挺出的常神半島上，一處叫神子部落的村莊，現在櫻花已經盛開，要趁這幾天趕快過來。接電話的人是那個村莊的區長，他還鉅細靡遺的告訴我們，如果要從京都過來，開車比較好，先前往敦賀，順著國道往西，會來到一個三方町，到那裡再問人就行了。

就算講得再詳細，對於不熟悉那一帶地理環境的我來說，還是一頭霧水。我聽說三方那裡有湖，但感覺是個像夢一般遙遠的地方。不過那裡似乎是關西知名的避暑勝地，司機先生知道那個地方，但連他也沒聽過「神子櫻」。照往例來看，只要去了，總會有辦法，雖然天氣不太好，但隔天早上我還是振奮精神，在八點前離開旅館。從大津走琵琶湖西側，行經坂本、堅田、高島、今津，前往敦賀，走的是昔日的若狹幹道。

我常走這條路，所以很清楚。而明白我喜歡四處東逛西瞧的司機先生，刻意帶我走靠山的古道。首先在大津前方轉進左邊的山中，穿過長等公園。這一帶原本算是三井寺境內，有許多山櫻老樹。因為現在還是早晨，空無一人，在櫻花隧道中開車兜風，感覺就像是今天的賞花前奏曲。

志賀古都已荒蕪，
山櫻依舊花錦簇。

現在我才發現，和歌中的「依舊」（昔ながら），是意指「長等山」（ながらやま）。這件事是我來到現地後才明白。眾所皆知，這是平忠度（※是平安時代末期的武將、歌人，同時也是平

忠盛的第六子。）離開都城時寫給藤原俊成的和歌，之所以命名為「故鄉之花」，肯定是因為明白他再也看不到此花，這才吟詠此歌。在平家的眾人之中，忠度是最有魅力的人物，而他「今夜花當主，慰我心中苦」的辭世之歌，也訴說了櫻花是他心中最美的花。

三井寺的正確名稱為長等山園城寺。別名大友寺，原本是天智天皇之子，亦即大友皇子（弘文天皇）的別房，他於壬申之亂中自殺後，為了替他祈冥福而改建成寺院，當時賜名「園城」。他在位僅八個月，二十四歲便撒手人寰，不過他是明治之後才獲承認是天皇。《懷風藻》中描述他是「魁岸奇偉」、「眼中精耀」的一位偉丈夫。不論是忠度，還是這位皇子，都無可奈何的背負了反賊的汙名，不幸的走完人生終點，令人同情。他的陵墓位於三井寺北方的村郊，櫻花一路連往那一帶，不過，大津宮周邊可能在那個時代就有許多櫻樹吧。

櫻樹下埋著屍體！

梶井基次郎說的確有其事，這種美得過火的花，看起來就像日本的歷史。

京都的櫻花有許多名樹，像極了人造花。這樣固然也不錯，不過近江的櫻花則遠為自然得多，沐浴在滿滿的春天陽光下，看起來就像用全部的生命去綻放。足以與三井寺的櫻花匹敵的，就屬日吉神社的櫻花了。我很喜歡從一之鳥居走進後右轉，位於神官家庭園的枝垂櫻，每年到了慶典（四月半）左右便會開花。石牆後方聳立著小比叡山，就像要加以環繞般，開出漂亮的花朵。神社境內也一樣美。尤其今年先長出新芽，櫻花夾雜在紅色的新葉中，若沒人欣賞未免也太

糟蹋了。

因為我一直東逛西瞧，遲遲到不了目的地。有時還沒到達就已經天黑。坂本以北櫻花還沒開，不過辛夷已開始在山間露臉。湖北仍是早春景致。小雨也已開始飄降，呈現沉悶的氣氛，但對岸光線明亮，三上山、長命寺山，以及後方的伊吹山也都清楚浮現。甚至能看到竹生島。雖說是湖北，但湖水的北端可能是被山阻擋的緣故，似乎很溫暖，海津的成排櫻樹很早便會開花，不過因為沒在幹道上，所以今天無法順道繞去賞花，實在遺憾。

這成排的櫻樹，是自稱「櫻男」的笹部新太郎先生所種植，起初他是想整個湖畔都種滿櫻樹，計畫遠大。笹部先生在寶塚深山裡的一座武田尾山培育櫻樹，種植分株苗。之所以選擇近江這塊土地，可能是因為這裡是最適合櫻樹生長的土地。他在那裡創立了「大津櫻會」，得到廣大的支持群眾，不過這是個需要耐性的工作，這群人有的過世，有的搬離，沒能徹底實現這項計畫。不過，從今津一路到現在還留存的大崎觀音一帶，高大的成排櫻樹仍一路相連，但戰時曾遭砍伐，而且最近因鐵路施工又失去一大半。因諸多因素而心灰意冷的笹部先生，對這世道心死，改為培育號稱「日本第一」的一棵櫻樹幼苗，現今住在蘆屋一帶，深居簡出。他身心全投注在櫻樹的這一生，當真符合「櫻狂」這名號，值得讚賞。已有好一陣子沒見到他了，不知道他最近過得可好。看到最近櫻樹略微重現生氣，不知道他會不會比較開心一點呢。每次看到湖畔的櫻樹，總會想起這位奇特的人物。

從今津繼續走一段路，來到山嶺，途中有個地方正在進行北陸線的鐵路工程，在廣闊的山谷間農田裡，立著一棵大櫻樹。

這棵櫻樹被視為「海津之櫻」，水上勉先生常在書中提及，相當知名。水上先生之所以感動，不知道是否因為它就種在不知名的士兵墓地上，令他想起梶井基次郎，不過，誠如文字所述，那是「埋葬著屍體」的櫻樹，是吸食人血而茁壯的花朵。湖北明明仍是一片冬日景色，但這棵櫻樹卻已開滿了花。或許是因為日照充足，而且雖同樣是山櫻，但品種不同的緣故。遠看更顯淒美，更何況是每年春天都會望著眼前櫻花的死者家屬，不知是何等心境。

古時候這一帶不知是否叫作「愛發關」。翻越山嶺，有一處隘口遺跡，能劇《安宅》裡的弁慶唱道「千里迢迢搭船破浪，來到海津之浦，若能儘早雲開見日，便能望見淡青綠色之有乳山」，或許就是在這個時節。據《義經傳》所述，「荒乳山人跡罕至，老樹枯黃，巖石巍峨，山路曲折，岩石邊角聳立，樹根遍布於地」，儘管今日已有幹道通行，但蕭索的景致依舊。昔日喬裝成山伏的一行人（※能劇中的弁慶假冒成山伏，通過安宅隘口。），沿著山通往越前國府（武生），而我們則是前往敦賀，沿著海岸向西行。

越過山嶺後，旋即來到敦賀，暗沉的日本海橫陳眼前。國道二十七號線沒進入町內，而是在此分歧往西而去，進入越前後，我發現這裡櫻樹特別多。尤其是粟野連隊遺址的成排樹木更是壯觀，那盛開的模樣，會讓人誤以為是雲朵。去年我到武生和福井旅行，才得知這一帶有許多櫻樹，也許這裡的氣候和土質比近江更適合。日本海有暖流流經，所以在意想不到的地方還有南洋植物，不是我們所想像的那種陰氣沉沉的地方。

行經美濱町，右側立著一塊寫有「三方湖彩虹車道」的立牌，我們決定從那裡進入。這條幹道上有「氣比松原」、「三方松原」、「勢松原」等，許多地方都還保有昔日的樣貌，而「戀松原」指的應該就是這一帶。以前有個可憐的故事，提到有位女子一直在這處松原等候男子前來與她相會，但男子遲遲沒現身。女子一直站在積雪中，最後活活凍死，之後成為歌枕，造就出幾首知名的和歌。

通過松原後，不久來到山中，左手邊會先看到久久子湖。右手邊層層交疊的山林後方，可望見日本海，接著日向湖、水月湖也就此現身。雨止雲開，西邊藍天露臉。梅丈岳似乎是最高峰，登上瞭望臺後，五座湖盡收眼底。雖說是五湖，但有好幾處都相連，三方古時候一定是一座「潟湖」。從湖水上散去的濃霧，順著山中的皺褶緩緩往山頂而去的景象，當真百看不厭。

若狹三方海，湖濱美無涯，
縱使勤去來，百看不厭怠。

（萬葉集）

遙遠三方五湖

這裡有一處叫海山的車道出口，穿過隧道後便來到常神半島的西側。我知道神子是從那裡數起的第四個村落。離開彩虹車道後，路況突然變差，每次繞過海岬，就會出現小海灣，它們都像是守護著某個重要之物般，擁抱著這如畫般的漁村。寧靜的海面上，浮著一座座不知名的小島，其中一座整個隱沒在山櫻中。隨著神子愈來愈近，開始可以從四周看到高大的櫻樹，經過鹽坂、遊子、小川，繞過最後一座海岬時，我們從山上往下駛向海濱，那宛如一口氣灑落的櫻花瀑布出現眼前。不用問人也知道，這就是名副其實的「神子櫻」。

因為離山太近，所以走進村中後，就只看得到些許櫻花。聽說其實從海上眺望最美。但在這風雨欲來的天色下請人出船，實在開不了口，所以我決定打消這個念頭，幸好這裡有平泉澄老師所寫的文章，就容我引用吧。

順著那條路走了一會兒，感覺這一帶都因為那燦放的櫻花而變得光彩耀眼。仰望山頂，滿滿都是花。俯瞰谷底，同樣也是花。而且全是山櫻。……驚人的是那樹幹的圓徑。或八尺九寸，或粗逾一丈一尺。放眼望去，約一丈粗者多達五十棵。光看就有五十棵，要是一一細數，想必多達上百棵，甚至將近兩百棵之多吧。（《山河》）

昔日的嵐山應該也是近似這樣的盛況。我向區長松岡先生詢問後，他說這櫻樹不是種來觀賞用，而是種在桐實（可取油之樹）田的邊界處，與村民的生活緊密結合，所以維護得很周全。經他這麼一說才發現，櫻樹確實是排成像井字一樣開花，在已失去這種風俗的今日，要繼續保有實屬不易。

聽說神子（MIKO）古時候漢字寫成「御賀尾」（MIKAO），後來音擠在一起，才念成「MIKO」。不過，這裡是擁有古老歷史的土地，照這樣看來，肯定與神明有關。此事要回溯至神功皇后的時代。仲哀天皇二年二月，天皇為了在角鹿（敦賀）建造笥飯宮，征討熊襲，將皇后留下，就此啟程前往九州。不久他派人返回通報，請皇后去穴門的豐浦宮，《日本書紀》中記載「自角鹿啟程，抵渟田門」，指的就是常神這裡的外海。渟田（ぬた）是形容海浪翻騰（のたうつ）的模樣，而能登（のと）的語源應該也是一樣。也有一說指稱這裡是廣島縣的沼田，但明明是要前往九州，實在不可能千里迢迢的走陸路來到瀨戶內海。

這一帶有琴引浦、管絃渡等名稱。在和神功皇后有關的傳說中，曾提到她在前往穴門的途中，船因強風吹襲而無法前進，因此以玉妃命當神官，演奏神樂，皇后親自操琴，安撫海神之心。那座島人稱御神島，現在仍以神祕之姿漂浮在離常神七百公尺遠的外海上。常神是半島的名稱，同時也是神社名，這座村莊位於神子村前方一個海岬的前端，與御神島隔海相望，而敦賀半島上也有常神的神社，和宗像神社一樣，保有邊津宮、中津宮、奧津宮的古老海洋信仰形態。《日本書紀》中提到神功皇后在渡過渟田門時，將酒倒入海中，魚兒全部酒醉，就此浮出水面，這故事也很有意思。這讓我聯想到神武天皇將嚴瓮（※神武天皇打造用來裝神酒的酒器。）沉入吉野的丹生川時，河裡的魚全部酒醉浮出水面的故事。那肯定是丹生的水銀毒死了魚，不過丹生都比賣與神功皇后關係深厚，在討伐新羅的途中，如果要以紅土將臉或武器染色，與敵人交戰，一定會要求對方「投降服從」（播磨風土記）。這時，魚和鳥之所以都「不往來，不阻擋」，想必也是接觸了水銀而一命嗚呼吧。聽區長說，御神島的岩石為鮮紅色，從越前的丹生到這一帶，或許水銀的礦脈一路相連。

神子村有一戶人家姓大音，是歷史悠久的名門世家，擔任常神村與神子村的神官。他們收藏了自平安時代流傳下來的古文書，還跟我說，如果方便的話，要不要去他家裡參觀，於是我就恭敬不如從命，前往叨擾了。那是一座茅草屋頂的古老宅院，有漂亮的庭園，從這裡可清楚看見山上的櫻花。為了防雪，屋子四周圍繞著草蓆之類的東西，相當罕見。

坐在暖桌裡，我詢問了許多事。大音先生是平安時代從近江的大音遷往此地的伊香具連的子孫，現在村裡有一大半也是歸他們所有。伊香具氏是統管湖北一帶的古代豪族，尤其是大音，從平安時代便製作樂器的絲線，現在仍在生產，所以是個有名的村落。樂器需要上好材質的絲線，所以只有這裡使用日本自古以來的原蠶絲。因為這個緣故，我原本就頗感興趣（因為紡織品），但我萬萬沒想到會在這種地方遇見大音先生。我覺得或許有這個可能，而試著詢問，結果得知神子村也有養蠶的傳統，以前會製造特別優質的絲線。這肯定是他們的祖先帶來的技術。我告訴大音先生，希望他能讓這項技術重新振興，大音先生聽完也笑了，

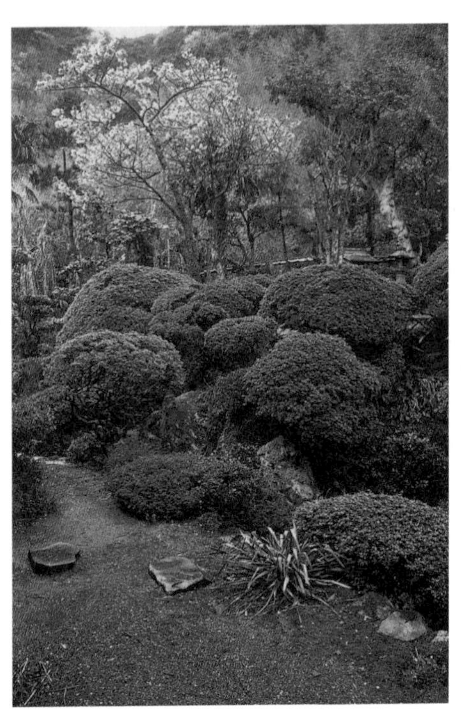
從大音家的庭園看到的山上櫻花

不過我想，如果不是這種悠閒的環境，一定創造不出優質的絲線。不，不光絲線，人也是一樣的道理。

大音家的文書是從平安朝流傳下來，在學界似乎很有名，不過，對學問不足的我來說，就像對牛彈琴。但當中有幾項東西令我很感興趣。其中一項與源三位賴政的女兒若狹尼有關，很遺憾，我對這位女性一無所知，不過，既然她是賴政的女兒，想必與二條院讚岐是同一個人吧。

吾袖猶如海中岩，潮退仍未現，
未曾現蹤無人知，濡溼永不乾。

這百人一首中相當知名的和歌，就是她所吟詠，由於她很早便出家為尼，所以可能是住在神子一帶，而人稱「若狹之尼」。她因為這首和歌打響了名號，人們稱她為「海中岩的讚岐」，不過那塊海中岩，現在仍在神子村的海上，展現它不論是漲潮退潮都「濡溼永不乾」的身影。海中岩是很普遍的名稱，本以為只是個傳說，但既然賴政的女兒曾住過這裡，那就不容懷疑了。和歌並不是什麼驚世駭俗之作，而岩石也非特別唯美，但這是我們日本人從小就很熟悉的一首和歌，所以同樣會湧現一種感慨。

村子背後有一座高聳的神山，祭祀愛宕神社。每年正月元旦都會在海邊舉辦祭典，但主辦的人們在這一個月的期間必須沖冷水，在各種嚴格的規定下進行。這時，他們一邊唱「愛宕守」這首歌，一邊熱鬧的搗麻糬慶祝，搗完後，從愛宕的山頂一定會飛來兩隻烏鴉啄食麻糬。如果烏鴉不吃，大音先生就會坐在海邊祈禱，直到烏鴉吃為止。

嚴島和熱田神宮也有同樣的儀式，同樣也是飛來兩隻烏鴉，這點很有意思。一千年、兩千年來，一直不斷重複，連烏鴉也接受了訓練嗎？不管怎樣，這肯定是從太古時起開始，便在這一帶的海人族之間流傳的風俗。接著在一月四日、五日，有「日待」儀式，聽說全村的人都會待在寺院裡，在這種地方至今仍保留了如此古老的祭典形式。

離去時，我前往海邊購買剛捕獲的鰈魚。一尾三十日圓。在宛如油光流淌的海面上，海鷗交錯飛翔，後方的山林在向晚時分的天空下，亮白的浮現整座山形。我一時有種回到古代的錯覺，茫然佇立原地，都忘記要上車了。

19 久久利之村

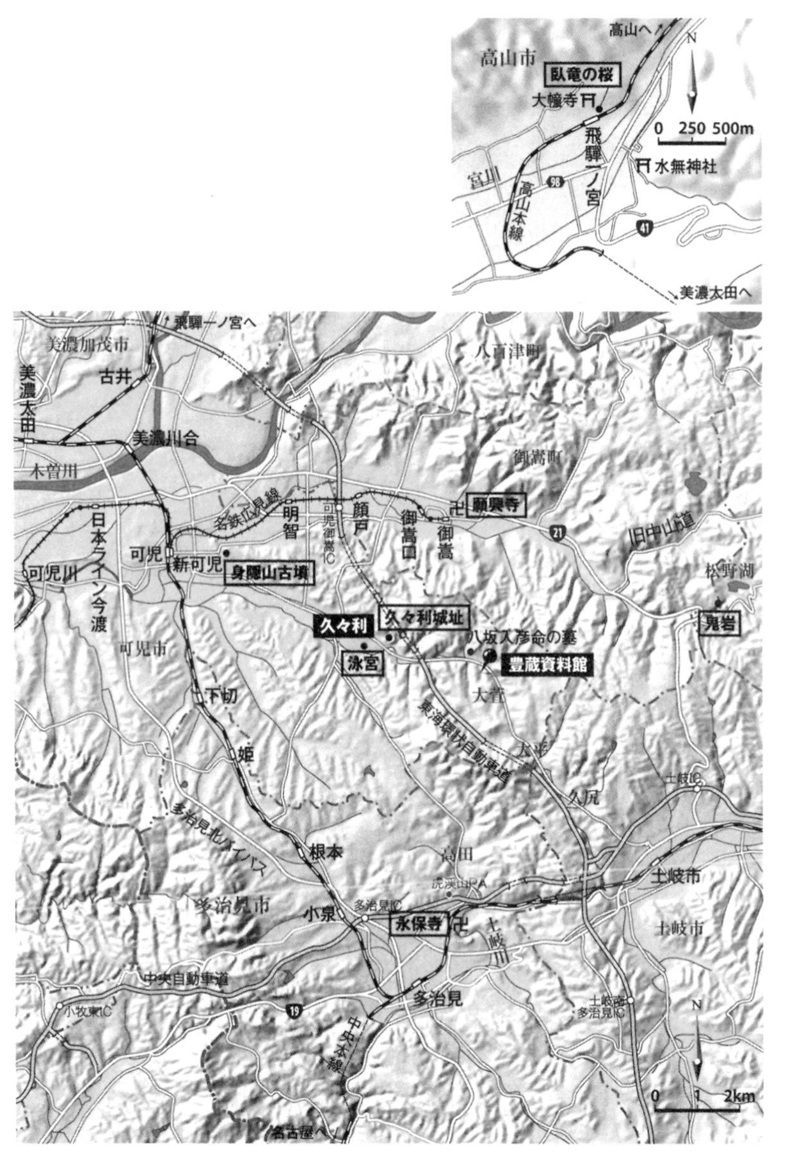

高山へ
高山市
臥竜の桜
大幢寺
飛騨一ノ宮
水無神社
宮川
高山本線
美濃太田へ
0 250 500m
飛騨一ノ宮へ
美濃加茂市
古井
美濃太田
美濃川合
木曽川
名鉄広見線
明智
顔戸
御嵩口
御嵩
願興寺
御嵩町
八百津町
旧中山道
松野湖
日本ライン今渡
可児
新可児
可児川
身隠山古墳
可児御嵩IC
久々利
久々利城址
泳宮
八坂入彦命の墓
豊蔵資料館
大萱
鬼岩
可児市
下切
姫
東海環状自動車道
大平
久尻
土岐IC
多治見北バイパス
根本
高田
虎渓山PA
土岐市
多治見市
小泉
多治見IC
永保寺
土岐川
中央自動車道
小牧東IC
多治見
中央本線
土岐南多治見IC
名古屋へ
0 1 2km

像陶藝家荒川豐藏先生這麼享受生活的人，可說是絕無僅有。他一年之中，頂多只有一、兩次會工作，其餘時間都在玩樂。他本人或許會說，我才不是在玩樂呢，不過他年輕時吃了不少苦，現在看起來過得這麼充實，的確不簡單。因為有空閒時間，所以他發現各種珍奇事物。每年通知我櫻花開花消息的人，也是荒川先生，今年他告訴我，在飛驒一之宮有棵千年以上的大櫻樹。他都會寫信附上插圖寄來給我，在這方面也無比熱心，相當認真。

這方面我向來也是不落人後，所以每次他邀約，我也沒多想，就直接赴約。不過，對象是壽命短暫的鮮花，而且不見得每年都能順利成行。像今年花開得晚，我剛好又生病，明明約好要一起前去，最後卻爽約了。為了對此致歉，我打算到許久未去的荒川先生家拜訪。說到岐阜縣可兒町久久利，知道的人應該不多，他家從多治見進入北邊山中深處，還要再繼續往內走，是一處叫大萱的地方。

一早起床，發現大雨滂沱。幸好漸往西行，天氣逐漸晴朗，當我抵達名古屋時，已轉為雨停的悶熱天氣。我改搭中央線，在多治見下車。沒想到荒川先生竟然親自前來迎接。說要帶我去看一個地方。既然他都來到這裡，只能照著他的步調走了。我決定跟著他走。

他帶我前往一座叫虎溪山（永保寺）的禪宗寺院。荒川先生在境內某個地方擁有「水月窯」，現在已交給兒子們去打理，算是他與俗世的聯繫場所。那裡我也去過幾次，不過我是第一次看這座寺院。由於位在多治見町的外郊，所以從水月窯前通過後，馬上便進入山中。以前面積

荒川先生的信

有一百數十町步（※町步是面積單位，相當於一平方町。町是長度單位，約一〇九公尺。），後來雖因農地法而削減，但還是有七十町步，所以算是規模頗大的寺院。我們在綠葉中走了十多分鐘，很快便抵達山門。流經山門前的是土岐川，河水之所以呈現白色，聽說是因為陶土的緣故。多治見町不管往哪兒瞧，全是陶瓷工廠，感覺是不折不扣的「陶瓷之町」，而鎌倉時代統管這一帶的土岐（とき）氏，這姓氏肯定一開始也是源自「土器（どき）」二字。

這座寺院是足利尊氏發願，由土岐氏建造，夢窗國師移住嵯峨時曾住過此地。

昔日旅居濃州虎溪山中，雖地處深山，無一可行之路，然有志向佛者，不喜有人來訪。

為避俗世憂，離群居深林，
孤寂無人訪，此乃人世情。
（夢窗國師全集）

如前文所述，此清幽的禪寺仍保有當時的樣貌。它不同於京都一帶的寺院，規模較大，庭園也維持自然的樣態，不太修整，感覺很舒服。

走進門內，有一棵夢窗國師親手種的大銀杏，後方有一大池。繞往寺院正面一看，對岸的紅葉中掛著一道瀑布，過橋後就能前往正殿，宛如一幅室町時代的水墨畫。日本竟然還留有這樣的寺院。有許多地方在當地家喻戶曉，但我們一般人卻一無所知。實在沒必要專程跑到人群中，或是京都和奈良的觀光寺院去參觀。

前往正殿參拜後，我再次從「水月窯」前走過，前往久久利。途中有一座名為高田的陶窯遺址，現在這裡蓋滿了陶瓷工廠，不過在大正之前，都是製作充滿懷舊風情的酒壺。荒川先生的母親出身於這裡的陶工「加藤與左衛門」一家，對荒川先生來說，似乎是充滿回憶的土地。酒壺一天做三百六十壺是常態，厲害的工匠甚至可做出四百壺。速度快得目不暇給，就像變魔術一樣，著實了不起。荒川先生以指節粗大的渾圓手指，模仿轉動轆轤的動作，看起來宛如會從他手中生出好幾個酒壺。對於從五、六歲開始就捏陶土玩的人們來說，肯定對土地有一份特別的愛。住在自己出生的土地，從事祖先們的職業，這樣的人當真幸福。不過，在產生這樣的想法之前，應該需要歷經很長一段歲月吧。

不久，我們走進山中，沿著小河北上。之所以有許多灌溉用水的池子，應該是因為這塊土地少雨。走了三、四十分鐘便來到可兒町，從這裡到美濃加茂市，是一片開闊的肥沃平原。美濃古時候寫作三野或美野，訓讀念作「みぬ」。它是符合這名字的恬靜盆地，在岐阜縣中，應該也算是這一帶最早開墾吧。左手邊可以看到的平緩山丘，稱作番場野，在享保中期從這裡一處叫狐塚的地方掘出銅鐸。因為高逾三尺九寸，著實不小。其周邊有許多古墳，遠望可以看見另一側的山丘上有好幾個石器時代的橫穴一字排開。

荒川先生的窯場

好不容易天氣轉好，荒川先生問我要不要到這附近走走逛逛。我們先去了「身隱山古墳」。相傳這是景行天皇時代，統治美濃地區的八坂入彥之墓，在高山上仍留有圓墳。自德川時代以來，這裡多次挖掘出古物，例如漢代的銅鏡、石劍、車輪石、勾玉、三輪玉等，多達數百件之譜。現在可搭車直達山上，但遠從木曾的群山，乃至於日本阿爾卑斯山、越前的白山，全都能盡情飽覽的風景，是最適合古代豪族「藏身」的聖地。

這座山四周，在山麓的地方也有許多古墳。美濃果然是一個獨立的文化圈，因為有這樣的歷史，所以日後的陶瓷技術才會這麼發達。一天無法造成的，可不是只有羅馬。顯現在外的只是冰山一角，隱藏看不到的部分，才有人們真正的營生。

可兒町有出名的可兒藥師。正確說法是願興寺，相傳是傳教大師開創。據寺傳記載，在一條天皇時代，有位女尼行智在庵房閉關祈願時，金光燦然的藥師如來坐在螃蟹背後，從池子裡現身。祂就此成為主佛，「可兒」（※可兒的日文為「かに」，同螃蟹。）的名稱也是源自於此。這裡似乎又稱作「可兒大寺」，由於主佛是祕佛，無法參拜，不過在全新的收藏庫裡，平安時代的佛像林立，讓人感受到當時有多壯觀。

正殿同樣也在修理中，它採平安時代的建築樣式，在這空蕩蕩的境內，以氣派的姿態矗立。它背後可以望見人稱御嵩富士的神山，可兒藥師想必原本也是這座神社的神宮寺。這一帶沿著昔日的中山道而行，古道仍保有驛站的風貌。古道會行經御嵩的村落，然後走進山中，其山麓處聳立著一座巨巖，直達山頂，人稱「鬼岩」，是極具震撼力的美景。這是古代信仰的遺跡，讓人想起近江狛坂一帶的風景，不過這裡的山頂有一座寧靜的沼澤，人稱松野湖，流傳著一個類似酒吞童子的傳說。

今天是平日，所以空無一人，不過星期天人山人海，垃圾散落，無比髒亂。這裡也蓋了古怪的旅館。聽說這裡自從被指定為天然記念物後，突然流行起來，不過，像這樣一味的指定，也該好好重新思考了。有許多植物和礦物因為這樣的指定，而就此消失無蹤。這裡因為岩石過於巨大，不必擔心會被移走，但一樣遭到破壞。我覺得這呈現出日本人心的頹廢，為此感到心情沉重。日本有太多美麗的大自然，難道那份珍惜大自然的心已經喪失了嗎？不，應該不至於。他們看的是「天然記念物」，而不是古人敬畏又喜愛的大自然。總有一天會遭受大自然的反撲。這種徵兆已顯現在各方面。

我們從御嵩翻山越嶺，前往久久利。途中，荒川先生頻頻停車出外不知道摘採什麼東西。原來是遼東楤木的嫩芽和山椒，有時則是摘蕨菜，聽說今晚將會以此入菜。

山中可以看見許多桃山時代的陶窯遺跡，像本屋敷（久尻）、高根、大平、中窯、彌七田等，個個都是昭和初期荒川先生和魯山人所發掘。而現在他所住的大萱也算是其中之一，接著我們在一塊寫有「牟田洞古窯跡」的石標前下車。從那裡開始是雜樹林裡的一條山路，開滿整片忘都花（春壽菊）。「忘都花」——望著這可愛的花朵，我突然覺得自己彷彿被它所看穿。

荒川先生的女兒和兩隻狗從上面跑了下來。之前他也有徒弟，但現在都已自立門戶，在附近擁有自己的陶窯。在這樣的深山中，只有一個女人看守，想必很寂寞，但聽說她處之泰然，就算突然有訪客到來，也不為所動。

在山腰處開墾出的這個地方，有一棟鄉間屋舍，上方頂著茅草屋頂，這裡就是荒川先生的住家。原本是工房，所以沒絲毫別墅的風情，也沒有民間藝術的炫耀，既漂亮又住得舒適。我一直想住住看這種房子，現在能夠如願，真的很開心。荒川先生跟我說「請先入浴吧」，我才在納悶浴室在哪兒，原來在戶外。他告訴我，這感覺就像露天溫泉一樣，除了鵰鴞不時會來偷窺外，沒人會來，所以請盡情的泡澡吧。

壁龕裡擺著漂亮的信樂壺，上頭插著一朵鐵線蓮，掛軸裡的書法是出自光悅（※本阿彌光悅，江戶時代初期的書法家、陶藝家、蒔繪師、茶人。書法號稱是寬永三筆之一。）之手，寫著「二十六日」等文字。經這麼一提才想到，今天正好就是二十六日。不論是途中摘採的山菜，還是這份用心，對我來說都是最佳饗宴。前面之所以會說荒川先生很懂得生活，意思並非說他奢侈，而是他不管對自己還是對他人，都是開誠布公的交往，這不就是豐足的生活嗎？荒川先生肯定就是從陶器中學會這種生活方式。我想，他就是從轉動轆轤的手中學

大萱古窯遺跡

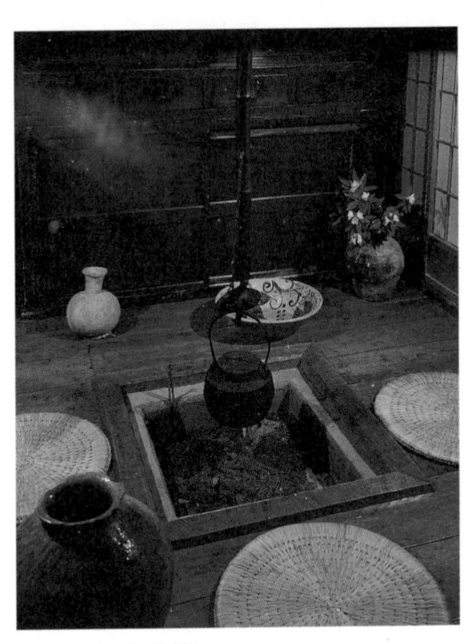

荒川先生家的地爐

會。更進一步來說，他背後的茶道傳統一定也沒忘。茶反而是在這種地方保留了下來。不是存在於充滿虛飾的茶道世界，而是在連如何喝茶都不懂（這是荒川先生說的）的自由生活中。光悅和信樂在這裡也不是美術品，而是很自然的擺放在日常生活中，看起來就像回歸它們原本應有的姿態。

我坐在地爐邊吃飯。荒川先生幫我溫酒，他的千金則在一旁烤豆腐。路途中摘採的山菜也很可口。說到菜色，就只有這些，但對我來說已經足夠。我心滿意足的沉沉入睡。就只有即將天明時，感覺聽到杜鵑叫了兩三聲。

隔天早上我很晚起，起床後到小河邊洗臉。穿透雜樹林射下的晨光無比刺眼。早餐時，荒川先生對我說，既然都難得來到這裡了，要不要去看前些日子沒看成的飛驒櫻。我正好也有此意。我待會兒會從美濃太田坐高山線回去，離火車到來還有一段空檔，所以便到景行天皇的「久久利宮遺跡」逛逛。在日本書紀中，將這個地方寫作「泳」，從荒川先生家步行約二、三十分鐘便可抵達。

景行四年，天皇在這裡住過一段時間。聽說八坂入彥的女兒當中，有位名叫弟媛的佳人，長得傾國傾城，於是天皇前往其宅邸一觀，但弟媛藏身竹林中，不願一見。於是天皇造了一座泳宮，在池子裡放養鯉魚，決定觀察一段時間。某天，弟媛悄悄前來看鯉魚，天皇就此將她帶進宮中，占為己有。但弟媛心中怏怏不樂。她心想，我的個性不適合當天皇的嬪妃。我長得不漂亮，而且體態不佳，想必無法長期在宮中服侍天皇。姊姊比我更合適。於是她向天皇推薦姊姊「名曰八坂入媛，容姿麗美，志亦貞潔。宜納後宮」。雖說在男人追求時推辭不受，是當時的風俗，但她如此頑強拒絕，肯定有相當的原因。八坂入媛日後當上皇后，生下成務天皇。

美濃之國高北處，八十一鄰宮，聞有佳人向陽行。於吉蘇山美濃山，於吾所行路，縱使踩踏欲倒之，推撼使靠近，然山林無心，於吉蘇山美濃山，不為所動也。

萬葉集（卷十三）中如此歌詠，想必是根據這個故事加以諷刺。於吉蘇山現在寫作「奧磯」，就聳立於久久利後方，不過在此寫作「九九」、「八十一鄰」，訓讀念作「くくり」，著實有意思。

八坂入彥是崇神天皇的皇子，統管美濃一帶。景行天皇之所以來到久久利，也不是為了美女，入彥雖是天皇之後，但畢竟是有勢力的豪族，與其聯手才是天皇真正的目的。或許有必要加以征服也說不定。天皇到各個地方，與豪族之女發生關係，是讓對方服從的象徵，當時這種身分的女性，負責掌管祭祀，所以透過結婚的方式，能支配當地的神明。不能單純看作是政治聯姻。這是一種神聖的儀式。

弟媛之所以不願接受，肯定是因為她要以下任巫女的身分留在故鄉，選擇擔任八坂神（大概是奧磯山）主祭者的角色。事實上，這個氏族有「姫穴」、「蛇谷」等傳說地，相傳弟媛留在這裡，被蛇所吞噬。這算是一種蛇婚傳說，奧磯山是古代的聖地，巫女深居山中的記憶仍留存至今。八坂原本念作「いやさか」（※有繁榮之意。），是個喜氣的名稱，但同時也有坡道多的含意。走在這一帶錯綜複雜的山路上，感覺能明白八坂這個語源。

八坂入彥的墓位於荒川先生家的對面，中間隔著一條幹道。泳宮也離此不遠，所以也許當初宅邸就在這一帶。身隱山遠為氣派許多，但不論是古墳的樣式還是出土的古物，似乎都比景行天皇還要更早。美濃自遠古時期就有地方豪族，住在有銅鐸出土的丘陵附近。應該是八坂入彥入侵此地，加以征服吧。在這個時代，像御間城入彥、五百城入彥、活目入彥等，有「入彥」二字的名字出奇的多，但那或許是大和朝廷統一天下，將皇子派往諸國入侵的一種展現。

久久利是個古語，意指絞染。也說成「纐纈」，但這是外來語，久久利應該是古老的大和方言吧。美濃有位名叫纐纈某的武士，也許是和鳴海齊名的一處絞染重鎮，但我不這麼認為。因為這裡雖然有陶器，但到處都看不到絞染的傳統。所以這名字或許不是源自於絞染，而是出自白山信仰。白山比賣又名菊理姫（くくりひめ），是蠶的守護神，同時也是紡織之神。因此，並非和絞染完全無關。單純的絞染圖案，與菊花很相似，也可能是它名字的起源。經這麼一提，身隱山以及大萱的八坂入彥之墓，其後方的山都祭祀著白山神社。雖然現在已被人遺忘，但這可能就是「久久利」之名的起源，應該可以這樣斷言。

泳宮有號稱是景行天皇親手栽種的糙葉樹，是樹齡逾千年的大樹，我去的時候枝葉繁茂，應該會有好一陣子不會枯萎，教人放心。至少在村裡仍保有信仰的這段時間不會有問題。岌岌可危的是山野間自然生長的樹木，如果隨便將它們指定會天然記念物，很快就會長蟲。那是以文化為食的蟲子。

久久利宮遺址　糙葉樹的古木

從美濃太田坐上高山線。這是我第一次去高山，並非我敬而遠之，而是因為過去一直無緣前往，而且我對太有名的地方向來不感興趣。我對這個市鎮真的很失望。不管走到哪兒都是民間工藝品，如果民間工藝品也這樣強迫推銷的話，會教人看了心煩。我聽聞的一些有名的料理店，也全都是模仿京都，完全喪失山村人家的特質。話說回來，有這麼多觀光客，山菜也不夠供應吧。而聽說民間工藝店最近甚至會向東京的古董店進貨來賣。民間工藝就得要融入生活中才美。如果淪為裝飾或伴手禮，那就沒戲唱了。柳宗悅先生所提倡的，確實不是這樣的東西。做出美的物品，卻不知道它的美，很隨興的加以使用，當時這裡是個多美的小鎮啊。我常不自主的這麼想。

話雖如此，這裡不愧是個古老的小鎮，也有它的優點。首先，這裡人情味濃。至少在我所遇見的人當中，就連計程車司機也很親切，幫了我很多忙，無微不至。蕎麥麵很可口。點心也好吃。最近所有「一流」的事物都墮落了，只有這種地方還保有日本的好，但劣等貨要是失去謙虛，假裝成一流，那可就徹底完蛋了。希望地方上的人們別忘了這點。

縣政府的安土先生帶我們參觀櫻花。地點是還不到高山的宮村，這裡有飛驒的一之宮，名叫水無神社，首先要到那座神社參拜。不愧是樹之國，境內的杉樹和檜樹很高大。走過南側的鳥居，可望見位山，但那裡算是內院，聽說有「一位」(紅豆杉)的原生林。宮廷裡使用的奏板，向來都以這座山裡的一位製作，而位山之名就是源自於此。不過，安土先生最近前往查看後發現，稱得上是神木的樹木已全部都被砍伐。每次聽到這種事，我都覺得心如刀割。很想大聲問，這是哪門子文化國家，算什麼一等國家。

櫻樹位於一之宮對面的大幢寺內，隔著一條鐵路。人稱「臥龍櫻」。樹齡千年，樹幹周長十二公尺，所以是僅次於根尾「淡墨櫻」的大樹。之所以人稱「臥龍」，是因為從母樹長出的樹枝（儘管如此，也足足有兩人環抱那麼粗）在地面爬，鑽進土中長根後，又長出一棵新樹，所以看起來真的就像龍朝天際飛去。雖說是新樹，但也已是兩、三百年樹齡的古樹，其生命力驚人。像這樣的大樹，有些顯得很虛弱，令人不忍卒睹，但眼前的櫻樹母子皆健在，長滿鮮綠的樹葉，讓人對它開花時的美麗景象無限遐想。不過，就算只有綠葉一樣很美。這算是彼岸櫻的一種，那油亮的綠葉，在初夏的天空下閃閃生輝的模樣，與開花的景致相比毫不遜色。

根尾的櫻樹據說是接上了新樹的根才得以復活，所以這棵母樹肯定也是透過它的孩子來吸取養分。它位於日照良好的高地，下方是水田，但聽說為了櫻樹，連水田也一併夷平。維護得十分講究，沒用一般常看到的石柵欄將它圍住。如此的名樹，竟然沒成為天然記念物，當真不可思議，不過，沒隨便被指名，也許反而幸運。不管有沒有被指定，只要有安土先生在，它應該就安全無虞了。我和安土先生是第一次見面，聽荒川先生說，他是「臥龍櫻」的恩人。

在安土先生的提醒下，仔細看會發現，從新樹長出的細枝垂落，貼近地面。明明沒風，卻自行擺動，看起來就像在尋求與泥土的接觸。只要在某個契機下，這細枝碰觸泥土，長出根來，想必很快又會有新的櫻樹長芽。若不是各項條件齊備，奇蹟就不會發生。數百年來，這棵櫻樹一直如此反覆。而就只成功過一次。我感覺就像目睹了造化的神奇，試著撫摸那宛如觸手般的纖細樹枝。心情就像在一旁見證孫子的誕生。母樹肯定也是懷著同樣的感受在一旁注視。這萬分之一渺茫的心願，老天是否會再次讓它實現呢？

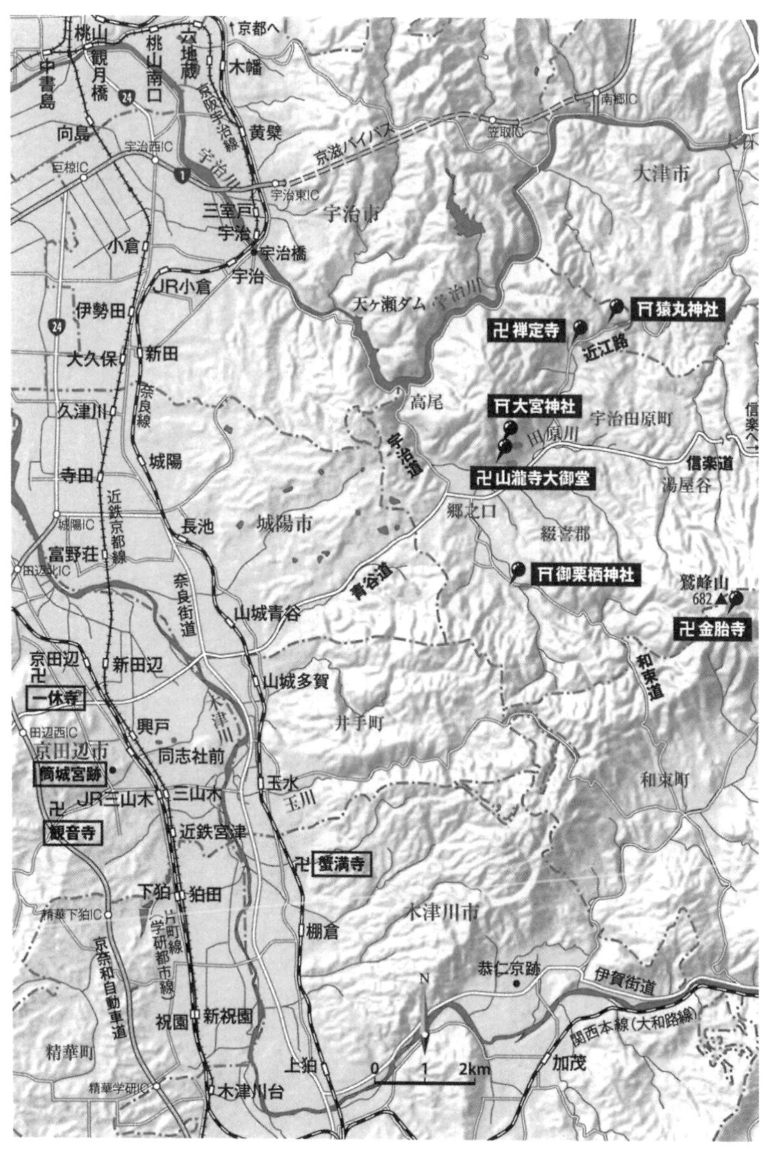

20 田原古道

這篇連載開始後不久，我便收到宇治田原的西尾福三郎先生的來信。他在信中寫到——我住的地方很像「世外隱村」，如果妳感興趣的話，我可以為妳擔任嚮導，以五月的季節最合適，只要妳事先通知一聲即可。

我不時會收到這樣的信。雖然覺得很感激，但我是個懶鬼，總覺得要和人約定是件麻煩事，所以往往沒回應，多所失禮。但這次情況特殊。宇治田原這地方，在十年前左右，我固定往來於信樂時，曾路過一、兩次，當時我就對宇治田原很感興趣。

但始終無法如願成行。好不容易能去成，卻從前幾天開始下起了梅雨，當地知名的茶、栗子、柿子、松茸，全都沒機會看到，可說是最糟的季節。儘管如此，我還是十分享受，這都全拜西尾先生之賜。他似乎是從事和茶有關的生意，但同時也是位熱心的鄉土史研究者，不時會在雜誌上執筆。他話不多，總是靜靜的為我們帶路，彷彿只要我們靜靜的跟著他走，一切都能搞定。在這樣的土地上，只要能沉浸在景致和空氣中，就不需要多餘的說明。一概沒做說明，才會更接近歷史的靈魂。看來他很明白這點。

從京都順著奈良的幹道南下，一過宇治，左邊是連綿的低矮山丘。此稱作「綴喜之岡」，山腳處有井出玉水、蟹滿寺、小野小町和橘諸兄等古蹟，而木津川右岸也有薪一休寺、觀音寺、巖姬皇后和繼體天皇的「筒木宮」遺址等，是很早以前便已開發的土地。

不過，綴喜之岡不同於外表所見，其實內部頗深。不論是從宇治，從井出，還是從南方的和束，道路全都能通往這裡，不過只要踏進這裡，前方便是層巒疊嶂，宇治田原的市鎮，就位於正中央開闊的盆地中。若要從京都前往，除了剛才說的道路外，也能從滋賀縣的大石和信樂進入，所以我一時不知該走哪條路好，但後來決定還是走最近的路。從京都來到宇治，經宇治川右岸，然後在天瀨水壩處轉往南行。

因連日降雨，宇治川化為急流，令人聯想起平家物語。走過宇治橋後往左轉，便來到所謂的「宇治川車道」，像瀑布般的急流沖刷著河岸。不過河水倒是無比清澈，想必是因為一路從琵琶湖流經岩石眾多的深淵淺灘。不久，我們來到田原川這條支流，接著沿河進入右手邊的山中。眼前瞬間轉為山村景致，一點都不像從京都只要二、三十分鐘車程就能抵達的地方。這已是宇治田原的入口，隔著一條河的前方高山山頂，人稱「高尾」，聽人說那裡才是如假包換的「世外隱村」。似乎最近車輛才勉強能通行，而且來到一處叫「鄉口」的地方後，還得從南邊繞路。所謂的鄉口，正如同它的字面意思，是指田原鄉的入口，我這次走的宇治道、從奈良幹道的井出進入的青谷道、經恭仁京前來的和束道、通往滋賀縣的近江路以及信樂道，都在此交會。

宇治田原就是這樣的地方。自古便是連接大和、近江、京都的交通樞紐。壬申之亂時，天武天皇從大津逃往吉野，走的也是田原道（宇治拾遺物語），而惠美押勝之亂，朝廷軍早一步繞路到前方，以優勢兵力迎頭痛擊，走的也是近江路的捷徑（續日本紀）。接著來到南北朝之戰，後醍醐天皇暗中前往笠置的途中，進入鷲峰山，但還是一樣經宇治田原南下（太平記）。那裡正是眾多歷史交錯的地點，是逃亡者藏身的絕佳場所。本能寺之變，德川家康急忙返國時，也是行經此地，而平治之亂的信西入道，也是一路逃到這裡後遭人斬首。被織田信長打敗的近江佐佐木氏，同樣也是逃進田原的山中。前面提到的高尾村，是佐佐木一族住過的世外隱村，被視為平家逃亡者隱居的村落，廣為人知，但其實他們是源氏的後裔。

站在制高點可望見人家，人稱高尾村。村民以捕香魚為業。茅屋建雲中，斷橋架河上。來客見之無不大驚，竟有人居此絕境。

香魚下游來，更顯山高遠。　蕪村

蕪村造訪田原，是天明三年的事，高尾當時想必已是風格獨具的一處名勝。我去的時候，視野受阻，但聽說好天氣的時候可以遙望大阪城，而它對面的山嶺之所以叫作「六國山」，是因為一次可同時望見六國。不過，什麼都看不到，也不會覺得遺憾，只覺得心情愉悅。因為感覺這裡更高，更有神祕感。古代的道路是沿著山脊走，不過，從奈良越過綴喜之岡，從高尾前往大石，這或許是最早的古道。村的入口稱作「一井」或「黃金井」，有一處豐沛的水泉，同樣相傳是弘法大師所掘出。這是高尾唯一的飲用水，但我認為這是早在弘法大師之前就有的古代靈泉。地點同樣正好在宇治川與田原川的交會處，起初應該是旅人們淨身的場所吧。另外，我覺得高尾該寫成神尾才正確。

這裡也是梅的名產地，從山腳到山頂，滿滿都是高大的老梅樹，此外也有許多柿子樹和栗子樹。緊臨山崖的農家，蓋了用來陰乾柿子的挑空倉庫，據說在當令時節，田原名產的「枯露柿（※一種柿餅。）」會大量出貨。這裡只有十四、五戶人家，全都自稱是佐佐木的子孫，明明地處偏鄉，但似乎過著相當富足的生活。

穿過農家的旱田，往山頂走去，有一座鎮守神社，人們稱這一帶為「御邸」，據說天平時代志貴皇子住過這裡。志貴皇子是天智天皇的兒子，為光仁天皇的父親，因為住過田原，所以日後追謚為田原天皇。

高尾村

> 湍流石上過，幼蕨初萌生，春日悄然到。

這首美麗的和歌誕生的地方，應該就在高尾之地吧。

我不認為皇子會住在這麼高的山上，但如果是別墅或獵場倒是有可能。而「湍流石上過」，我覺得它指的並非一般的瀑布或河流，而是人稱弘法大師之泉的「一井」。從泉中流出的水，化為清冷的瀑布，注入田原川。那裡是與宇治川合流的神域，而從「湍流石上過」這首和歌中感受到某種莊嚴氣息的人，應該不只我一個吧。雖然乍看充滿田園風情，但始終都有一股緊繃感貫穿其中，可能因為這是獻給神明的祈禱歌，同時將自己比喻成剛萌芽的「幼蕨」吧。皇子肯定已有預感，知道自己即將出世。而他很快便得償所願，他的兒子登上皇位，而他自己也被追謚為田原天皇。

田原川圍繞其山腳，從東邊的深山處流過來。近江路與信樂道在它中間分岔，前者往北，後者走南邊的山間，前往信樂。沿著周邊的山有許多古老的神社和寺院，田原鄉就是沿著這條河和幹道一路開發而成。

人稱「北大御堂」的地方，現在只有小祠堂，但以前人們稱之為「山瀧寺」，是源自奈良時代的名剎。其背後的山林有一座大宮神社，境內的一部分據說是志貴皇子的祭廟。大和添上郡的田原（現在屬奈良市）也有皇子的陵墓，人稱「田原西陵」，大概它才是真的。從地形上來看，這裡不像陵墓，反倒比較像宅邸遺址。後方的山叫作天王山，從中發現當時的瓦片和古陶，從這點來看，也許皇子在這裡住過很長一段時間。

萬葉集中也留下許多其他優秀的和歌，但幾乎都無從得知其背後的事蹟。在天武天皇的子孫們陸續遭殺害或左遷的時代，聰明的皇子守在田原的領地裡，想必是靜靜注視著這場吹向宮廷的暴風吧。

> 蘆邊野鴨飛，白霜降羽翅，
> 向晚寒氣凍，思鄉念大和。

萬葉集提到這是「臨幸難波宮時」，但我認為這其實是皇子住在田原時的體驗。此外，從飛鳥遷都藤原京時，他也曾詠歌一首。

> 明日香風起，吹動采女（※在天皇或皇后身旁處理雜務的女官。）袖，
> 都城業已遠，徒留風未息。

從歌中的意境聽來，這不是從近在咫尺的藤原京，而是從更遠的地方，例如田原鄉，是遙想舊京所做的呼喚。

下一首和歌也有人說是在諷刺大友皇子（在壬申之亂中遭殺害的弘文天皇）的悲劇，自己哥

哥悲慘的下場，肯定對親王造成莫大的打擊。就算沒特別的寓意，但感覺得出皇子從山村的生活體驗中流露出深深的同情與悲戚。

鼯鼠欲走尋樹梢，卻遇獵夫劫難逃。

這些和歌的一貫風格是爽朗明快，但背後卻暗藏著深深注視著人生的一雙悲痛雙眼，看得出歌人擁有一顆溫柔的心。自壬申之亂以來，目睹了無數悲劇的親王，想必帶有一種像隱士般的風格吧。而成為光仁天皇的白壁王，也很像他父親，是位行事低調的人物。正因如此，才會在那堪稱是朝廷存亡危機的時代，被選為天皇，這是意想不到的拔擢。這位天皇與身為移民的高野新笠所生的孩子，是日後的桓武天皇，長時間一直隱居不出的天智天皇子孫，這時終於得以重見天日。

大御堂一帶人稱「庄司宅邸」，相傳是藤原秀鄉的住居遺址。之所以稱呼藤原秀鄉為「俵藤太」，意思是住在田原的藤原太郎。他也是留下不少傳說的人物，但在歷史上，他是下野國的押領使，征討平將門的英雄。不過，沒有他曾住過田原的紀錄。儘管如此，想到有名的降伏百足（※住在瀨田川裡的龍王化身為大蛇，拜託藤原秀鄉去降伏住在三上山的百足（蜈蚣怪）。）的故事，就知道他或許與近江關係深厚，並曾經與三上山的豪族交戰。聽西尾先生說，相傳田原鄉一些歷史悠久的世家，全是秀鄉的子孫，至今仍保有其祖譜。他是藤原北家的後裔，是曾在這一帶擁有廣大領地的豪族。在這一點上，與平將門並無多大不同，是朝廷的威力開始衰退的時代，各國竄起的地方豪族首領，說起來算是武士的起源。傳說他曾經住過庄司宅邸，雖然可信度不高，但想像這位藤原一族的異類，胸中燃起青雲之志，在這一帶的山野間昂首闊步，便覺得樂趣無窮。

如同我前面所說，這裡相當於近江路和信樂道的分岔路，以大御堂為中心，有許多神社和寺院齊聚於此，而在它的外郊處，有一座名為禪定寺的古剎。

那是在一條天皇時代，由藤原兼家建造的寺院，與宇治的平等院、木幡的淨妙寺，一同匯聚了藤原一族的崇敬。但這裡畢竟地處偏僻的山村，幾經動亂，當然不可能只有禪定寺倖存。當時的佛堂建築現在已完全沒留下，不過茅草屋頂的正殿，仍展現山寺的沉穩，而山門前的鎌倉時代石塔，也顯現出悠久的歷史。從這座高臺俯瞰的田原風景美不勝收。在層層交疊的山丘後方，聳立著接下來我們要拜訪的鷲峰山，這處四周環山的祥和盆地，訴說著這裡也是一個「世外之地」。

主佛是嵌木細工加上漆箔的十一面觀音，微微給人一種壓迫感，不過還遺留了藤原時代的影子，除此之外，還有平安初期的日光、月光、文殊、地藏等菩薩，個個都是這種深山罕見的傑

禪定寺的五輪塔

作。聽住持說，有些似乎是從附近的廢寺移往此地，但能保存得如此完善，肯定他們很細心照料。聽說最近也會建造收藏庫，但我還是覺得能在這種簡樸的正殿就近欣賞才是謝天謝地。想到有火災的可能性，實在容不得我說出這麼任性的話來，不過，當作美術品收進玻璃箱內，這對佛來說真的幸福嗎？我很懷疑。

在這座寺院裡喝到的茶分外好喝。那圓潤的味道仍在舌尖縈繞未散。宇治田原到處都是茶園，並非禪定寺的茶特別好，其實是有位施主基於愛好而種茶，特別請他分一些茶葉給寺裡。那與眾不同的上等好茶，製作頗費工夫，不適合對外販售。在大量生產的時代，凡事都是如此。現在就連稻米也很難自己栽種了。這世道可真不適合老饕生存。

從禪定寺往近江方向走，來到與滋賀縣交界的山嶺，有一座猿丸神社。

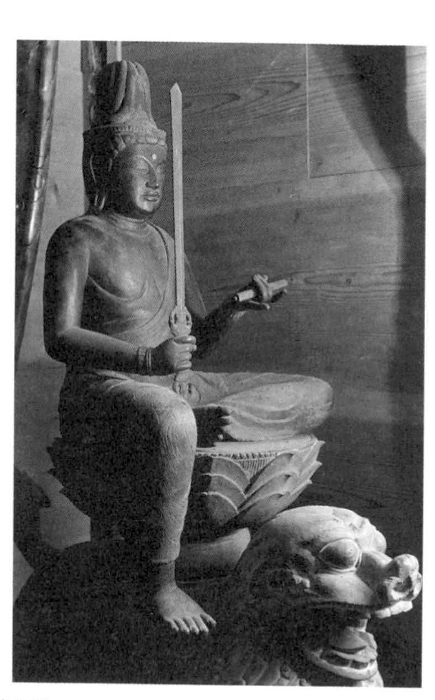

十一面觀音像與文殊騎獅子像（禪定寺珍藏）

深山落葉紅，雄鹿踏葉行，
且聞縱聲鳴，秋意引悲心。

據說猿丸太夫住在這座山中，在此吟詠這首和歌，但這當然沒有根據。話說，是否真有猿丸太夫這號人物也還不清楚。不過，打從鎌倉時代起，人們似乎就對此深信不疑，鴨長明（※《方丈記》的作者。）也曾寫道「田上川下游有一叫名曾束之地」，那裡有猿丸太夫之墓，他曾造訪該處（方丈記）。山嶺名為「猿丸嶺」，想必也是基於這樣的傳承而加以命名吧。

關於這位謎樣的人物，有柳田國男先生和折口信夫先生的詳細考證，根據他們的研究，猿丸不是一個人，而是遊歷諸國的巡遊詩人集團，掌管祭神儀式，但如果要我補充的話，我認為他可能和逢坂山的蟬丸一樣，是服侍山嶺交界之神（或是坂神）的神職人員，蟬負責音樂，猿則是以模仿為業。感覺與猿田彥、猿女君、猿樂的藝能表演都有遙遠的關聯。續日本記中提到「元明天皇時人，柿本朝臣佐留」（※「佐留」音同「猿」，都是さる。），據折口先生的說法，人麻呂也是類似的身分，所以或許這是一位繼承人麻呂風格的詩人。「奧山」這首和歌，在古今集中的記載為歌者不詳，這可能也是因為歌者只是一位沒沒無名的賤民。從古今集到新古今集的這三百年間，許多猿丸都被集結成一位猿丸。我很希望其中一位猿丸就住在這座山嶺。「奧山」這首和歌正因為藤原定家將它選為百人一首，所以有一種山氣近逼的孤寂，聽起來彷彿孤獨的神職人員在傾訴心中的嘆息。神社也在這樣的位置上，坐鎮於至今彷彿仍有野鹿會出沒的森林中。

從這裡往西，有好幾座相連的山丘，每一座山谷間都有古道經過。這山谷產的茶品質最好，相傳是鎌倉時代的明惠上人在栂尾培育的茶種，由弟子帶來此地，這片茶園確實壯觀，沿著蜿蜒起伏的丘陵，大自然描繪出綠油油的條紋圖案，看起來無比新潮，不管再前衛的圖畫或雕刻都遠遠不及。不過，那茶味純正濃厚的好茶，聽說不是來自這樣的茶園，而是從自然生長的山茶古樹上摘採，這事我覺得很有意思。

接下來前往的（西方）山谷，稱作湯屋谷，在天平時代有溫泉，據說湯原王住過此地。這位

宇治田原　湯屋谷的茶園

湯原王是志貴皇子的二子，是萬葉集裡的有名歌人，不過，就算說培育他們成長的是田原鄉的風土，也一點都不為過。他們父子作風的共同特點，是觀察自然的眼光獨到以及隱居山中的憂鬱人生觀。不過，湯原王顯得比較女性化，也較為纖細，這是時代的緣故，無可奈何。

從信樂道往西，有五座山丘，從它們山谷間通過的道路，全都朝鷲峰山而去。鷲峰山是腳踩綴喜之岡，君臨南山城的主峰，是奈良的守護山，同時也是修驗道的聖地。山上建有金胎寺，相傳開山祖師是役行者。要爬上這裡可不簡單。慶幸的是可搭車來到半途，但接下來要到山頂，就得沿著山脊走才行。在林中走了一會兒，逐漸可看見前方的大杉樹，接著很快便抵達正殿。耳中傳來的全是黃鶯的鳴唱，感覺就像被深山的氣息所震懾般，無比幽靜。

正殿旁的多寶塔是鎌倉時代的建築，造型優雅，可說是僅次於石山寺之塔。從旁邊登上山，有一處名叫「空鉢峰」的平地，好天氣時，琵琶湖到三上山都可盡收眼底，南方隔著木津川，可望向生駒、葛城一帶。不過，那置身雲海中的感覺同樣教人難以取捨。「萬樹青山存我心」。山中正值日本百合的花季，四處都傳來淡淡清香，這也是只有這個地方才能感受。

本想往下走到山伏的修行場。看了之前在僧房拿到的地圖後，發現似乎還要過好幾座山谷，恐得花上兩、三個小時。於是我們來到中途一處叫「伏拜」的地方，再過去是地形險峻的岩地，實在沒力氣再挑戰。下方傳來瀑布的如雷水聲，而繚繞的雲霧也讓人感受到修驗道的嚴峻。相對

鷲峰山頂　金胎寺

於吉野的大峰，鷲峰山人稱「北大峰」，只要來到這裡便可心領神會。所謂的「伏拜」，指的應該是膜拜葛城山吧。役行者的石像縮著身子坐在岩石上，就像在說「我剛剛才飛過來的」，也頗有趣味。

如同我前面所說，元弘元年，後醍醐天皇在鷲峰山眾人的協助下來到金胎寺，但這裡地處深山，諸多不便，於是隔天前往笠置。那是八月二十六日到二十七日間發生的事。

也就因為這樣，金胎寺遭足利軍燒毀，禪定寺、大宮神社，以及其他寺院也大多在當時被破壞殆盡。像這樣的世外隱村全都支持南朝，不過，自天武天皇以來的逃亡者傳說，以及避世的隱居者傳承，可說就是這樣創造出田原的歷史。

走下鷲峰山後，我們順道繞往山腳處的御栗栖神社。這是田原鄉的一之宮，又叫「田原栗栖宮」。這是位於最西邊山谷的神社，只有這裡是略顯開闊的平地，現在是茶園，但以前肯定長了許多栗子樹。據宇治拾遺記載，天武天皇通過田原時，村民們貢上水煮栗子。天皇說「若朕能心願成真，就發芽長成樹木」，將栗子埋進一旁的山中，最後長成大樹。從那之後，便有了以「田原御栗」的名義向宮中進貢的慣習，這習慣一直延續到明治初期。

我們就此完成一趟田原古道的巡禮，沒想到如此廣闊，頗感驚訝。有悠久歷史的土地，果然深奧。因為過於深奧，當西尾先生帶著我四處逛時，我完全沒有頭緒，但試著提筆寫下後，雖然粗淺，但我這才掌握了田原的全貌。那是與整個國家和都會的文化都不一樣的另一個天地。不論是到京都還是奈良，都在不用一個小時便可能抵達的距離，沒想到現在竟然還有這樣的地方，日本可真是個不可思議的國家。

21

越前　平泉寺

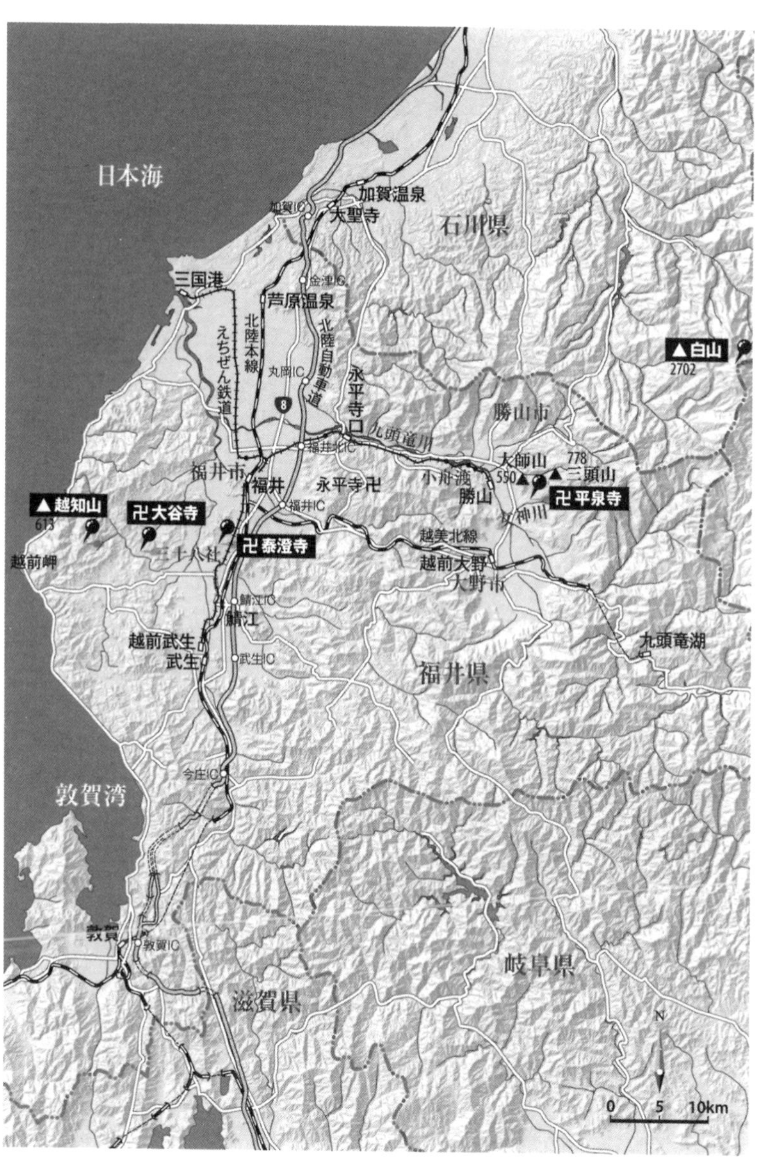

日本海
加賀温泉
加賀IC
大聖寺
石川県
三国港
金津IC
芦原温泉
北陸本線
北陸自動車道
えちぜん鉄道
丸岡IC
永平寺口
白山
2702
勝山市
九頭竜川
福井北IC
大師山
778
三頭山
550
福井市
小舟渡
福井
永平寺
勝山
平泉寺
越知山
613
大谷寺
福井IC
女神川
越前岬
三十八社
泰澄寺
越美北線
越前大野
大野市
鯖江IC
鯖江
越前武生
九頭竜湖
武生
武生IC
福井県
今庄IC
敦賀湾
敦賀
敦賀IC
岐阜県
滋賀県
N
0
5
10km

之前到越前採訪時，朋友向我大力建議，說我一定要去一趟平泉寺，那裡的參道漂亮，青苔也很美，遠非京都的苔寺所能比。

我雖然是前往採訪，但總是愛順便四處走逛。編輯也曉得我的習性，慨然允諾。大致處理好工作後，我們便前往平泉寺，那是個秋高氣爽的舒暢早晨。

這座寺院位於勝山市郊外。從福井沿著九頭龍川往東溯河而上，過了三十多分鐘，便可抵達勝山。途中順道繞了一趟永平寺，但因為人滿為患，我早早便掉頭離開。這種寺院只要不是下雪的日子前來，可能就無法悠哉的參拜。

在勝山南方，與九頭龍川分歧，成為其支流的女神川，我們沿著它走了一段路後，看到傳聞裡的參道。入口的森林人稱「菩提林」，但其實這並非森林，而是像森林一樣蓊鬱的整排林木道路。左手邊是大師山，右手邊是三頭山，遠方應該能望見白山，不過今天霧氣迷濛，無緣瞧見。參道兩側是山谷，順著臺地的山脊往上走，白天一樣昏暗的成排大杉樹，比傳聞中還要高大，我們一直往前走，但遲遲無法抵達寺院。不久，前方突然變得明亮，平緩的石階出現眼前，路的盡頭立著一塊石標，上頭寫著「平泉白山神社」。沒有山門，也沒有鳥居，門前只有兩間小小的茶屋，是與永平寺截然不同的寧靜。

走上石階，左手邊是平泉先生的住家。平泉家是從桃山時代便一直延續至今的平泉寺僧官，而擔任帝大教授的平泉澄先生，記得好像是第二十代當家。我和他們一家算是有點交情，所以這次前來拿取導覽介紹和明信片，順便向他們問候，結果氣質高雅的年輕夫人出來迎接。經詢問後得知，她是長男的夫人，而在拿到明信片後，我請她讓我們參觀宅內的庭園。這庭園是室町時代打造，就如同夫人所說，因為人手不足，有點疏於維護，但裡頭十幾種的青苔綠，顏色鮮豔搶眼。

因為還有其他行程，我馬上就此告辭，走在寺院境內。雖然我對這座寺院一無所知，但它似乎是很大的寺院，多處還留有基石和石牆，杉林全覆滿了山苔。這也不同於因滿是汽車廢氣和觀光客而大煞風景的京都寺院，眼下絕對稱不上什麼好季節，但地面就像鋪了天鵝絨般微微隆起，在穿透林間灑落的陽光下閃閃生輝的景致，美得教人目炫。

離開平泉家，往上走一小段路，左手邊是「平泉」來源的靈泉。至今仍水量豐沛，從泉中流出的水注入一旁的「御手洗池」。旁邊有切成三角形的石板，正中央種了一棵神木杉，三個角落也各種一棵，不過這應該是在仿效白山的三山（大御前、別山、越南知）。後來我才知道，之所以什麼東西都分成三個，似乎是白山信仰的一種形式，就連登山口也分成美濃馬場的長瀧寺、加賀馬場的白山本宮，以及越前的平泉寺。橫跨三國，分成三座山峰，自然會產生這樣的形態。「馬場」之名第一次出現在歷史上，是出自平家物語（木曾義仲的祈願文），文中提到，從這裡開始要下馬改用徒步登山，這是規矩。

平泉的靈泉一帶似乎是禁入之地，遺留了古老的石牆遺跡，在樹林中往上走，可看見鳥居，更深處則是有拜殿。可能是稱作山王鳥居，與日吉神社一樣，正中央呈山形，想必是用來呈現山岳信仰。來到盡頭處的石階往上走，便來到正殿，左右祭祀著越南知與別山，而沿著大石牆走，一路往右登山後，發現損毀的石佛和石塔層層堆疊，就像是在堆石標一樣，這是一向一揆（※由一向宗門徒所引發的民亂。）的暴力傑作，還是廢佛毀釋的破壞所造成，我不知道，但這說明了這座寺院所歷經的艱苦歷史。上方立著巨大的楠公（※楠木正成。）五輪塔，但這似乎也是四處湊來的石頭，肯定是同一時期遭到毀損而重新復原而成。從那一帶開始有登向白山的山路，來到這裡，便充分感受到深山的氣息，冷冽的空氣滲透肌骨。但由於青苔的亮綠色彩完全沒有陰暗的感覺，透過杉樹的樹梢，可以遠遠的看見下方的景致，心曠神怡。

平泉寺所遺留下來的，簡言之，就只有大杉樹和青苔，沒有建築、佛像，以及石造美術。這樣反而更加乾脆。不為別的，就只是被青苔吸引而前來參拜，然後離去。在導覽介紹中提到，這裡是天平時代由泰澄大師創立，從平安到鎌倉時代得到源氏一族的信仰後，就此變得興盛，在建武中興時，他們選擇站在南朝這邊（有楠公的供養塔也是這個緣故），之後因為一向一揆而遭受重創，但旋即又重新振興，從桃山到德川時代再度興盛。平泉家是天正十一年重新振興時，擔任總寺（賢聖院）的僧官，從當時一直延續至今的世家。我就只知道這些。

平泉寺境內

之後過沒多久，我造訪美濃的長瀧寺。目的是要看面具，不過在那裡也接觸到白山信仰以及泰澄大師的足跡，得知那周邊現存的白山神社多達一百座以上。之前造訪近江的湖北時，包括渡岸寺在內的許多寺院，相傳都是泰澄大師所創立，祭祀白山的本地佛十一面觀音。附近的越前就不用說了，我去許多地方也都有白山神社，大師的信仰至今仍根深蒂固，令人吃驚，就這樣，之前一直無緣接觸的事物，漸漸產生興趣。倒不如說，或許正因為感興趣，白山或泰澄的名字才會在聽過之後留存心中。

不過，泰澄大師在歷史上被視為傳說中的人物。這點和役行者差不多。不過，包括了元亨釋書在內，越前流傳著在平安朝所寫的「泰澄大師傳」，遺跡也清楚的保留，看來，這位人物似乎是確實存在。

加以總括後得知，泰澄於白鳳十二年六月十一日誕生於越前的國麻生津。父親人稱三神安角（也寫作三上、御神。也許是近江的三上一族的分支），母親則出身於伊野氏。伊野氏似乎統管平泉寺一帶，九頭龍川河岸的豬野瀨，也就是古時候的伊野原一帶。大師自年幼時起便嶄露頭角，而在他十四歲時，夢見十一面觀音，每天晚上都自行外出。父母替他擔心，派他哥哥隨後跟蹤，發現他走進越智山深處的一處石洞。他在裡面一直待到天明，不知在暗中祈禱什麼。後來他剃髮化為比丘，留在越智山中獨力修行，到了二十一歲時，人稱「越大德」，其名聲甚至傳到奈良的都城。

他登上白山，是在他三十六歲那年春天，因聽聞一位「身穿天衣瓔珞之仙女」告訴他「應早日前來」，因而行經大野、筥川、伊野原，從現今的平泉寺一帶排除萬難，終於來到山頂。接下來長達千日，他都齋戒沐浴，深居山中，再次遇見那位美女。「十一面觀自在尊之慈悲玉體忽現。遮妙相眼，耀光明身」，泰澄年少時夢見的觀音，終於實際現身。

他深居山中的這四年間，有許多人慕名而來。養老六年，亦即泰澄四十一歲那年七月，元明天皇患病，泰澄被請至奈良的都城。他有臥行者與淨定行者兩位弟子服侍，但兩位行者的樣貌「如老猴，行往難靜，見者皆暗自竊笑」，這讓人聯想到跟隨役行者的前鬼和後鬼。在宮中人的嘲笑下，行者怒而搖晃屋柱，撼動宮殿，如同大地震一般，這也像是粗暴的山伏前身，頗有意思。

元明天皇很快便痊癒，泰澄因立下大功而獲賜「神融禪師」的稱號。後來他再度回到白山，而四十四歲那年，他遇見行基菩薩，兩人像舊識般談笑，泰澄談到自己親身體驗的「本地垂跡說」，行基聽了之後，「拱手良久，至為感佩」。他與入唐歸來的玄昉也有交誼，每次發生瘟疫或天災時，都會奉天皇之命祈禱，在當時已是名聞天下的聖僧。天平九年，獲聖武天皇賜予「泰澄大和尚」的尊號，晚年隱居於故鄉越智山山腳的大谷，投入治水、推廣佛教的工作，為民眾謀福。接著在稱德天皇的神護景雲二年，以八十六歲高齡於大谷圓寂。

寫到這裡，我可以說泰澄大師是山岳信仰的創始者，同時也是神佛習合的始祖。我認為這種思想是影響遍及日本所有文化的母體，泰澄與役行者也幾乎是同時代的人，如果行基、玄昉也能與他產生共鳴的話，這樣的機運肯定會在各個地方萌芽。大家也都知道，當初在建立東大寺時，曾迎請宇佐八幡，這被視為垂跡思想出現在歷史上的開端。

眾所周知，所謂的本地垂跡，是佛借神的姿態現身，以解救眾生的一種想法，但這是站在佛教的立場來說，如果改以日本人原本的心情來看，則應該解釋成是神反過來化為佛現身。這樣的想法比較自然，而且實際上也是經過這樣的過程發展而來。以泰澄的情況來說，是因為有白山信仰這個漫長的傳統，佛教才會很輕鬆的被吸收，神佛很自然的合體。

如前所述，白山神是人稱菊理姬的女神。但一開始想必連名字也沒有，是終年白雪罩頂的美麗高山姿態，就此被人們信奉為神明。

終年積白雪，融雪未有時，

越路有白山，名自雪中來。

此身異地處，可否戀如故，
不見白山雪，我身該何如。　　凡河內躬恆

在古今集的時代，也還保有這樣看待白山的習慣。雪的肌理，讓人聯想到美麗的女人軀體。不知從何時起，白山被人稱作白山比賣，並賜予菊理姬的名稱，就此變得人格化。這已是很久以前的事，看起來就像神代紀的事。多愁善感的少年泰澄，日夜從故鄉越智山遠望自太古時代便由歷史不斷點綴的神山。這絕非一般的美麗深山。在母親誕生的伊野原的彼方，那是高聳入雲的雪峰，或許他從中看見慈母的面容，搞不好還夢見他理想的女人。在伊野原一帶，有純潔的年輕女子，如果想成他是因為失戀而發菩提心，那就能寫小說了，但事實卻有很大的出入，就像凡河內躬恆所吟詠的和歌一樣，是「此身異地處，可否戀如故，不見白山雪」的模樣，逐漸在他心中形成某個畫面，就此漸漸與十一面觀音合體吧。可能他曾在某處膜拜過像聖林寺觀音那樣的雄偉佛像，那記憶與白山重疊。頂著白雪的神山，或許讓他聯想到天竺的大雪山，肯定是幼時的各種經驗和記憶，強烈撼動他鄉下長大的純樸之心。雖說是鄉下，但越前是很早就已開發之地，尤其是從朝鮮引進的文化，比大和文化傳播得更廣。泰澄就是在如此特殊的地方誕生。他父親三上氏如果也是近江三上山出身，那麼，他出身於「三上祝」這個宗教色彩濃厚的古代豪族世家，與他的信仰也並非毫無關係。

就像剛才所說，我最近去的各個地方，都聽聞泰澄的名號。在湖北，由泰澄開山，最澄振興的寺院尤其多。同時都祭祀十一面觀音，此事前面也已述及。就算無法完全盡信，但看到遺留這麼多傳承，可見這一定呈現出昔日泰澄大師被迎請至奈良時所行經之路。我就此想起，前幾年我採訪西國巡禮時，在近江的岩間寺第一次得知泰澄的名號。這座寺院位於醍醐寺與石山寺中間，巡禮道是從醍醐寺後山一面眺望右下方的宇治川，一面通往石山。那裡有兩棵神木，以枯樹的狀態保留了下來，因為覺得很奇特，所以印象深刻，現在我打開那本書，發現上頭記載如下。

「據寺傳所述，在元正天皇時代，有位人稱泰澄大師的和尚在此山中過夜時，聽見一旁的大連香樹傳出誦念經文的聲音。翌日，他說服村民剖開大樹，就此現出一尊千手觀音像，人們直接以此雕刻加以祭拜，這就是此寺的起源，而留下來的樹墩，至今仍奉為神木，留在正殿前。」

元正天皇或許是元明天皇的誤植，而泰澄就像是露宿山野的山臥（山伏），而從大樹中傳出誦念經文聲，表示樹木信仰與佛教想法一致，可說是所謂「立木觀音」的原型。

前些日子去宇治田原的鷲峰山，也有他來過的傳說。而瞭望臺的「空缽峰」，傳說他從此處拋出一個空鐵缽後，鐵缽就此自動裝滿白米歸來，相當準確的傳達出泰澄從越前行經近江、山城的路線，從這點來看，感覺泰澄前往奈良一事，似乎並非單純只是傳說。若更進一步調查，肯定還能得知更多。就算只是傳說，但能留下這麼多足跡的，若說他不是一位實際存在的人物，實在很難想像。我再次回到越前，很想看看泰澄的出生地，尤其是越智山，難以壓抑心中這股衝動。再次造訪越前，是梅雨季剛結束的一個悶熱的日子，能再次見到平泉寺的青苔，也是另一種期待。

泰澄大師出生的麻生津，位於足羽郡西郊一處叫三十八社的地方。地處於福井市南方，昔日也稱作朝六、アサムツ・アサミツ。這是《奧之細道》中「行渡朝六橋」提到的地方，是歌枕中的名勝。

在北陸道舊道旁的一寧靜村莊，建造了一座「泰澄寺」。大概是大師死後，由地方的人士所建造。感覺就像巡禮的札所，民眾信仰的色彩濃厚，而且還立有「觀世音菩薩靈場」的立牌。地名大辭典上記載，三十八社意同產所八社，意思是泰澄的產所，但也可能指的是寺院所屬的特殊人物所住的「散所」村，不過，這是隨處可見的平凡山村，所以無法遙想奈良時代的樣貌。這一帶相當於越前平原的中心，福井市內外都有古墳群散布其間，所以三上一族想必是統領這塊土地的富裕豪族。

越智山也離三十八社不遠。這座山屬於丹生郡，位於越前岬東方。隨著距離愈來愈近，逐漸可以望見平緩的山容，但從「越智」這名稱來看，這可能自古就是越國的神山。據說那是比外表看起來還要深邃險峻的高山，內院是女人結界的邪魔之境，東邊可遙望白山，西邊可遙望日本海，雄偉的風景在這一帶首屈一指。

少年泰澄就住在這種景致下的神山裡。他肯定清晨膜拜白山的日出，黃昏遠眺夕陽染紅的日本海。而十一面觀音的現身，應該就是在這樣的某個瞬間吧。因仰慕觀音的面容，而突然想到要登上白山山頂。現代的登山家稱之為征服高山，而古代的人們則是以更為崇敬的心，期望能與大自然合為一體。兩者共通的，是對高山永不止息的景仰，就這層意涵來說，登山是極具感官性的運動，同時也是一種信仰。

從越前平原也看得到白山，但從越智山來看，白山相當於正東方，應該也和太陽信仰有關。從越智山的方位來看，三座山峰皆可盡收眼底，或許它也是白山的遙拜所之一。

泰澄度過晚年的大谷寺，位於麻生津和越智山中間，從幹道登上石階處，蓋了一座小佛堂。前面是蓮花池，據傳當初就是以蓮絲織成曼荼羅，就像中將姬（※日本奈良當麻寺所傳的傳說人物。傳藤原豐成之女中將姬，因受長谷觀音之託，織當麻曼荼羅，得佛之助力，一夜之間完成以蓮絲編織的當麻曼荼羅。日後成為各種戲曲的題材。）的故事一樣。從佛堂旁走進後，有一座相傳是大師之墓的九重石塔，這是鎌倉時代建造，看它維護得相當完善，證明人們仍保有信仰。從那裡往上走一小段路，來到一處平地，那裡有「御本地堂」，主佛不用說也知道是白山的本地十一面觀音，但由於時間不夠，沒能入內參拜，實感遺憾。

越智山、大谷寺、泰澄寺，以及平泉寺，泰澄所走的路都是筆直的朝白山而去。以地圖來

泰澄大師之墓

大谷寺的蓮花

看，這些遺跡都位於一直線上，就像用尺畫成的，怎麼看都不像是偶然。在那沒有準確地圖的時代，這是如何測量得來，令人百思不解，不過，我從中看到一名年輕人心無旁騖的一往直前，無比真摯的身影。泰澄果然是身上流有三上祝的血脈，為古代薩滿教的代表人物。之所以有人把他和役行者搞混，或者說他是以役行者當原型所創造出的虛構人物，也都不是空穴來風，然而，一位不是實際存在的人物，會留下這麼多傳承、信仰一直流傳至今嗎？

從麻生津前往平泉寺的途中，在九頭龍川河岸有一座人稱小舟渡的村莊，那裡有個叫「伏拜」的場所。那是白山的遙拜所之一，隔著清冷的河灘，可清

從小舟渡的伏拜看到的白山

楚的看見山的全貌。由於它正好位在河川繞彎處，因此可望見清澈的河流激起浪花，從白山往這裡流了過來。泰澄以及之後的行者們，想必也在這處神靈棲宿之地沐浴淨身，向山祈願。而就像他們朝平泉寺出發一樣，神明也再度前往那布滿美麗青苔的寺院。

當遙遠的前方可以望見菩提林時，我心雀躍不已。當初從北陸道逃亡的義經一行人，肯定也看過這風景。據《義經記》描述，他們走在雨中，筋疲力竭的抵達平泉寺的觀音堂。由於鎌倉幕府突然下令禁止山伏，所以寺院的僧眾對他們的身分感到懷疑，當中喬裝成稚兒的夫人更是惹人注意。這時一樣在弁慶的機智下，平安的化解危機，不過，僧兵們見眼前出現這麼一位漂亮的稚兒，個個為之著迷，整晚設宴款待為之忐忑不安的夫人，甚至還送她許多伴手禮，送她離去。

在一時號稱有多達六千僧人的修驗道總山，擁有許多僧兵的平泉寺，現在仍宛如沉睡般，

平泉家庭園盛開的裟羅樹

平泉寺的菩提林

靜靜的坐落在菩提林深處。這次我前去，是在祭典結束後，到寺裡參拜的人稀稀落落，但在這四萬五千坪大的境內，還是一樣清幽。平地炎熱的越前，來到這裡後頓時是另一番不同的天地，飽含水氣的青苔比秋天還美，杉木林也顯得生機盎然。

平泉家的庭園裡，裟羅樹開滿了花。這是長得像山茶花，但又比山茶花更鮮明的花朵，四周飄蕩著淡淡的芳香。我有生以來第一次見識，但總覺得這是最適合釋迦涅槃的花了。

正好在日落西山時，青苔在斜光中更顯光澤，不久，在拉得老長的樹影中慢慢變得暗沉。白山的白雪，應該也會染成一片暗紅吧。剛才我從伏拜遠望時，看到在這盛夏時節，它還留下斑斑殘雪，不愧是

「越之白山」，心中甚為感佩，不過一般都通稱為「加賀白山」。這是德川時代開始的稱呼，但在這裡就得叫它「越前白山」才行。從越智山到平泉寺的泰澄大師之道，三座山峰同時盡收眼底，還有它位於美濃和賀中間，用來表示主神「大御前」，這都應該將越前視為本家才對。得到這樣的印象後，我就此離開夜幕微落的平泉寺。

22 葛川 明王院

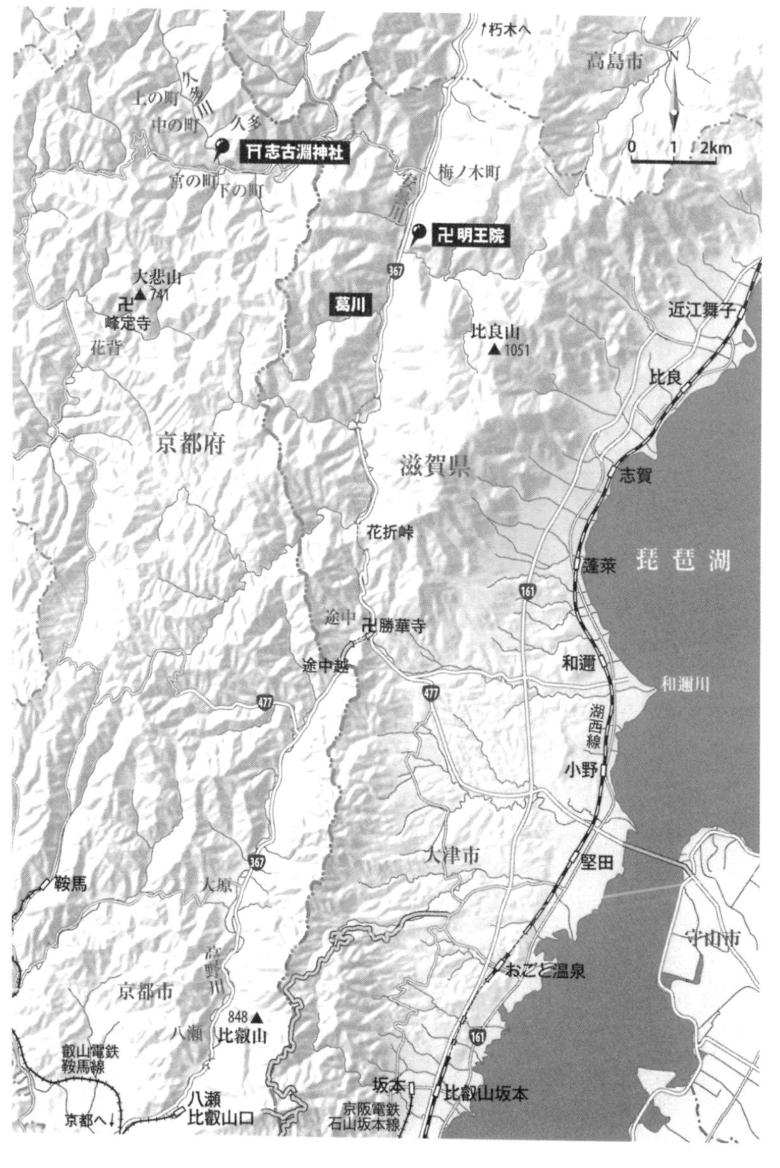

↑朽木へ
高島市
N
0 1 2km
久多川
上の町
中の町
久多
志古淵神社
宮の町
下の町
梅ノ木町
明王院
367
大悲山
▲741
峰定寺
花背
葛川
比良山
▲1051
近江舞子
比良
京都府
滋賀県
志賀
花折峠
琵琶湖
蓬莱
161
途中
勝華寺
途中越
和邇
和邇川
477
湖西線
小野
大津市
堅田
鞍馬
大原
守山市
高野川
京都市
おごと温泉
848▲
比叡山
八瀬
叡山電鉄
鞍馬線
坂本
比叡山坂本
八瀬
比叡山口
京都へ↓
京阪電鉄
石山坂本線

去年夏天，我去看花背的火祭回來時，我們順道繞往近江一處叫久多的地方。因為聽說那裡會舉辦「花笠舞」。火祭是在十二點多結束，所以花笠舞應該是在一、兩點的時候舉行。在一片黑暗中被帶往何處，我心裡完全沒個準，順著一條極度狹窄又路況不佳的道路往上走了三、四十分鐘後，抵達了山嶺。那是位於丹波高原與近江交界處的山嶺，白天應該能望見琵琶湖，放眼望去，是層層交疊的山襞，而在山谷間是一座燈火通明的村莊。

不用問也知道，那裡就是久多村，那「暗夜明燈」的光景深深打動我心。接著是一路從山嶺朝村莊而去的下坡路段，不久我們已完全融入祭典的喧鬧中。不過，喧鬧一詞不適合這樣的場合。或許應該說是和緩的漩渦吧。人稱「思古淵明神」的奇妙神社境內，滿滿都是五顏六色的花笠，一時分不清誰是遊客，誰是舞者。在明亮的燈火下，這些東西合為一個凝塊，靜靜的移動。

神官端坐在舞臺上，俯視舞蹈的漩渦。他是一位膚色黝黑，就像三番叟一樣的老先生，表情肅穆，表現出神明降臨的姿態。花笠以櫻花、菊花、溪蓀、牡丹等四季不同的花朵裝飾，底下是燈籠，裡頭點燃了火，但因為相當大，所以只有手中的花笠一路晃動。舞蹈配合節奏緩慢的歌曲，往前走五步，往後退三步，相當單調，我心想，「反閇（※天皇或貴人外出時，為了祈禱一路平安，陰陽師會一面念咒，一面在前方踩著特殊步伐，貴人則是跟在後方行走。）」可能就是這樣的步伐。

我沒有這方面的知識，所以無法詳細說明，不過，他們的歌舞都相當具有古風，那悠然的圓舞，我彷彿看到了平安朝的影子。盂蘭盆舞就不用說了，念佛舞和能樂應該也都會出現在這場祭典中。這當中只有悠長的時間，至於遊客、神官，還有我自己，則全都消失，此刻的心境，就像委身於遙遠的過去所照落的亮光中。

離開那永不終止的祭典後，我與同行的夥伴道別，行經名為梅木的村落，返回京都。當我抵達住處時，正是天將亮之時，繼火祭之後上場的花笠舞，那詭異的氣氛令我久久難以入眠。

很快的，就這樣一年過去。但那宛如被狐狸耍了的心情，至今仍未消失。這段時間，我不時會拿出地圖查看。但我手中的地圖沒記載山嶺的道路，我這才明白，我們當時走的是一處連車子都沒通行的道路。

說得更清楚一點，從京都行經八瀨、大原後，有一條通往若狹的幹道，人稱「途中越」。登上陡坡的地方，人稱「花折嶺」，那裡是一處分水嶺，高野川往南流，安曇川往北流。安曇川從那裡匯集了許多支流，沿著比良山後方北上，在朽木谷一帶轉了個大彎，最後注入琵琶湖。兩岸是聳立的斷層，自古便常遭遇水患，是一處有名的地方。

因為是這樣的土地，所以一直到前不久都還被視為與京都隔絕的一處祕境，住在這裡的不是山人，就是造筏運木師。古時候遭雄略天皇殺害的市邊押磐皇子，他的孩子們（日後的顯宗天皇、仁賢天皇）逃往播磨時，據說就是行經這條幹道，義經流落到北陸，足利義晴躲避三好之亂，相傳也是走這條河道。

其中尤為有名的，是朽木的木地師尊奉的惟喬親王傳說，皇子的宅邸遺址位於大原，所以他要悄悄潛入這裡絕非不可能的事。而翻越花折嶺後，那裡有座人稱葛川明王院的古剎，順著寺院前方下山，便來到剛才提到的梅木村，沿著支流久多川，進入西邊山谷處，則有跳花笠舞的村莊。上游有稱作上、中的地名，村民從上方的神社，經過中，前往下方的思古淵，一路跳舞，沿著河川往下走。

我這樣描寫，第一次看的讀者想必看得一頭霧水吧。只要將它想成是如此深邃的溪谷即可。安曇川有許多支流，每一處山谷都有村莊，所以就算我去再多趟，還是沒能完全掌握。不過，經過多次往返，我得知在這條河川沿途，祭祀著一位人稱「思古淵」（シコブチ），名字很奇特的神明。漢字也可寫作「志古夫智」、「醜淵」。在八瀨一帶改為「御子淵」，替代的漢字相當多，從這點來看，似乎是在還沒有文字的時代就有的古老地主神。「シコブチ」的含意不明，不過以我外行人的看法，當中的「シコ」應該是出自醜御盾（しこのみたて）（※是武人的自謙之詞，意思是當作天皇之盾抵禦敵人的武者。），或是葦原醜男（アシハラシコオ），與其說是醜，不如說是粗獷、強悍的意思。安曇川在當時便是時常泛濫的可怕河川。

某天，思古淵和兒子一起在河上乘坐木筏，木筏突然停止不動。待他發現時，兒子已消失不見。他以竹竿在深淵中打探，發現原來是河太郎（河童）抱住他兒子，潛藏在河底。於是思古淵訓戒河太郎，就此取回兒子，並且要河太郎立誓，今後無論如何，都不能加害「身穿蓑笠，腿戴香蒲綁腿，手持辛夷竿者」。

民間流傳這樣的傳說，不過，蓑笠之類的配件，是造筏運木師平時的服裝，從中得知思古淵是他們的守護神。聽起來像是只要不是造筏運木師，河童就算傷害他們也無妨，這表現出同業之間的凝聚力以及古代信仰的存在方式，頗有意思。總之，外地來的木地師，不會被當作同伴看待。由於他們尊奉惟喬親王這位新的神明，所以就我所聽聞，他們似乎受到一些歧視。木地師從故鄉君畑移居此地，可能是在平安朝初期，就像這裡的山谷深邃一樣，與山谷有關的信仰也看得出在這裡相當根深蒂固。

直到最近我才知道思古淵的總社位於葛川明王院，是京都國立博物館的景山先生告訴我的。他還送我一本《葛川明王院》。

說到明王院，幾年前我曾在京都的博物館看過鎌倉時代的圖繪，因為畫得很美，所以至今仍留存於記憶中。後來我在坂本一帶遇見名為「回峰行者」，模樣怪異的一行人，得知他們的根據地就在明王院。在京都的市街，人們稱呼他們「阿闍梨」，受人親近，並且相信只要請他們用數珠輕撫頭部，就能消災解厄。此事我也曾聽旅館老闆娘說過。

就像在織布般，各種絲線從四面八方匯聚而來，逐漸激起我的興趣。我明明從明王院前走過好幾回，卻一直都沒順道進去看看。就到葛川去吧。興起這個念頭，是在今年初春，但因為積雪深厚，延宕良久，遲遲沒機會造訪。

進入七月後，有「太鼓乘」的儀式。

在等候時機到來的那段時間，雖然只是臨時惡補，但我的知識增進不少。據寺傳所述，這座寺院是貞觀元年（八五九年），由比叡山無動寺的相應和尚創立。雖說是他創立，但其實寺院是之後才建造，一開始是一處修驗道場。

相應和尚出身於近江淺井郡，為櫟井氏之後，相傳是教德天皇的遠孫。他十五歲時上比叡山，十七時剃髮。天生就是一位篤信佛教的少年，在修行期間，不間斷的每天摘花到根本中堂供奉。慈覺大師圓仁目睹這一切，日後當三條良相向他提出請託，希望慈覺能介紹一位年輕僧人來為他供養祈福時，他主動推薦相應，並說「他與汝之良緣相應」，因此得名「相應」。

相應和尚就此展開「山中閉關十二年」的修行。他立下宏願，望能藉由膜拜不動明王的真身，將其形象永留比叡山。某天夜裡，他獲得藥師如來託夢，就此在山的南岳蓋了一座小草庵。這就是現今留存的東塔無動寺，相應和尚也因此而得到「建立大師」或「無動大師」的稱號。

在這裡，他重新為了「鎮護國家」而展開嚴格的修行，但後來他跟著三井寺的智証大師巡遊三塔，登大峰山，逐漸改為山岳信仰。在奈良時代已有山岳信仰，但日本佛教開始建立起基本的

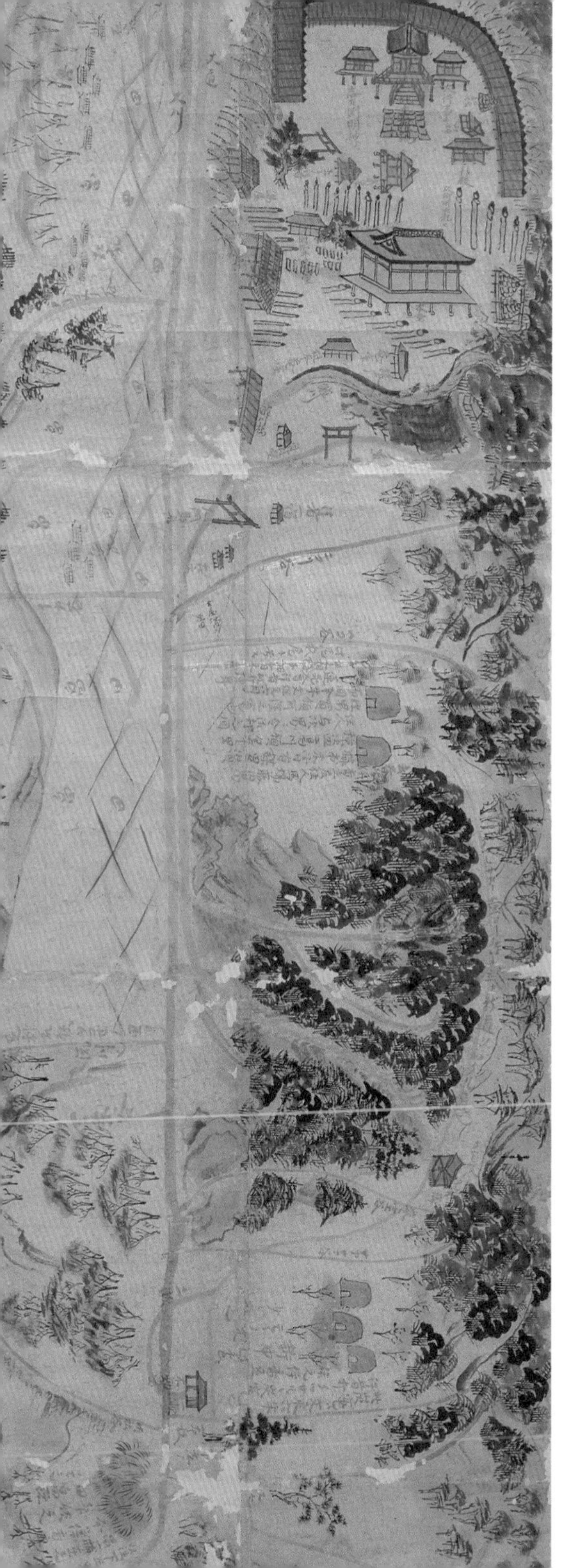

骨架也是在這個時期，而相應和尚也為神佛混淆貢獻了一份力量。雖然他算是比叡山的一派，但一個不太一樣的信仰就此成立。前面提到的回峰行者，便是追隨其足跡的一群人，藉由艱苦的肉體修行，以謀求心神合一，是一群極度禁欲的苦行者。

天安二年（八五八），文德天皇的妃子御多賀幾子染病時，天皇派使者前來見相應。雖然下山非出於本意，但圓仁座主的要求難以推辭，於是相應穿著一身破衣，直接穿著草鞋便走進朝中，沒理會那些鄙視他的人，逕自施展修驗咒術。這時，從幔帳後方滾出一名女官，在和尚面

葛川明王院古圖（部分）
鎌倉時代

前高聲尖叫，接著妃子馬上不藥而癒。之後他常被請入宮中，相應和尚的名聲就此遠播，而現今回峰行者穿著草鞋直接走進皇宮，稱之為「土足參內」，就是源自於當時。

回到山中的相應，尋求更為寂靜之地，就此開始在比良山中徘徊。貞觀元年，他二十九歲時，不吃一切穀類，只以雜草和樹果續命，但某天思古淵明神化為一名老翁現身，告訴他在深入山谷的某處，有一至今無人到過的靈地，在那處山中的「三瀧」，一定能見到不動明王，於是相應和尚在常鬼、常滿兩位童子的引領下，就此深入安曇川的源頭。

比叡山的回峰行者

常鬼、常滿的子孫現在仍住在明王院旁，主管祭典及其他儀式，可說是思古淵明神遺留的氏子。他們姓葛野，一開始名字寫作淨鬼、淨滿，後來不知何時改為「常」，聽說是嫌棄鬼字，而改寫成常喜，但鬼字才比較有山人的味道，我們也覺得這樣比較有意思。他們被比擬成不動明王身旁的矜羯羅（※八大童子的第七童子。隨侍於不動明王左側。為「奴隸」之意。）、制吒迦

（※八大童子的第八童子。隨侍於不動明王右側。為「災厄」之意。），沒想到從這個地方會看出這兩位童子的原型。不動明王自己化身為山人，而山伏就是模仿祂的姿態，不過，也許真正仿效的是佛像。比良山深處有十九座瀑布，相應和尚應該是從琵琶湖沿著伐木林道進入葛川。不過，「三瀧」是從明王院數過來的第三座瀑布，所以可以想作是他來到途中越，從那裡翻越花折嶺。

在那座瀑布前，相應和尚展開十七天的斷食，不眠不休，全神貫注的祈禱。在滿願之日，他定睛凝視深潭，發現長年夢想一見的不動明王，不就站在水中，承受水花的沖刷嗎？他不自主的躍入水中，牢牢抱住，這才發現那原來是連香樹的古木。於是他將剛才看到的鮮活形象刻在那棵古木上，這就是現今流傳的明王院主佛，以同樣木材雕刻的其他兩尊佛像，一尊收藏在比叡山，一尊收藏在近江的伊崎寺。

或許有人會說這是傳說，而且類似的故事到處都有。甚至可說這是與寺院創立有關的固定模式，但就算這是虛構的故事，我每次聽聞都還是很感動。不久，有人組成回峰行者這樣的特殊團體，一板一眼的回溯相應和尚的體驗。如果要舉例的話，信仰就像技藝一樣，不光只是傳承，而是藉由實行來流傳，在流傳的過程中，讓講究和精緻達到極致。就像是作曲家與演奏家的關係一樣。

他們的裝扮，最搶眼的就屬頭戴的帽子了。檜笠——也可稱作不動笠，這是將檜木皮薄薄的撕下編織而成，以現今的話語可稱之為草蓆，但如果敞開來，則是約半張榻榻米大的圓形坐墊。

回峰行

他們會從兩側捲起擺在頭上，所以也有人說這是在模仿蓮花的卷葉，不過，後來仔細想想，這一開始應該是當雨具，順便遮陽，是很方便的道具。

插在腰間的法劍，又名「花切」，源自於始祖相應和尚每天都會切下花朵供佛。有時也能當護身用，是登山不可或缺的裝備，不過，另外還有法繩、錫杖、頭陀袋（經袋）等，攜帶的物品也有其規定，就像茶具一樣井井有條，沒有多餘之物。這所有物品都是在模仿不動明王，但反過來說，不動明王的寶劍、羂索全都出自山人的生活中，儘管多少改變了形體，但與現代的登山家有共通之處。相應和尚就算不是完全和他們一樣，但大致也是以類似的姿態在一山又一山之間徘徊。他尋求的不是不動明王，而是他自己的靈魂。當他緊緊抱住不動明王時，他一把握住的古木，向他暗示了這一切。

現代人總是瞧不起形式，但精神只會顯現在形體上，我們只能透過某個物體來看出自己，訴說自我。這是不言自明的事，但人們卻忘了，所以宗教和藝術才會墮落。回峰行者所攜帶的每一

樣物品，之所以都有其瑣細的規矩，絕非毫無意義。就算當中有許多是後來才加上的，但他們還是想藉由更加嚴格、認真的模仿始祖的模樣，來學習其精神。

他們就算是成群行動，但修行始終都還是只能一個人，是自力而行，所以不會教導該怎麼做，純粹是自己邊看邊學，自行體會，這點也與傳統藝能表演很類似。一般是以百日為期限，每天早上從凌晨兩點開始，一天走三十公里，要行千日需耗時十年，走十五趟可成為大先覺，走三十趟則為大大先覺。回峰說來簡單，但仔細想想，這可是投注一生的大事業。

其行走路線除了從比叡山到坂本的「七谷越」，以及經黑谷走下八瀨的「走出」外，還有葛川參籠等多條路線，不過在幾個重要據點得進行淨身和祈禱。走奧比叡車道前往的人，在通過西塔處，應該會發現那裡有個寫著「玉體杉」的立牌。那是新的車道與舊道的行者道交會的地點。從幹道往上走一小段路，有棵高大的分岔杉樹，行者們會在這裡俯瞰京都，遙拜皇宮，祈求國家安泰。漫長的回峰巡禮只是其中的一個例子，不過，在沒人知道的地方，至今仍有人悄悄進行這樣的儀式，實在令人感到驚訝。

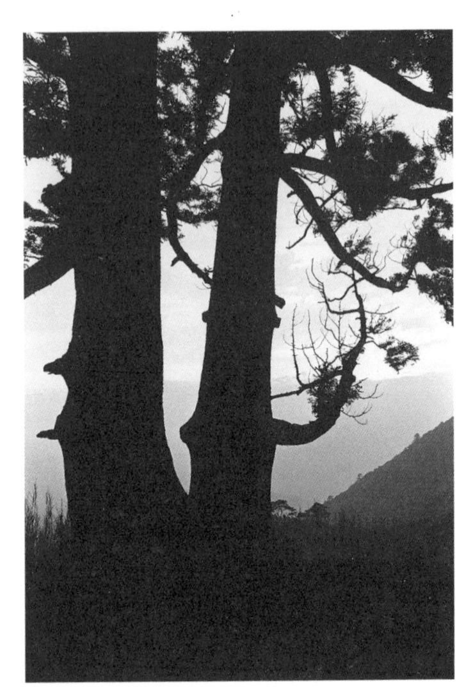
玉體杉（比叡山）

其中，葛川的參籠只准許有經驗的行者通行，號稱是賭上性命的艱苦修行。明王院說起來算是整座比叡山的內院。如今那條行者道是從坂本經琵琶湖岸來到堅田，再從那裡往西走，經比良山麓來到途中。從途中翻越花折嶺的陡坡，沿著安曇前往葛川，所以葛川指的似乎不是支流，而是它上游的溪谷。在一處至今仍有許多連香樹的地方，行者道會沿河行經下方，不過聽說要在各個地方淨身。盛夏時想必很舒暢，不過，雖說這是艱苦修行，但這一路上都很小心注意，且用心安排，不像時下的登山家或健行客那樣思慮欠周。這路線看來細心周到，甚至讓人聯想到能劇中的「架橋」。

他們在黎明五點時從坂本出發，下午兩點抵達途中。這裡有一座勝華寺，做完日課後，會稍事休息。這時，插著路邊鮮花的大石船，就擺在正殿旁，讓人遙想起愛花的相應和尚那高雅的心境。

這座寺院當初有一戶負責照料相應和尚起居的人家，姓宮垣，現在仍和千百年前一樣照料著行者們。接著即將進入花折嶺的險處，但聽說有個規矩是要在山嶺上方摘日本莽草，而「花折」之名也是源自於此。

從山嶺頂端回望比叡山，景色極美。行者一行人就是在那裡告別比叡山和塵世（有這樣的祈禱）。因為從花折再過去就會進入比良山，無法再膜拜比叡山，在勝華寺的供養，可說是具有最後的一餐，以及臨終之水的意思。相應和尚那不惜一死的覺悟，以這樣的形式流傳下來，而到了下午四點左右，抵達明王院的他們會在山門前的瀧川沖水淨身，展開斷食及無言的修行。常鬼、常滿的住家就蓋在寺院入口的兩側，就像至今仍守護著明王院一般，這兩家的主人負責一切的照料，而引導我入內的，也是常滿家的人。

境內的情況與鎌倉時代的圖繪幾乎別無二致，就只有地主神社遷往前方，昔日神社的所在地，人稱「地主平」。以圖繪上來看，它四周有像是樹籬的東西環繞，不過那是證明行者們在此閉居修行的立牌，在正殿裡還遺留了一個當時的立牌。那是高逾四公尺的巨大卒塔婆，一樣是用連香樹的木頭做成，以毛筆畫出護法童子。模樣幾乎與主神不動明王一樣，這肯定是相應和尚將自己感應到的畫面刻在木頭上，後人加以仿製而成。閉居修行的立牌，也隨著時代而變小，現在仍保留足利義滿和日野富子（義政夫人）供奉的立牌，但與鎌倉時代的卒塔婆根本沒得比。現代的立牌愈來愈小，變成一小片木牌，但今年仍有二十九名行者參加，所以相應和尚的精神雖然式微，卻還是傳承了下來。像這樣的信仰一旦流行，馬上就會變成怪異的風潮，所以由少數的人嚴

明王院正殿的閉居修行立牌上所畫的護法童子像

格守護，或許才是最好的結果。

不管怎麼說，回峰行的高潮，非七月十八日舉行的「太鼓乘」莫屬。

由高大杉樹環繞的正殿四周，一到日暮時分便擠滿了與會者，到了晚上十點，在常鬼、常滿的引導下，村裡的年輕人簇擁著行者，身手矯健的衝進殿內。在山中形成回音的怪叫聲，以及沙沙沙的聲響，就像親眼目睹天狗降臨一般。

在此同時，外陣展開了「滾太鼓」。在外陣卯足全力滾動直徑超過一公尺的大太鼓，聽說這也是用連香樹做成，那持續滾動的聲音，展現出瀑布磅礴的聲響。滾動了一會兒後，突然停下。

「大聖不動明王，坐在上面飛吧。」

隨著這聲叫喊，一身白衣的行者往前躍出，跳到太鼓上，雙手合十，接著伴隨一聲吆喝，往對面躍下。緊接著太鼓再次轉動，下一位行者再度跳上太鼓，大致就像這樣，展現驚人的氣勢。

不用說也知道，這是在重現他們的始祖相應和尚跳進瀑布深潭的場景，由新進的行者演出，這應該算是一種通過儀式吧。新進行者歷經各種折磨，被交辦各種雜務，連小睡片刻的時間也沒有，但經過這樣的艱苦修行，才會被認同是獨當一面的行者，而得以加入行者的行列。

過了十二點，儀事才結束，村民們在地主神社前徹底跳著盂蘭盆舞。村莊和寺院，神與佛合為一體的風景，展現出一種難以形容的和諧樣貌，令人想起思古淵明神引領相應和尚與不動明王見面的故事。

坐上太鼓的儀式

然而，這場儀式並非就此結束。行者們沒理會盂蘭盆舞的喧鬧，他們待在正殿裡，悄悄誦念經文。那滲進暗夜森林中的誦經聲，與傳向遠方的歡笑聲形成強烈對比，我就此感受到山岳信仰的深奧。所謂的密教，莫非是與遠古的自然交談的神祕真言？那裡有一個不能跟人說的世界，一旦說了，就馬上會化為虛妄，像幻影般消失無蹤。雖然聽不懂經文的含意，但聽在我耳裡，就像是不斷在告訴我這件事一般。

隔天十九日，結束規定的修行後，行者們展開瀧參籠。這又稱作「瀑布參拜」。在記念思古淵明神引導相應和尚到靈瀑的這個日子，常鬼、常滿家的當家，會穿上淨衣，赤腳為行者們帶路。那身穿麻衣，頭戴斗笠的怪異模樣，像極了當初收伏河童的思古淵，這點也很有趣。

昔日掌管比良山到花折嶺這片廣大地區的思古淵明神，現在只是主寺底下的神社，在地主神社旁供人祭祀。不過這是日本的自然神逐漸凋零的命運。祂們常以老翁的姿態現身，這表示祂們已太過蒼老，民眾渴望新的神明為了順應這樣的需求，介紹佛給民眾認識，成了祂們被賦予的課題。結束修行後，神明看起來像是躲在佛的身後，就此消失，但其實是變身成佛，傳遞其精神的，與其說是神道，不如說是佛教。相應和尚感應到的不動明王，根本就是思古淵之子。投影在瀑布中，並雕刻在連香樹的木頭上，已說明了這不過只是自然信仰的一種變型，但演變至回峰行者，則完全與自然山水同化。關於其信仰，因為太深太廣，遠非我所能體會，但我認為自己略微看出了一點皮毛。在自然不斷遭到破壞的今日，像他們這樣的人雖然極為少數，但只要還有他們在，就令人放心不少。歷史肯定仍繼續邁步，從未停歇，不是存在於桌上，而是在他們這樣的人心中。

23 葛城一帯

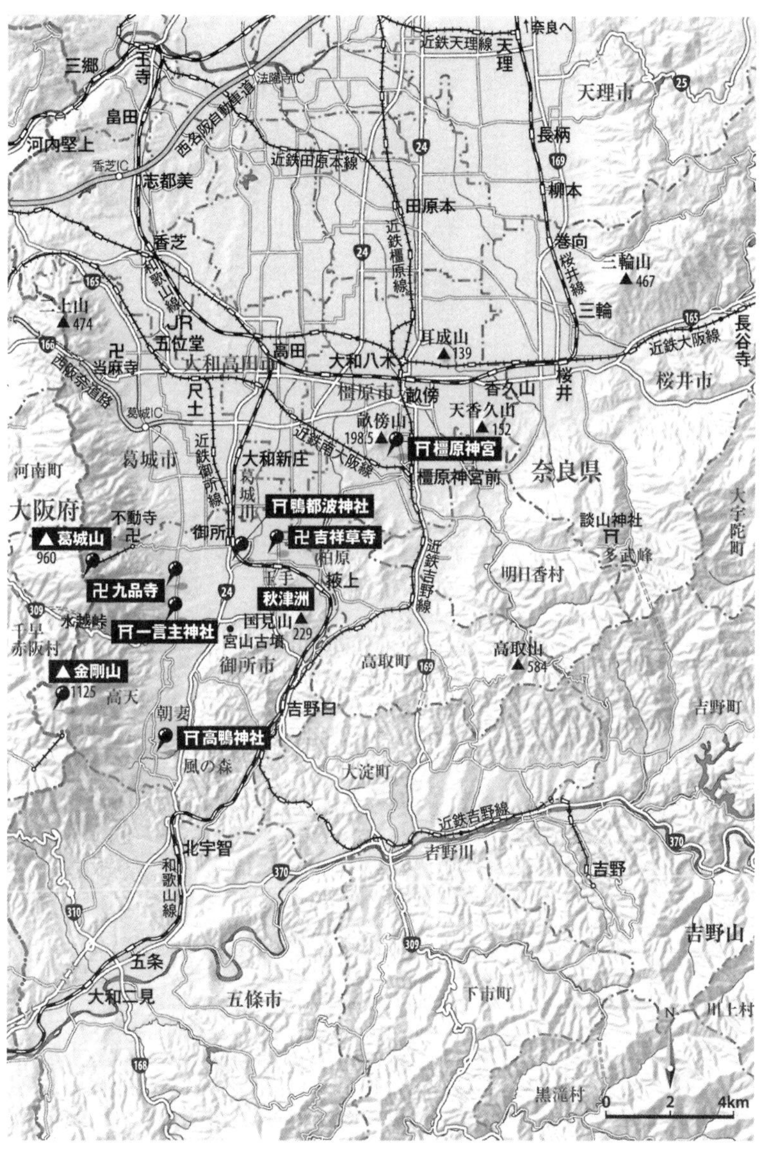

溯河山代川，轉眼過奈良，經小楯，過路倭，
何處是故鄉，葛城高宮處，翹首盼，是吾家。（古事記）

磐之媛皇后與仁德天皇不和，在山城的筒木宮中深居不出時，在「奈良山口」吟詠這首望鄉歌。

皇后的陵墓所在地，是沿著「歌姬越」的舊道往上行，一處隔著水上池俯瞰平城京的高臺。南方是綿延千里的大和平原，在空氣清澈的日子，能從葛城遠望吉野。由於離筒木宮不遠，所以皇后常會站在這裡，遙想故鄉的天空。雖然她是素以善妒、任性而聞名的皇后，但她在古事記、日本書紀、萬葉集上留下許多出色的和歌，讓人忘卻她這些缺點。我之所以會喜歡葛城，也是因為她的和歌，不過，葛城這個美麗的名字，似乎有個吸引人的神奇力量。

葛城高間有萱野，若知此處有美境，
早日立標占此地，何來今日悔難追。　歌者不詳

這首萬葉集的和歌，感嘆自己若能早點知道有這位美麗的葛城少女，就不會眼睜睜看著她嫁作人婦，不過這同樣也是我們對葛城山的思慕之情吧。飛鳥號稱是日本的故鄉，自神武天皇以

來，不，在那之前就已開發的葛城地區，才堪稱是大和文化的發祥地。但因為太過古老，只留下與山林有關的故事，這或許是因為它不像飛鳥或山邊道那麼廣為人知。而這點正是我感興趣的地方，再也沒有比保有原始樣貌的風景或信仰更能激起人們想像力的事物了。在往返於紀州和吉野的路上，我被那來路不明的魅力所吸引，不知已有幾次在葛城一帶流連忘返。每次都意猶未盡的返回，但這次造訪後我終於明白，如果只是從幹道稍微往內走，沒太深入的話，葛城山不會顯現它那充滿謎團的身影。

我這個人行事向來欠缺計畫性，雖說是造訪，卻沒有明確的目的和意圖。那是夏季尾聲一個風和日麗的日子，我就喜歡這種帶點倦意，心思平靜的時節，從奈良前往橿原後，旋即看到二上山出現在西邊。山頂有大津皇子的墓，而因中將姬的傳說而名聞的當麻寺，就坐鎮在山麓。葛城連峰從這裡開始，往南連接葛城山、金剛山，所以古時候似乎將它們全部統稱為「葛城山」。

在橿原神宮前右轉，經過高田町後，來到御所。這裡是葛城的市中心，山林已近在眼前，但不同於從遠處眺望，黑壓壓的山容，聳立在一層層的梯田上，至今仍未失它神山的氣勢。山腰有一條人稱「橫大道」的古道橫越，而我接下來要造訪的九品寺，就面向這條古道。這雖是一條幹道，但路面狹窄，僅勉強能供車輛通行，從車流頻繁的國道駛入這沒有人煙的田間道路後，有種突然重回古代世界的感覺。

沿著很高的石階拾級而上，來到正殿，左手邊有一座大僧房。今天我就在這裡過夜，所以我前往廂房準備放行李，這時，意想不到的絕景呈現眼前。

大和三山在我左手邊一覽無遺，而三輪山在它後方露出秀麗的樣貌。我腳下是剛才路過的御所町，隔著水田層層交疊的綠色山丘，應該是古事記和日本書紀中提到的玉手丘、嗛間丘等舊址。其背後有國見山、高取、多武峰一路相連，在一片霞霧後方，還可望見紫色的吉野連山，只要站在這裡，大和平原泰半都能盡收眼底，一處絕佳的環繞全景。葛城被奉為神山，以及葛城一族統管大和一帶，只要看過這樣的景致就會明白背後的道理。如同我前面所說，我對這個地方，就像對這裡的神社以及陵墓一樣，是有一些片段的知識，但我不知道這裡竟然暗藏了這樣的景致。告訴我這件事的，是末永雅雄老師，以及前縣議員，至今仍表現活躍的鄉土史學家西口紋太郎先生。而我之所以會在九品寺過夜，也是他們兩人介紹。尤其是末永老師，他甚至對我說，如果沒住這裡，就不會了解葛城，他說的果然沒錯。

九品寺是行基菩薩開創，平安初期，弘法大師建造了寺院「戒那千坊」。其遺跡仍存留至今，原本似乎是一座大寺院，九品寺也是其中之一。寺內祭祀藤原時代的阿彌陀如來，從這裡到境內的山上，有無數尊名為「千體地藏」的石佛，立在杜鵑花叢間。村裡流傳，這是為了供養當初跟隨楠正成的人們而打造，不過，雖說是「千體」，但其實多達兩千尊以上，地底下也埋藏了

蒙上霞霧的葛城山、金剛山

許多尊。雖然詳情我也說不準，不過這當中似乎夾雜了一些南北朝的石佛，時代也比野外的石地藏還古老，雕工也很精細。如果是在奈良或京都附近，可能馬上就聲名大噪，而這種東西竟然埋沒在這裡，沒人知道，這正是葛城山耐人尋味之處，同時也是它的深度。

吃完午餐後，我出外散步，漫無目的。

前些日子我在雜誌上寫到磐之媛皇后的事蹟時，那首長歌裡提到「葛城高宮」，當時我沒能查出是在哪一帶。向住持詢問後得知，當地大家都知道那地方，而且就在寺院附近。

那是從葛城主峰往下矮一截的山峰，就此成為平坦的山丘，形成自然的平臺，人稱「神宮芝」。上面沒半棵樹木，以草地的形態遺留了下來，確實很像是建造宅邸的地形。從那裡一直到下方的山麓，一路都是相連的美麗梯田，看得出這裡雖是山地，但土地肥沃。磐之媛在這種景致宜人的地方生長，創作出如此熱情的和歌，令我感慨萬千。

君行遠門已多日，不見歸來心躊躇，
是該翻山出迎去，抑或靜候待君歸。

思君之情日漸濃，柔情綿綿難消除，
不如高山岩當枕，就此離世解千愁。

秋田稻穗布朝霞，恰似此情霧重重，
霞霧不知何去從，方能一解我心憂。

這幾首和歌，可能是在難波的皇宮吟詠，而磐之媛在歌詠「山」和「岩」時，腦中一定都想著葛城山。此外，朝霞從梯田中升起，不知往何方消散的景象，與我此刻看到的景象應該沒多大差別。其周邊有園池、宮戶等地名，往南走小一段路，有一座一言主神社，而通往河內的幹道（水越嶺）也行經此地，所以她的「高宮」位在此地，應該不會有錯。沿山可以望見許多古墳，

磐之媛陵墓

而銅鐸出土的名柄也離此不遠。這些遺跡全都是在「橫大道」旁，看得出昔日是以這條道路為中心發展。那是足以與東側的「山邊道」匹敵的古代幹道，由於大和平原是一處沼地，所以才會行經高地。之所以有「高野幹道」的別名，是因為它是在高野山建立後才開通，可說是一路見證了葛城氏的繁榮與神武天皇建國，在整個大和中最古老的道路。

對我來說，「葛木坐一言主神社」是很熟悉的神社。不過，沿著舊道走，很自然的被引導至參道前，與搭車前往有一番截然不同的情趣。

雄略天皇在葛城的山中打獵時，巧遇一言主之神。當時天皇的隨從們身穿「青摺衣」，威儀十足的攀登山脊，這時，前方的山峰也出現一支同樣裝扮的隊伍。天皇加以責問「在此倭國，除朕之外，再無其他王者，來者是誰，欲往何方」，結果對方也以同樣的話回他，天皇怒不可抑，張弓搭箭，而對方也同樣拉弓。天皇說，那就彼此報上姓名後再開戰吧，於是對方先回答道「吾乃惡事一言，善事亦一言，言畢即離之神，葛城之一言主大神是也」，天皇聞言大感敬畏，就此拋下弓箭，朝一言主膜拜後，獻上許多贈物，就此交好。

同樣的姿態，反覆說同樣的話，所以有人說一言主是海市蜃樓，或是將回音人格化，不過，山中不可思議的現象肯定全都會認為是神明的作為。「惡事一言，善事亦一言」這似乎是占卜或預言。一言主的名稱就出自這裡，不過至今村裡的人們都稱呼祂「一言先生」，與祂很親近，在葛城周圍的神社（主要神社有五十多座，當中延喜式內社有十七座）中，也是最靈驗的神明。

從幹道朝神社走去，一路上綿延的松樹美不勝收。社殿位於高大的石牆上，在鬱鬱蒼蒼的樹林中，立著末社及芭蕉的石碑。其中有塊岩石，據說是神武天皇封印土蜘蛛的地方，但這應該是古代遺留下來的岩座吧。葛城這名字的起源，是以野葛建造城堡之意，號稱土蜘蛛的原住民住在洞穴中，圍起木柵欄嚴密防守。神武紀中記載，天皇在攻打他們時，以葛網覆住他們加以刺殺，因此才命名為「葛城」，但事實正好相反，原住民是以葛網來防禦外敵。當時有位建功的人物名叫劍根，被任命擔任葛城的國造，但不知道此人是否為磐之媛的祖先。只知道磐之媛是葛城襲津彥的女兒，算是武內宿禰的子孫。武內宿禰的巨大墳墓，隔著國道，就位在一言主神社對面的宮

從高野幹道遠望葛城山
左手邊的小山丘下有一言主神社

山古墳中，這也顯示出豪族葛城氏的勢力範圍。

名氣僅次於一言主神社的，是北邊的鴨津波和南邊的高鴨神社。兩者都祭祀出雲系的神明，不過京都的賀茂神社原本也是從葛城遷移而來，是以當初替神武天皇帶路的八咫烏當祭神。可能是古代的人不太會區分烏鴉與野鴨吧。鴨（カモ）與神（カミ）的音相通，所以肯定被當作一種圖騰，視為神的使者或化身來看待。這些神社全都位於葛城川畔，或是位於支流的上游，說明其原本是水源處的農耕神。

鴨津波神社位於國道二十四號線上，所以景致很單調，不過高鴨神社則充滿神祕的氣息。尤其是神社下方的池子中落下金剛山的倒影，景致實在迷人，令人聯想起萬葉集裡歌詠的葛城少女。和歌中的「高間有萱野」，現在寫作「高天」，就位在神社後方那座高峰上。而「立標占此地」，用到和神明有關的語句，是因為那裡是禁止進入的聖地，也許帶有「高嶺之花」的含意。有一說指稱，那或許是紫草生長的標野（禁苑）。

高鴨神社位於葛城南郊，已離紀州不遠。我平時都是從「風森」這個公車站牌走進山中，但今天決定試著從橫大道登上高天，再從那裡下山。

高天不用說也知道，這名稱是源自「高天原」，聽說大和有三十幾座像這樣的山。這未必就是出於事大主義（※源自孟子「以小事大」的觀念，是捨卻自我信念，迎合強者的一種方針。），肯定在各個土地上，都擁有神明居住的靈山。將它們總括在一起，合為一個神話，這就是所謂的高天原物語，在大和中擁有悠久歷史的葛城高天，也許就是其原型。

從一言主順著舊道南下，有個朝妻村。從那裡右轉，登上陡坡後，在海拔五、六百公尺高的地方，可以看到高天村。車輛也是一直到前不久才得以通行，是一處完全與世隔絕的祕境。雖然地勢高，但完全沒有視野可言，不過在那封閉的高原中，稻穗提早變色，整個村莊靜謐的氣氛，感覺彷彿至今諸神仍齊聚於此。

高天的村落

這裡有比一言主神社和高鴨神社更神祕的神社，在高大的杉樹深處，有一座小小的神社，呈現出膜拜神體山的姿態。村中耆老告訴我，這裡又叫「燈明山」、「上山」，上山應該就是神山吧。這裡的森林給人深邃的神祕感，讓人覺得所謂真正的原始林，指的應該是像這樣，是很符合高天原形象的神山。

前方的道路突然變得險峻，據說是通往金剛山的最快捷徑。據說山頂的神社住著一位姓葛城的神官，他是葛城氏的子孫，同時也是葛木神社唯一的氏子，在月夜以及下過雪的隔天，想必景致很美。不過，最近葛城山和金剛山都裝設了纜車，有人說山頂反而變得很熱鬧。

高天、高鴨、風森，從地圖上來看，幾乎是保持同樣間隔在一條線上相連。古代神社的配置相當精準，背後肯定有什麼依據。風森祭祀名為「志那都比賣」的風神，不過葛城這地方素以風大聞名，也有かざらき（風猛）的稱呼。抵禦當地知名的強風，賜予農耕所需水源的神明，被奉為大和的守護神，安置於南方的入口處，同時建造了大葛城山的遙拜所。雖然不清楚一言主神社與高鴨神社的關係，但主要是前者由葛城氏祭祀，後者由鴨氏祭祀，只要有這樣理解就行了。

我再次從那裡回到御所，越過葛城川，前往東側的「秋津洲」。

日本書紀曾寫道「三十有一年夏四月乙酉朔。皇與巡幸。因登腋上嗛間丘。而迴望國狀曰。大妍哉乎國之獲矣。雖內木錦之真迮國。猶如蜻蛉之臀呫焉。由是始有秋津洲之號也」，可說是大和中之大和。

就像飛鳥鄉地勢狹窄一樣，秋津洲也算不上寬廣。不過，在綠油油的稻田中央，玉手丘、嗛間丘相連的悠然景致，至今仍保有「豐葦原瑞穗國」的影子。其周邊陵墓和皇宮遺址密集，從神武天皇開始，至少歷經六代的天皇，都在葛城的山麓建造皇宮，與葛城的女人結婚。這表示在葛城一族的協助下，大和朝廷就此成立，而就這層意涵來看，這地方確實扮演了很重要的角色。

不過，從神武到開化這九代的天皇，有許多歷史學家認為他們並非實際存在的人物。理由我不能在這裡說，不過，當中有個原因是神武與第十代的崇神都叫作「始馭天下之天皇」，兩者同名，而且那段時間的紀錄，在古事記和日本書紀中都鮮少提及。

鳥越憲三郎最近出版《諸神與天皇之間》一書，專家對此有什麼看法，我不知道，不過，我們這些外行人覺得很有趣。因為它巧妙的照亮從神武天皇開始的這九代天皇之間的歷史黑暗時代。雖然無法與之相比，不過我也想用自己的方式走一趟「諸神與天皇之間」。不過這是我後來才有的想法，在行走的這段時間，我完全沒想到。寫著寫著，沒想到會有這樣的發展。

說得更詳細一點，這些陵墓和皇宮遺址全都集中在葛城山麓到畝傍一帶，就像加以環繞般，武內宿禰的墳墓和白鳥陵分散各處，不過這一帶完全沒開發，那充滿詩意的風景，很適合信步其中。

嗛間丘的東北方，相當於畝傍後方處，有個柏原村，那裡有一座村莊裡的神社，名為神武天皇神社，我從以前就聽說過。不過，不管問誰都沒人知道。而在這次的旅行中，我終於查出它的所在地。

為什麼我會對這種地方感興趣呢，因為神武天皇即位的地方不是在現今的橿原神宮，可能是在這處柏原。我一邊問人，一邊尋訪，得知那座神社就位在柏原町內藤井勘左衛門先生家門前轉進的小路深處。它就像村裡的鎮護神社，有一座小小的社殿，但它悄悄隱身在畝傍後方，村民們都稱之為「神武先生」，受村民擁護，讓人聯想到昔日受士豪擁護即位的磐余彥（※亦即神武天皇。）。如同人們所知，現在的橿原神宮是於明治中期建造，聽說地名也不是橿原，而是叫白橿村。到底中間經歷了怎樣的過程而被當作是正宗的皇宮遺址，我不知道，但似乎從德川時代就已經無從辨明。

一見畝傍山，遙想神代時，
皇威震四方，巍峨橿原宮。

詢問現今是否仍有橿原這地名，得知此村位於南方一里處，近處則未聞有此地名。

這是本居宣長《菅笠日記》中的一節，說到畝傍山西南方一里（※日本的一里，約三．九公里。）處，非柏原莫屬。《大和志》和《大和名所圖繪》也都明確記載「橿原宮　在柏原村」。神社入口處立著一個石標，上頭寫著「神倭伊波禮毘古命」，背後可望見一座山，像是神體山。我在那裡向一位帶著孩子的太太詢問，她回答說那是「ホンマ山」，想必是從ホホマ（嗛間）轉化而來吧。照這樣來看，所謂的「腋上的嗛間丘」，指的就是這座山，而現在仍以那個名字稱呼的山丘，或許是玉手丘的一部分。一旁有名為「王城院」的殿堂，想必是昔日遺留下來的神宮寺，這「王城」之名，肯定是用來表示它是皇宮遺址。雖然此刻站在町內雜亂的地方，但如果摒除這一切，試著加以想像，那麼，從對面的玉手丘到吉野、葛城一帶的雄偉景致，不就是「秋津洲大和」那知名的美麗視野嗎？

回程時，我從畝傍山山腳繞往橿原神社。因為位於西南方一里處，搭車不用十分鐘。這裡的櫟樹林不管什麼時候看都一樣壯觀，我認為這是紀元兩千六百年的祭典所帶來的唯一傑作，不過，花了三十年的歲月，讓全國收集來的櫟樹苗在這處原本就水土適合的地方茁壯成長，而神社也逐漸具備莊嚴的風格。尤其是初夏時節，走在這一帶，那新芽散發的芳香讓人身心沉醉。

柏原與橿原究竟有何不同？這裡是建造出的橿原，作為對外公開之地。這樣有什麼不對？歷史不就是這樣嗎？我心裡有個聲音如此低語。若問有無根據，「位於南方一里處」，真正的柏原至今仍在。因此，這處橿原也非完全虛構。非但如此，一般民眾深信它才是貨真價實的建國之地。就算現在才要還原真相，這對彼此來說想必都很為難。真要說的話，柏原算是橿原的內院，不光神社，就連佛教的寺院也都是以這種形式存在於民眾心中。真要說的話，古事記、日本書紀，都只是將神話總括在一起，對傳說做一番整理，完全沒憑空捏造。對於傳說與虛構的差異，我們應該要有更明確的了解才是。

那天晚上在九品寺的大廳裡，我望著大和平原閃爍的燈火，遙想兩千年前的往昔。葛城山位在後方，從那裡看不到，但在看不見的狀態下，卻始終感受到沉重壓力。天將亮時我這才入睡，這時，喧鬧的聲響令我醒來。在御所市內，傳來有人用擴音器大喊的聲音。雖然聽不清楚在說些什麼，但聲音在群山間形成回音，久久無法消失。聲音才剛消失，接著又從別的山峰傳來，就像雲霧湧現般。一言主還活著，仍守護著葛城山。睡眼惺忪的我，腦中突然浮現這樣的想法。

24 從葛城到吉野

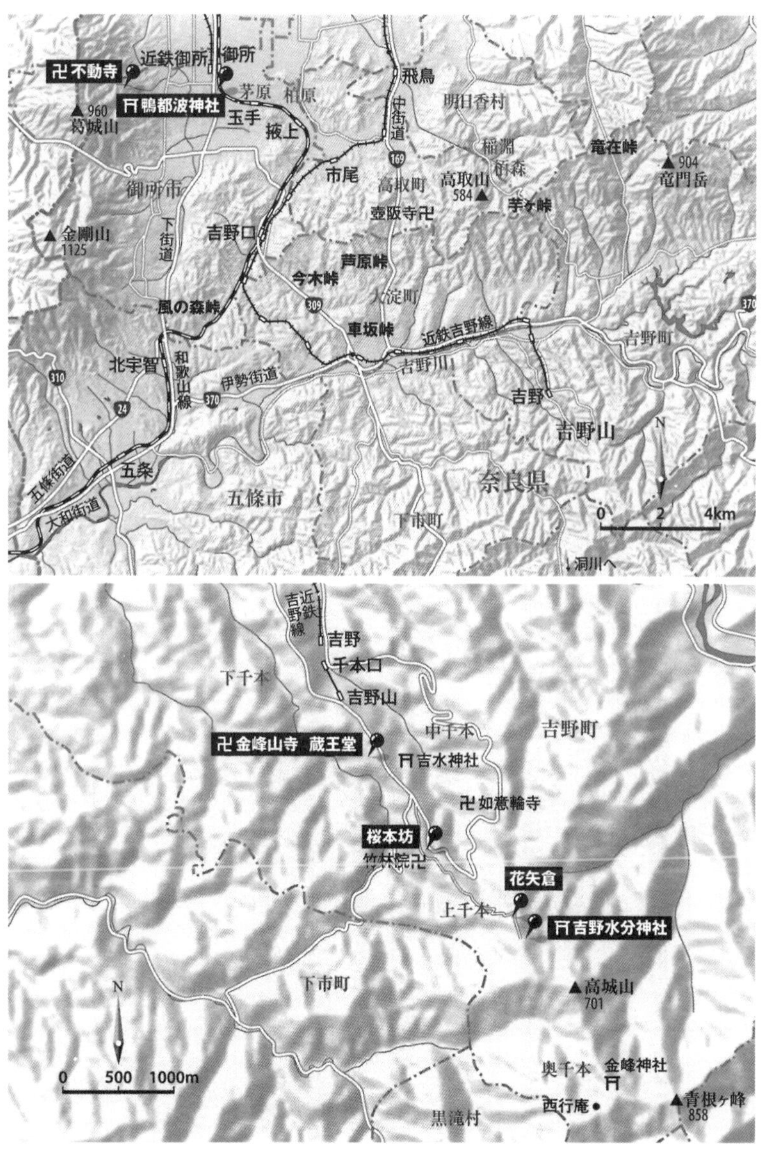

卍不動寺
近鉄御所
御所
鴨都波神社
960
葛城山
茅原
柏原
玉手
掖上
飛鳥
中街道
明日香村
稲淵
栢森
竜在峠
904
竜門岳
169
市尾
高取町
高取山
584
芋ヶ峠
御所市
壺阪寺卍
金剛山
1125
下街道
吉野口
芦原峠
今木峠
大淀町
309
風の森峠
車坂峠
近鉄吉野線
370
吉野町
吉野川
北宇智
和歌山線
310
伊勢街道
24
吉野
吉野山
N
五條街道
五条
奈良県
五條市
大和街道
0 2 4km
下市町
↓洞川へ
近鉄吉野線
吉野
千本口
下千本
吉野山
中千本
吉野町
卍金峰山寺 蔵王堂
吉水神社
卍如意輪寺
桜本坊
竹林院卍
花矢倉
上千本
吉野水分神社
下市町
高城山
701
N
0 500 1000m
奥千本
金峰神社
西行庵
青根ヶ峰
858
黒滝村

前些日子我去葛城時，造訪了役行者的誕生地。就位於御所市內的茅原，一座叫吉祥草寺的寺院。新年時，會舉行盛大的「歲德燒」，所以算是一座有名的寺院，不過現在也只留下一座小佛堂和鐘樓。這裡離橿原神宮以及其前身的柏原神武天皇神社都很近，身為葛城地區的大寺院，昔日占地廣闊，但後來因南北朝的戰爭而化為焦土，無法重振。不過它至今仍是修驗道的一方總山，同時也是役行者的誕生地，既然要去葛城，我無論如何也想造訪這座寺院。

說到茅原，如同它字面的意義，是長滿茅草和蘆葦的平原，在古代應該是一處沼澤地。那裡長滿了整面的吉祥草。這種花是百合科植物，模樣似蘭，但據說只在有吉事時才開花，役小角出生那年，這一帶的吉祥草開滿了花。寺院的庭園至今仍有幾株殘留，聽說葛城山中有一處吉祥草叢生的地方，但就連住持也沒見過這種花。

關於役小角的出生，打從一開始就伴隨著這樣的傳說。他的出生年代與父母皆不明。根據一般的流傳，他父親是在葛城地區握有權勢的賀茂氏一族，母親是葛城君之女，人稱「白專女」，役小角活躍於舒明朝到文武朝這段期間。但比起這些，我更感興趣的是他出生於古代信仰的聖地葛城山山麓，而且他的出生地位於建立大和王朝的嗛間丘與秋津野中央。既然稱他是賀茂氏的子孫，想必是出身於掌管神事的家庭，他母親的名字也讓人聯想到巫女（聽說白專女是指狐狸，或許是狐仙附身，或是會操控狐狸的咒術者）。不管怎樣，小角出生時，不論是賀茂氏還是葛城氏，都已不再有昔日的勢力，只是落魄的祭司。

一個人的個性會在七、八歲之前形成。在神祕的氣氛中長大的小角，從十三歲開始，每晚都會上葛城山。當時說到學問，學的都是佛教，他從七歲起，便跟著叔父祈願修行，獲傳孔雀明王的咒法，但這樣他還不滿足，開始獨自在故鄉的山岳中閉關修行。那裡住著他的祖先一言主和阿遲鉏高日子根神，他向眾神祈禱為他釋疑，這或許就是他的祈願。孔雀王咒經原本是在山中遭蛇咬時的治療術，但後來進一步成為祈雨、化解天災之術法，雖說是佛教，但與日本自古的民族信仰有許多共通之處。葛城山有多處仍留有當時修行的場所，可以想像他追求自己的神明，像瘋子般在山野間四處奔馳的模樣。

「空中有乘龍者，貌似唐人著青油笠而自葛城嶺馳隱膽駒山，及至午時，從於住吉松嶺之上向西馳去。」

這是齊明天皇紀中的一節，不過，這不就是役行者神出鬼沒的姿態嗎？

從茅原登向葛城的山腰處，有不動寺，以及名為「不動瀑布」的修行場，想必一開始是在那一帶修行。從地圖上來看，柏原、茅原、鴨津波神社，以及這座不動寺，都位於一直線上，其背後聳立著葛城山，我認為這不像是恰巧一致。倒不如說，這自然的景色本身，看起來就像古代信仰與佛教合體的一種形式。換句話說，神明附體的天才役小角，他透過精通佛教，而得以看見自己的神。

那是一條險峻、艱苦的道路。大致來說，修驗道的本質是藉由苦行來毀滅自我，或是藉由捨

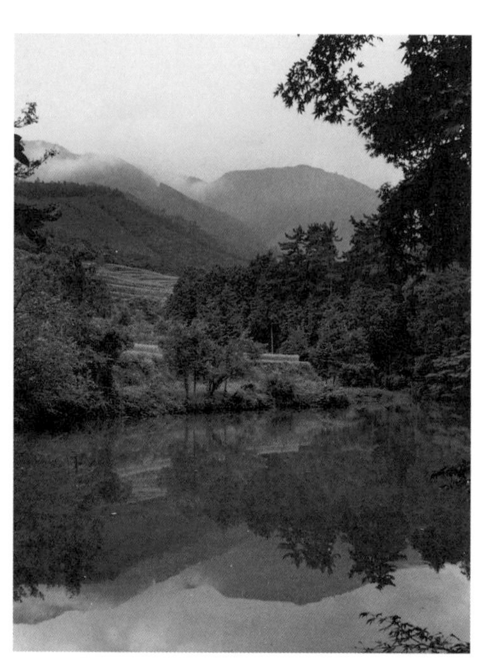
映在高鴨神社池子上的葛城山及金剛山的山巒

身的修行，為萬人贖罪，這是其思想，但佛教所說的人祭，以及原始信仰所進行的活供品，在這方面倒是想法一致。而最後自己變身成神的這種想法，與佛教的即身成佛很類似。

說到這種事，或許所有宗教都能看出這樣的共通點，不過以日本的情況來說，正因為長期有自然信仰這樣的傳統，所以才能坦然接受程度高的佛教。話雖如此，要實際產生連結並不容易。就算是役行者，應該也不是打從一開始就抱持這樣的意圖。他肯定就只是在一股來路不明的力量驅使下，從這山流浪到那山。據傳記記載，他幾乎走遍全國的高山，其足跡媲美弘法大師。修驗道對後世的宗教、藝術就不用說了，就連對政治也產生很大的影響，就這樣發展起來。在不曾有人涉足的深山裡，他吃樹果，承受瀑布的沖擊，過著與自然同化的生活，想必是得到了一種常人無法想像的靈力。有時他會來到鄉村，解救病人，而藤原鎌足的名字也在其中。

在如此嚴苛的修行路上，某天行者在箕面的山中巧遇龍樹菩薩，得到佛教祕法的傳授。如今箕面是紅葉的知名景點，已成為熱鬧的觀光地，不過，若在淡季時前往，那裡會是一處只聽得到瀑布聲的清幽、深邃之境。行者在接受過瀑布沖刷後，走進深山，在勝尾寺一帶，第一次感應到神明的存在。但那不是他所追求的神明，而是印度佛教的僧人。

接著天智天皇四年（六六五），在葛城山脈的金剛山，他感應到事代主。在小角的故鄉，事代主是鴨津波神社祭祀的神明，據說是一言主的別名。最後，藏王權現在吉野的大峰山現身，不過，在大峰山歷經千日的修行後，首先出現在小角面前的是釋迦。不過，釋迦如來「法相圓滿的形象」，與嚴苛的山岳信仰不太搭調。接著現身的是觀音，祂那充滿菩薩慈悲的「柔和形象」，同樣不是他所追求的神明。這時，突然天地震動，駭人的荒神從大地湧出。祂是「大忿怒大勇猛」的藏王權限，這正是小角多年來苦苦尋求的新神。那是暗藏大自然威猛的山岳象徵，同時也是古代山神重生的姿態。

現在吉野山的藏王堂所祭祀的主神，是用櫻木打造，相傳是當時役行者感應到的神像。這想必只是傳說。但一位神明附身的青年，在龍樹菩薩的引導下，遇見事代主，進而發現神佛完全融合的藏王，這個傳說說明了役行者精神的成長。或者可說是日本宗教所經歷的歷史。崇敬山林的原始信仰從長眠中醒來，在清楚的自覺和反省下，一個宗教在那一刻就此創立。

一般來說，修驗道祭祀不動明王，役行者一開始似乎也是奉不動明王為主神，不過藏王算是其變型，是更加日本化的佛。我向專家詢問得知，在中國，不動明王像雖是在唐代打造，但一直都沒普及，至於藏王更是完全不存在。照這樣看來，藏王是日本人所創造，而且是神人發現這尊佛，就這點來看，我認為意義非凡。

役行者後來被認為是以妖術迷惑世人，因韓國廣足（※役小角的徒弟，日後告發役小角。以禁咒名人的身分為朝廷效力。）進讒言，而被流放至伊豆七島。這段時間，他一樣忙著開拓和救濟，從不怠惰，晚上飛往富士山修行，到了第三年得到赦免，回到大和。相傳過沒多久，他便在文武天皇大寶元年（七〇一）圓寂，但或許是在遙遠的外島命終。關於此事，日後有人傳聞他去了朝鮮，也有人說他前往大唐，不過，在某個山中靜靜死去，沒人知道，這樣才像役行者的風格。可能是他最後下落不明，才會產生這樣的臆測吧。

總之，他是一位留下許多傳說的人，因此連他是否真實存在都引人懷疑，不過，會留下這麼多傳說，也證明了他就是如此受人親近和景仰。其中最廣為人知的，應該就是他派遣諸神在葛城山和吉野金峰山中間架設岩橋了。當時葛木的一言主神，以自己醜陋的面容為恥，白天不工作，只有晚上才外出，因而遭行者訓斥，被咒術困在谷底深處。在日本靈異記和今昔物語中提到，一言主為此懷恨在心，因而進讒言陷害行者，但人們所信奉的神明絕不會做這種壞事。這段軼聞可說是暗中道出葛城氏的沒落。昔日令雄略天皇敬畏三分的葛城之神，也已變得落魄。

夜渡岩橋與君會，承諾難守信誓毀，
自慚形穢葛城神，天明只會徒傷悲。　左近

來到平安朝後，甚至如同這首和歌一樣，葛城之神被視為容貌醜陋者的代表人物。在此同時，不知不覺間變成女神，在能劇《葛城》中，成了央求山伏替她解開咒縛的柔弱女子。

百花叢中曙光現，神明尊顏待細看。

這是芭蕉在前往吉野的路上，於葛城一帶所作的俳句。他想看的，不就是褪去那傳說的外衣，自古不變的美麗神明嗎？登上葛城山後，吉野的連山看起來近在咫尺。從吉野遠眺，葛城山、金剛山也彷彿近在眼前。岩橋的傳說肯定是象徵在葛城誕生的役行者於吉野開眼，在神佛之間架起了橋梁。那視野確實讓人很想在上面架橋，但這不是夢，現在要在上面架陸橋或許也辦得到。不過，我希望最好別這麼做。破壞大自然，就是破壞人類自己，這種事我們已經見識太多了。

從大和前往吉野的道路相當多。如果是從葛城方向前往，會先經過風森嶺、今木嶺、蘆原嶺，這裡現在已建造隧道，可輕鬆前往吉野，但在七、八年前，得走曲曲折折的陡坡，我在花季時前往，叫苦連天。接著從壺坂寺翻越壺坂嶺，經飛鳥來到芋嶺、龍在嶺、細嶺，如果連其他的小山嶺也算在內，一共有十幾個之多，我想，役行者往返的路線應該是從茅原直接南下的今木嶺吧。

越過山嶺後，還有一處叫車坂的小山嶺，山頂上有前往大峰的行者們從遠處帶來石頭，像賽之河原（※三途川的河原稱作「賽之河原」，是比雙親早亡的子女，為早亡的不孝而受苦的場所。這些子女為完成雙親的供養，會在賽之河原堆積石塔。）一樣疊成石塔。他們在這裡遙拜吉野，這表示與現世告別，進入另一個未知的世界。下坡後來到下市，吉野川河畔至今還保留了一處淨身的場所，名叫「柳渡」。現在從下市經洞川登山已成為登山路線，但那是從明治開始，以前是從吉野山前往金峰山，沿著大峰縱走，才是固定路線。從吉野前往熊野，叫作「逆峰」，而從熊野來吉野叫作「順峰」，這用來表示陰與陽，以及密教所說的金胎兩部（※用來表示真言密教的主佛大日如來所具有的智德之金剛界，以及用來表示理德之胎藏界。），同時也是仿效神武東征時的道路名稱。這段路上有七十五處靈場，得花上一週的時間才能抵達熊野。

在這次的旅行中，我試著前往芋嶺。沿著飛鳥川溯河而上，在一路行經稻淵、栢森的古老幹道上，不自主的想像起天武、持統兩位天皇當初通往吉野離宮也是走這條路。接近山頂處，有行者道，從車道岔出的道路上，立著熟悉的役行者石像。車子從那裡繞往右方抵達山頂，但行者道則是走陡坡，直線通往山頂，然後一直線的往下走到吉野川。

山頂的視野絕美。當時剛好雨停，陽光灑落，在朝霧山可遠遠望見吉野連山。看過這樣的景致後便可明白，那架設岩橋的傳說是古代的人們衷心的期盼。連我也很想就此渡往對面山頭。我知道櫻花盛開的吉野山，但秋天想必另有一番風情。因為只能搭車前往，所以我走原路回到飛鳥，打電話給熟人介紹我的櫻本坊，剛好住持在家，說他可以和我見面。於是我馬上啟程前往。

秋天的吉野山無比幽靜。沒有車輛通往，也沒人影。轉眼已通過下方的千本，藏王堂出現在右手邊，就此抵達櫻本坊。這一帶人稱「中千本」，沒開櫻花的吉野山雖然感到美中不足，但南朝可悲的歷史以及義經的悲劇，在山氣中淒惻的迫近而來。

吉野山的道路行經宛如馬背般的山脊，所以這裡的屋子全都稱作「吉野建」或「崖造」，一路往下方的山崖而建，一蓋就是好幾層。櫻本坊也不例外，大門處看起來是沒多大的平房，但往下走會發現裡頭相當寬敞，幾乎都快迷路了。因為有許多行者會在這裡投宿，人多的時候，甚至會達四、五百人之多。

我被帶往的房間也算是其中之一，隔著櫻花的紅葉，可以遠眺龍門岳。不久，住持現身，我一看到他嚇了一跳。他是高逾六尺的大漢，像相撲選手一樣肥胖。一副威儀十足的「山伏」樣貌，讓人覺得武藏坊弁慶大概就像他這樣吧。

住持名叫巽良乘，談吐爽朗風趣。我這次前來的目的不是要查訪資料，所以不經意的問起大峰修行的事，結果住持一臉歉疚的回答道「對女性真的很抱歉，這座山禁止女人進入……」。我也知道此事，但其實我很贊成這種做法。偶爾有這種地方也不錯。處處都男女平權實在沒意思，而且這樣女人會拿翹，男人則會變得懦弱。事實上，載我來的這位司機先生是丹波人，他說如果沒來過大峰，就娶不到老婆，所以他十七歲時已在前輩的帶領下爬過這座山。這相當於一種成年禮，年輕人藉由苦行來增加自信，這才得以加入成人的行列，成為獨當一面的男人。

地方上似乎仍保有這樣的風俗，現在行者的人數有七、八十萬人，也有人說達百萬人之多。大部分都不是像巽先生這樣的專業山伏，而是另有正職，每年開山時，就會從日本全國各地齊聚於此。說到山伏，在明治的廢佛毀釋中應該已被廢止，但法律終究敵不過傳統的力量。戰後宗教自由得到認同，它變得更加興盛，聽說最近人數不斷增加。在我們所不知道的地方，役行者的子孫們一面誦念著「阿毘羅吽欠（※向大日如來祈禱時的咒文。）」，一面昂首闊步於大峰山中，這是多麼不可思議的現象啊。

正確來說，大峰指的是從吉野川的「柳渡」到熊野本宮間的這段長路的總稱。一般來說，到「前鬼」會當作是一圈，耗時三天，再下去的路稱作「奧驅」，到熊野需要七天的路程。

熊野自古人稱「根之國」、「妣國」，是鬼魂歸來的鄉里。聳立於那智瀑布上方的阿彌陀峰，是死靈聚集的靈地，而它山麓的補陀落山寺，則存有入水往生（※因想往生前往極樂淨土的想法高漲，而跳水達到往生極樂的做法。）的信仰。換句話說，熊野是死者之國，是神話中的黃泉國，而以它為目標前往的大峰行，肯定有暫時死亡的含意。所以才會命名為「逆峰」，而稱歸來為「順峰」，應該是表示起死回生之意。在這段時間，像飛越岩石，整個人倒過來垂降，有多處賭上性命的險峻之地，每次都會體驗到生死一瞬，可是卻從沒發生過意外事故，想必是因為精神緊繃，而且管理得當的緣故。比叡山的回峰行也是一樣的情形，在施行上其實是井井有條，而且充分組織化。

說到比叡山，巽先生也曾在那裡修行。據說他當初念大學時，是個令人沒轍的火爆浪子，因為管不動他，所以家人要他去爬山，而他在行者們前往的無動寺內閉關，投入回峰行的過程中，很自然的起了菩提心。

「以前我很不想當和尚，一心只想逃離，但回峰行真的很不可思議。可能是走在山中那段時間與自然合為一體的緣故吧，心情莫名的平靜，產生一股虔敬之心。」

他這番話並非虛言。比叡山這個地方，外表看起來像觀光寺院，但千年的歷史果然底蘊深奧，在外人不知道的地方，仍持續點燃著法燈。現在仍有清楚的「學生」與「行門」之分，行者說起來算是被當作「外部人士」對待。人們因為他們怪異的裝扮而稱之為「峰之白鷺、山谷蟋蟀」，無動寺甚至有「瘋狂村落」的綽號。這是因為實際上真有這麼一群人聚集在此，不過，能透過嚴格的修行讓一位現代的莽僧覺醒，可見比起對暴力學生束手無策的大學，這裡的教育更為徹底。

說起來，回峰行也是從大峰移來此地，雖說它比較有系統，但比叡山就像是模型一樣。就算是葛城山，山勢也一樣太淺。役行者之所以將大本營設在吉野，就是因為它規模遠為大得多，而且背後有熊野當靠山。他自己是離經叛道的外部人士，不過這項傳統在吉野山留存了下來，日後成為逃亡者和隱居者們藏身的世外隱村。自天武天皇以來，一直接納不幸的人們，這風氣至今也傳給了吉野的居民們。

隔天早上，我在六點前因海螺的聲響而醒來。正殿已開始誦經。我急忙趕過去，發現巽先生坐在太鼓前，正吹著大海螺。其實不該說吹，應該說「吹響」才正確（※日語的吹海螺有吹牛的意思，容易誤會。），而他端正的坐姿，顯現出十足的山伏姿態，看起來很可靠。

本以為海螺這東西很單調，但其實完全出乎我意料之外。它的聲響時高時低，當中甚至還夾雜著顫音，美麗的旋律在破曉的山中形成回音。不久，吹響結束，在太鼓的伴奏下開始誦經。一開始速度和緩，接著逐漸加快。曩莫三曼多縛日羅赧怛羅吒、戰拏摩訶路灑拏……這是能劇中常聽到的經文，不過比起講究的謠曲，更有氣勢，剛勁有力的鼓聲撼動著正殿。不知道該說是充滿野性，還是帶有挑釁意味，這就是山伏，就是修驗道。當時我好像掌握了某種感覺。

誦經結束後，離早餐還有一段時間，所以我到尚未天亮的門前町散步。從四面八方的寺院傳來鼓聲和海螺聲，在櫻花季看不到的吉野山平日樣貌，此刻就在眼前。我從狹窄的成排住家間通過，從花矢倉來到水分神社，金峰山聳立其上。那是一條一往直前的信仰之路，看起來像是役行者追尋的永遠淨土。他就像藏王權現般，燃燒自己，化為火球，燃燒殆盡後，肯定就埋骨於吉野山。我不禁覺得，整個大峰似乎都是他的墓地。

吃完簡單的早餐後，我登上金峰山，走在西行的庵房一帶，往下來到水分神社。正好祭典進行到一半，正準備出動神轎。戴著天狗面具的人在前面帶路，村裡的年輕人扛起神轎。這是只有村民們舉行的古代祭神儀式，望著這群鄉間的隊伍在樹叢間若隱若現的往下走，一種難以言喻的熟悉感油然而生。

這座神社祭祀有名的玉依姬命神像，但既然叫作水分，在吉野山應該算是最古老的靈地之一。在禁止女人進入的山上，有一位與藏王權現一同存在的美麗女神，這點很有意思，如果讓行者來解釋，或許會說，在陰陽調和處方能生萬物。在密教中，不論是以手結印，還是祭祀的主神，都帶有情色的氣氛，而這也與古代的神誕信仰巧妙的結合。「山即是產」，被視為擁有能生育萬物的力量，受人崇拜。水分由ミクバリ（水配り）轉變成ミコモリ（御子守），化為「子守」，成為一位多產之神，但本質上並未改變。如果祂是生育萬物的神明，則山一定會被視為女體，役行者期望的會不會是與這位女神結婚呢？他被山附身，愛上了山，天生就是大自然之子。會拒絕人類的女人也是理所當然。

從水分神社前往藏王堂的神轎

吉野　水分神社

櫻本坊的主神是聖天。祂是祕佛，所以無法膜拜，可能是模樣奇特吧。看了後來從高野山分出的立川流（※又稱內三部經流，是日本佛教密宗的一個派別，乃日本佛教真言宗分支。以仁寬為始祖，荼枳尼天為本神。）便可明白，修驗道打從一開始就充滿了危險，只要走偏一步，就有可能墮落。不過，任何宗教和思想也是一樣。人們總是以適合自己的想法來解釋一切，說起來，許多事物就是因為誤解而得以保存，以這樣來看的話倒也有趣，不過也很可怕。

櫻本坊裡同樣有知名的役行者雕像。這是鎌倉時代的作品，行者像一般都是以老人的姿態呈現，但這是行者十九歲時的雕像，看起年輕又有活力。與佛像的不同

役行者像（櫻本坊珍藏）

之處（就算是年邁的情況也同樣能這麼說），在於它帶有濃濃的人味，到令人感到有點可怕的地步，離悟道或諦觀還有很大的差距。那鮮明的姿態引來平民百姓的共鳴，所以崇拜山林的古代信仰，應該就是藉由走遍山林的修行，第一次感受到那是自己的信仰，產生一股親近感。

當文化過度發展時，就會流於柔弱。當人們遠離自然，就會變得病態。雖然很多方面都顯得野蠻，但解救人們脫離這種危機的，往往都是山岳信仰的野性和能量。近代的登山家之中，如果是日本人，身上一定流著役行者的血。想到日本的國土有百分之七十六是山地，便覺得這是理應產生的信仰。而為了讓役行者狂野的亡魂得以安息，必須等百年後弘法大師出現。高野山和吉野山給人不同山林的印象，但其實是同樣的山脈，峰峰相連，只有九里長。對行者們來說，據說只需一天就能走完。然而，這條路說近，卻又無比遙遠。我站在花矢倉上，望著夕陽落向高野山彼方，心不在焉的想著此事。

後記

這是我在《藝術新潮》上長達兩年連載的隨筆。起初只打算連載一年，但篇幅容納不了，愈寫愈長，而且最後只局限在近畿地區的小範圍裡。但這樣還是不夠我寫，就算我花上一生的時間也寫不完。

前幾天我聽廣播時，聽到今西錦司先生說「日本要是有風景學就好了」。當然了，這句話的意思是說，從生物學的立場來看，有許多人針對每種動物和昆蟲進行研究，但包含植物和人類在內的廣闊景致，例如從高山上遠望這三千世界的綜合性學問，如果有也不錯。

於是有個念頭馬上浮現我腦中。我一直想做的，不就是這樣的事嗎？我不想刻意說這是學問。而且它與生物學的立場也有所不同。不過，用心傾聽大自然說的話語後，經過兩年的時間，我在無意識中一直從事的就是這樣的工作。由於我還不成氣候，大自然只向我洩露隻字片語，但在現今這種壓得人喘不過氣來的時代，這已是很大的慰藉。這段時間，終始耐著性子與任性的我交涉的山崎省三先生與各位編輯、替我拍下美麗照片的野中昭夫先生，以及多方關照我的出版社眾人，我深為感謝。

筆末，我要特別謝謝老師們，面對一切都很生疏的我，謝謝你們的熱心指導。有時甚至還陪我展開遠途的旅行，在感謝的同時，就讓我將這段歡樂回憶永久留存吧。

一九七一年秋
白洲正子

封面圖片

日月山水圖屏風（攝影：野中昭夫、金剛寺珍藏）

內頁攝影

野中昭夫（後述頁碼之外）

前野隆資（95、98、103、106、109、112、157、304、306、307）

淺野喜市（239、243、246）

坂本万七（13）

地圖製作：J-MAP

- 本書內容以一九七一年日文初版為基礎，以當時採訪拍的照片搭配新地圖重新編輯而成的圖文紀念版。
- 本書地圖地名以二〇一〇年七月為準，並維持日文原文方便讀者查詢。
- 書中所提的地名和寺院神社樣貌，與今日相比可能有所不同，訪問前請事先確認。

國家圖書館出版品預行編目（CIP）資料

尋隱日本：美學評論家與世外隱村的一期一會／白洲正子著；高詹燦譯. -- 初版. -- 臺北市：麥田出版：英屬蓋曼群島商家庭傳媒股份有限公司城邦分公司發行, 2022.09
面； 公分
ISBN 978-626-310-287-3（平裝）
861.67 111010964

尋隱日本

美學評論家與世外隱村的一期一會

かくれ里

作　　者／白洲正子
譯　　者／高詹燦
校　　對／魏秋綢
主　　編／林怡君

國 際 版 權／吳玲緯
行　　銷／何維民　吳宇軒　陳欣岑
業　　務／李再星　陳紫晴　陳美燕　葉晉源
編 輯 總 監／劉麗真
總　經　理／陳逸瑛
發　行　人／凃玉雲
出　　版／麥田出版
10483臺北市民生東路二段141號5樓
電話：(886)2-2500-7696　傳真：(886)2-2500-1967
發　　行／英屬蓋曼群島商家庭傳媒股份有限公司城邦分公司
10483臺北市民生東路二段141號11樓
客服服務專線：(886) 2-2500-7718、2500-7719
24小時傳真服務：(886) 2-2500-1990、2500-1991
服務時間：週一至週五09:30-12:00・13:30-17:00
郵撥帳號：19863813　戶名：書虫股份有限公司
讀者服務信箱E-mail：service@readingclub.com.tw
麥 田 網 址／https://www.facebook.com/RyeField.Cite/
香港發行所／城邦（香港）出版集團有限公司
香港灣仔駱克道193號東超商業中心1/F
電話：(852)2508-6231　傳真：(852)2578-9337
馬新發行所／城邦（馬新）出版集團Cite (M) Sdn Bhd.
41-3, Jalan Radin Anum, Bandar Baru Sri Petaling, 57000 Kuala Lumpur, Malaysia.
電話：(603)9056-3833　傳真：(603)9057-6622
讀者服務信箱：services@cite.my

封 面 設 計／兒日設計
印　　刷／前進彩藝有限公司

■2022年9月2日　初版一刷　Printed in Taiwan.

定價：520元

ISBN 978-626-310-287-3
ISBN 978-626-310-315-3 (epub)